Meurtres
et cupcakes au caramel

DU MÊME AUTEUR
AU CHERCHE MIDI :

Meurtres et pépites de chocolat
Meurtres et charlotte aux fraises
Meurtres et muffins aux myrtilles
Meurtres et tarte au citron meringuée

Joanne Fluke

Meurtres et cupcakes au caramel

Les enquêtes d'Hannah Swensen : 5

Traduit de l'anglais (États-Unis)
par Florianne Vidal

le cherche midi

Vous pouvez consulter notre catalogue général
et l'annonce de nos prochaines parutions sur notre site :
www.cherche-midi.com

Directeur de collection : Arnaud Hofmarcher
Relecture : Hubert Robin

Titre original : *Fudge Cupcake Murder (A Hannah Swensen Mystery)*
Éditeur original : Kensington Publishing Corp

92, avenue de France
75013 Paris

Mis en pages par Nord Compo
Dépôt légal : février 2022
ISBN 978-2-7491-7253-8

pour Walter

Chapitre 1

Hannah Swensen était prête à encaisser le choc. Bien que n'ayant jamais exercé ce métier, elle se sentait comme un démineur sur le point de désamorcer un engin explosif. Elle respira un bon coup, se plaça face à la caisse de transport – le modèle pour petits chiens –, décrocha le clapet fermant la grille et recula.

« Seigneur ! » Moshe jaillit comme un diable de sa boîte et traversa la cuisine à une telle vitesse que Hannah ne vit qu'une tache orangée animée par une multitude de pattes. Comment faisait-il pour courir ainsi ?

La caisse de transport retrouva sa place dans le placard de la buanderie. Une fois, une seule, elle avait oublié de la ranger hors de sa portée et Moshe s'était acharné sur le couvercle, creusant dans le plastique des sillons aussi profonds que si une charrue lui était passée dessus. Mais au moins, la caisse avait tenu bon, se dit-elle en se rappelant la boîte en carton qu'elle avait utilisée la première fois. Quand elle s'était garée devant le cabinet du vétérinaire, le carton était totalement déchiqueté et Moshe tournait comme un fauve en cage à l'arrière de son break, en poussant des miaulements outragés.

Elle allait sortir de la cuisine quand un bruit familier lui fit dresser l'oreille, celui produit par les mâchoires de son tigre domestique. La visite médicale avait été éprouvante, et pas que pour elle. Manger aidait à refouler certains souvenirs désagréables. En tout cas, c'était la méthode que Moshe avait choisie. Hannah se félicita d'avoir pensé à garnir sa gamelle avant de partir.

Les nouvelles croquettes que le vétérinaire lui avait recommandées étaient encore posées dans l'entrée. Elle alla les prendre pour les ranger dans le cagibi. Sachant que les chats détestaient qu'on modifie leur régime alimentaire, le Dr Bob lui avait donné quelques conseils censés faire de Moshe un adepte inconditionnel de l'alimentation spéciale « chat senior ».

En la voyant revenir, Moshe sortit la tête de son écuelle et la fixa d'un œil torve. Le genre de regard qu'un homme aurait adressé à un ami déloyal ou à une épouse infidèle.

« Bon, d'accord, excuse-moi. Je sais que tu détestes aller chez le véto, dit-elle dans l'espoir d'obtenir son pardon. Mais il fallait bien qu'il te fasse tes rappels. Je prends soin de ta santé, voilà tout. »

Moshe l'observa longuement et reprit sa mastication. Hannah en profita pour dévisser le bouchon de la bouteille thermos qu'elle avait emportée avec elle pour le trajet. Par chance, il restait du café au fond. Elle en remplit une tasse.

« Je reviens tout de suite, dit-elle aux deux oreilles qui pointaient au-dessus du bol Garfield. Je vais me changer. Tu as laissé des milliards de poils sur mon pull tout neuf. »

Moshe ne daigna pas répondre. Hannah avait déjà

remarqué qu'il perdait ses poils à la moindre contrariété. Le Dr Bob n'y était pour rien. Moshe l'aimait bien, enfin autant qu'un chat puisse aimer un humain qui le piquait avec une aiguille et le tripotait partout. Non, ce qu'il détestait c'était le parcours jusqu'à son cabinet.

Après avoir passé une tenue moins velue, Hannah revint dans la cuisine et trouva Moshe assis à côté de sa gamelle vide. Pourquoi ne pas essayer maintenant ? se dit-elle. Elle ressortit le sac du cagibi, l'ouvrit, versa une poignée de croquettes senior et croisa les doigts. Puis laissant Moshe faire connaissance avec son nouveau régime, elle repassa dans l'entrée pour enfiler le blouson qu'elle avait trouvé d'occasion chez Helping Hands, la friperie de Lake Eden. Elle attrapait la vieille sacoche râpée dans laquelle elle mettait tout ce dont elle avait besoin pour la journée quand le téléphone sonna.

« Maman », marmonna-t-elle de la même manière qu'elle aurait poussé un juron devant Tracey, sa nièce de cinq ans, c'est-à-dire entre ses dents.

Ce ne pouvait être que sa mère. Delores Swensen avait le chic pour l'appeler chaque fois qu'elle s'apprêtait à sortir de chez elle. Bien que séduisante, l'idée de laisser le répondeur faire son office n'était pas forcément la meilleure. Sa mère rappellerait jusqu'à ce qu'elle décroche, même si cela devait lui prendre la journée. Alors, autant le faire tout de suite, songea-t-elle en soulevant le combiné de l'appareil fixé au mur, au-dessus de la table.

« Bonjour, maman », dit Hannah avant de s'écrouler sur une chaise. Elle en avait pour dix minutes minimum, Delores n'étant pas du genre laconique. Mais la voix qui résonna dans son oreille n'était pas celle de sa mère.

« J'ai appelé la boutique et Lisa m'a dit que tu arriverais tard à cause d'un rendez-vous chez le vétérinaire.

— En effet », dit Hannah en se levant pour remettre du café tiède dans sa tasse.

Sa sœur Andrea avait la langue aussi bien pendue que leur mère.

« Moshe va bien, j'espère, insista Andrea.

— Lui, ça va. Mes tympans un peu moins. Il n'a pas cessé de miauler, à l'aller comme au retour. Rassure-toi, ce n'était qu'une visite de contrôle. Le Dr Bob en a profité pour lui faire ses rappels.

— Tant mieux, dit Andrea, soulagée. Ce chat compte tellement pour toi ! As-tu pensé à emporter une affiche pour le cabinet vétérinaire ?

— Oui. Quand je suis partie, Sue la collait dans la vitrine.

— Oh, très bien. Il ne faut négliger aucun lieu public. Tu as lu le journal, ce matin ? »

Hannah regarda la sacoche posée à ses pieds. Le *Lake Eden Journal* dépassait de la poche externe.

« Non, mais je l'emporte à la boutique. Je le lirai tout à l'heure, pendant ma pause.

— Lis-le maintenant, Hannah. Va en page trois.

— D'accord. »

Hannah le prit, l'ouvrit en page trois, survola l'éditorial et ne remarqua rien de particulier.

« Alors ? Tu as vu ?

— Que suis-je censée voir ?

— Le sondage ! »

Hannah regarda de plus près et repéra tout en bas la

petite chronique électorale que Rod Metcalf tenait chaque jour depuis un mois.

« Bill est au coude à coude avec le shérif Grant ! s'écria-t-elle.

— Exactement ! Je lui avais dit qu'on y arriverait ! Bien sûr, le scrutin n'est que dans deux semaines, et d'ici là, tout peut changer. Mais ce serait génial si Bill remportait l'élection, non ?

— Absolument ! Et j'ai bon espoir. Tu as si bien mené campagne !

— Merci. J'ai autre chose à t'annoncer.

— Quoi donc ?

— Le Dr Knight a fixé la date de l'accouchement. Ce sera la troisième semaine de novembre. »

Hannah fronça les sourcils.

« Il peut faire ça ?

— Oui. Même si rien n'est jamais sûr. En la matière, tout le monde croit détenir la vérité. Par exemple, la mère de Bill jure que le bébé naîtra le jour des élections, mais c'est parce qu'elle espère me remplacer auprès de Bill au soir de sa victoire. Notre mère parie sur début décembre. Elle dit que je ne suis pas aussi grosse que lorsque j'attendais Tracey et que j'en ai encore pour un bout de temps. Et Bill, lui, est persuadé que son fils arrivera pour Halloween.

— Et toi, qu'en penses-tu ?

— Je pense qu'il naîtra à Thanksgiving, juste avant le dessert.

— Comment le sais-tu ? s'étonna Hannah. Les femmes enceintes posséderaient-elles un sixième sens ?

— Non, c'est à cause de la tarte aux noix de pécan que tu nous prépares chaque année pour l'occasion. Je l'attends avec une telle impatience que je me dis que je vais sûrement la rater.

— Tu ne la rateras pas. Si jamais tu accouches ce soir-là, j'en ferai une spécialement pour toi et je te l'apporterai à la maternité.

— C'est trop mignon ! Merci, Hannah. Il faut que je file... ou plutôt que je me *dandine*. Je n'ai plus trop d'équilibre ces derniers temps. Je passerai te voir plus tard. »

Hannah lui dit au revoir, raccrocha et redonna de l'eau fraîche à Moshe. Constatant qu'il mangeait ses croquettes senior sans faire d'histoires, elle le félicita, froissa dans sa main la fiche conseil du Dr Bob, la jeta à la poubelle, enfila ses gants et ouvrit la porte.

Un vent glacé l'accueillit dès qu'elle mit le nez dehors et l'accompagna jusqu'au bas de l'escalier. On n'était qu'à la mi-octobre, mais le temps était venu de ressortir les tenues d'hiver. Arrivée au rez-de-chaussée, elle descendit encore une volée de marches pour atteindre le parking souterrain où était garé son break rouge cerise, celui que tous les enfants de Lake Eden appelaient le « break à cookies ». Elle s'assit au volant, mit le contact, s'engagea sur la rampe de sortie, traversa le lotissement et tourna à gauche sur Old Lake Road, la route pittoresque qui menait au centre-ville. Par l'autoroute, elle aurait mis beaucoup moins de temps, mais ce trajet lui permettait d'admirer le feuillage rouge des érables autour d'Eden Lake et les grandes fermes traditionnelles du Minnesota. Entre le parfum des conifères et la puanteur des pots d'échappement, le choix était vite fait.

Hannah s'arrêta au carrefour entre Old Lake Road et Dairy Avenue et attendit que le feu passe au vert. Un superbe poteau se dressait sur sa droite. Comme il n'y avait personne derrière elle, Hannah se rangea sur le bas-côté et alla prendre une affiche dans le coffre de son véhicule. Trente secondes plus tard, le visage de Bill, trois fois plus grand que nature, contemplait la route depuis son piédestal. Elle sourit et recula de quelques pas pour contempler son œuvre. Au bas de l'affiche était écrit en grosses lettres capitales « BILL TODD SHÉRIF ». Hannah avait promis à sa sœur d'en coller au moins six chaque jour.

Hannah s'engagea dans la ruelle derrière sa pâtisserie, se gara sur l'emplacement qui lui était réservé et pénétra dans le fournil. Après s'être savonné les mains, elle poussa la porte battante de style saloon donnant accès à la boutique. Lisa Herman, sa jeune associée, était perchée sur un tabouret haut près de la caisse. Il y avait foule. On aurait dit que les amateurs de cookies étaient venus plus nombreux ce matin que les autres jours.

« La voilà ! s'écria Lisa, soulagée de la voir arriver. Vous n'avez qu'à lui poser la question. »

Ils se tournèrent tous en même temps vers Hannah, laquelle nota que Bertie Straub se tenait en avant des autres comme si elle était leur porte-parole. Imprimé sur sa blouse violette, le visage souriant servant de logo à son salon de coiffure formait un étonnant contraste avec la mine inquiète qu'elle arborait.

« Eh bien, c'est pas trop tôt ! dit-elle en regardant ostensiblement sa montre. Tu as vu que Bill était en tête des sondages. Honnêtement, tu penses qu'il va gagner ?

— Bien sûr qu'il va gagner ! »

Hannah reconnut la voix de sa mère. Elle se tourna vers la porte, et, en effet, Delores était là, resplendissante, dans un ensemble pantalon bleu roi sur la veste duquel était agrafé un badge « Bill Todd shérif ».

« Et si tu ne votes pas pour lui, Bertie Straub, tu auras affaire à moi ! »

Bertie déglutit si bruyamment qu'on l'entendit de loin.

« Je voterai pour lui, Delores, c'est promis.

— Je l'espère bien ! »

Delores s'avança et prit le bras de sa fille. « Il faut que je te parle, ma chérie. Passons à côté. »

Un instant plus tard, assise à l'îlot de travail, la mère de Hannah dégustait à petites bouchées gourmandes un fondant au beurre de cacahuète. Devant elle, près d'une tasse de café, un deuxième cookie attendait de subir le même sort. Hannah s'installa sur un tabouret voisin et prit son mal en patience.

« Délicieux ! commenta Delores avant de s'essuyer les mains. Dis-moi, as-tu des nouvelles de Norman ?

— Non. »

Hannah craignit de devoir encore se justifier. Tout ça parce qu'elle n'avait pas envie de se marier. Hannah éprouvait de l'affection pour Norman Rhodes, et elle disait oui chaque fois qu'il l'invitait à sortir. Mais pour sa mère, une femme qui n'avait pas la bague au doigt le jour où elle renouvelait pour la deuxième fois son abonnement au magazine télé était vouée à un éternel célibat. Depuis que Delores s'était lancée dans le commerce d'antiquités avec son amie Carrie, la mère de Norman, les deux matrones n'avaient qu'une seule idée en tête : caser leurs rejetons l'un avec l'autre.

« Carrie dit que les travaux de cette convention l'occupent énormément, poursuivit Delores. Il préside le jury chargé de décerner le prix de dentisterie cosmétique. C'est un grand honneur pour un praticien aussi jeune. Tu le sais !

— Je le sais, maman. Norman m'a tout expliqué avant de partir pour Seattle.

— Tout, j'en doute, fit Delores avec un petit sourire entendu. Est-ce qu'il t'a dit que Beverly faisait partie des jurés ?

— Beverly qui ? demanda Hannah, sachant qu'elle aurait pu s'abstenir de poser la question car sa mère le lui aurait dit de toute façon.

— Le Dr Beverly Thorndike.

— Oh, fit Hannah qui, n'ayant jamais entendu parler du Dr Thorndike, estima qu'une monosyllabe suffisait.

— Carrie m'a dit qu'ils avaient été fiancés autrefois, mais que Beverly avait rompu au prétexte qu'elle était trop jeune pour se marier. Elle lui a quand même rendu la bague. Je te dis cela pour que tu fasses en sorte que ça ne se reproduise pas. »

Hannah ne savait rien des fiançailles rompues de Norman et de Beverly Thorndike, mais elle acquiesça d'un signe de tête.

« J'étais venue pour autre chose, reprit Delores en sortant une fiche de son sac à main. Je suis en retard, désolée, mais bon, voici ma recette du rôti hawaïen. »

Hannah essaya de cacher son exaspération en prenant le papier écrit à la main. Ce rôti hawaïen, elle ne pouvait pas le voir en peinture. Chaque fois qu'elle déjeunait chez Delores, il y en avait au menu.

« Je l'ai recopiée un peu vite. Tu arrives quand même à lire, n'est-ce pas ? »

Hannah hocha la tête sans même vérifier.

« J'espère qu'il n'est pas trop tard pour l'insérer dans le livre de cuisine de Lake Eden ? »

Hannah hésita. La date butoir était passée et tous les autres avaient remis leur contribution dans les temps. Donc elle aurait pu lui dire, *Hélas oui, c'est trop tard.* Mais par ailleurs, si elle refusait sa recette, Delores ne le lui pardonnerait jamais. Alors, pour préserver l'entente familiale, Hannah décida de répondre :

« Non, c'est bon.

— Merci, ma chérie, roucoula Delores. Je sais, j'aurais dû te la remettre plus tôt, mais j'ai été tellement occupée ces derniers temps entre la campagne de Bill et la boutique d'antiquités. Au fait, il faut que j'y retourne. Nous attendons une livraison d'artefacts chippewas et Jon Walker a promis de passer les voir pour nous dire s'ils sont authentiques. »

Delores lui fit un petit signe d'adieu et disparut par la porte de derrière. Elle n'avait que quelques pas à faire pour rejoindre Le Grenier de Mamie. Hannah attendit deux secondes et baissa les yeux sur la recette.

« Quatre tasses de sucre ? »

Lisa, qui entrait au même instant dans le fournil, entendit son cri de désespoir.

« C'est la recette du gâteau à la noix de coco de Rose ?

— Non, celle du rôti hawaïen de ma mère.

— Elle ne mettrait pas un peu trop de sucre ?

— Non, juste assez pour agacer les dents des invités. Elle l'a recopiée spécialement pour que je l'intègre à notre livre de cuisine. Tu penses que je devrais…

— Non, l'interrompit Lisa. Si tu refuses, elle t'en voudra jusqu'à la fin de ses jours.

— Tu as raison. Je vais diminuer la quantité de sucre mais je ne peux rien faire de plus. Si elle ne reconnaît pas sa recette, elle me placera sur sa liste des personnes à abattre et je deviendrai un paria dans ma propre famille. »

Chapitre 2

Les derniers clients étaient partis, la porte du Cookie Jar verrouillée, et, dans le fournil, Hannah et Lisa finissaient de préparer les pâtes pour le lendemain. Lisa déchira une feuille de film alimentaire, en recouvrit le bol contenant celle des cookies à la cerise puis jeta un œil sur la pendule.

« Hannah ?

— Moui ? »

Hannah, qui s'occupait des Black and White, ouvrit le four à micro-ondes, retira le chocolat qu'elle y avait fait fondre et le versa dans son bol à mélanger.

« Il est tard et tu donnes un cours, ce soir. Pourquoi ne pas rentrer chez toi maintenant ? »

Hannah se tourna vers sa jeune associée et sourit.

« Tu n'es pas encore sortie de l'adolescence et tu me maternes.

— Je ne te materne absolument pas. Et pour ta gouverne, je ne suis plus une ado. J'aurai vingt ans le mois prochain. »

Lisa redressa fièrement son mètre cinquante-huit, mais l'effet fut gâché par l'apparition d'une boucle châtain s'échappant de sa toque homologuée par le ministère de la Santé.

Hannah touilla une dernière fois et, quand le chocolat fut incorporé à la pâte, scella son bol avec du film alimentaire.

« Tu as raison, je crois que je vais rentrer. Mais je reviendrai tôt demain matin et je me chargerai de la cuisson.

— Marché conclu ! » Elles échangèrent une poignée de main. « Tu as besoin d'aide pour ton cours, ce soir ? Herb est pris jusqu'à neuf heures et Marge ne demande pas mieux que de tenir compagnie à papa.

— Tout va bien, Lisa. J'y arriverai seule. »

Hannah savait que Lisa voulait passer le plus de temps possible avec son père. Jack Herman souffrait de la maladie d'Alzheimer et Lisa avait renoncé à ses études universitaires pour pouvoir s'occuper de lui. Depuis qu'elle était fiancée à Herb Beeseman, l'agent municipal chargé de la sécurité et de la circulation, les choses étaient un peu plus faciles pour elle. La mère de Herb semblait apprécier la compagnie de Jack et ne rechignait pas à passer du temps avec lui pour permettre aux « enfants » d'aller s'amuser. Veufs l'un comme l'autre, ils se connaissaient depuis le lycée. Ils étaient même sortis ensemble en classe de terminale.

Hannah venait de déposer son bol de pâte dans la chambre froide quand on frappa à la porte de derrière. Elle ouvrit et trouva Beatrice Koester sur le seuil.

« Bonsoir, Beatrice. Entrez donc. Vous grelottez.

— Bonsoir, Hannah. Bonsoir, Lisa. »

Beatrice sourit de bonheur en pénétrant dans la tiédeur du fournil. « Je ne resterai pas longtemps. Ted m'attend dans le camion. » Hannah passa la tête dehors et fit un petit signe amical au dénommé Ted, propriétaire et gérant de la casse automobile voisine. Ted lui renvoya son bonjour mais sans plus. Peut-être était-il pressé de retourner au travail. Elle tira la porte et, s'adressant à Beatrice :

« Techniquement, nous sommes fermées, mais si vous voulez acheter des cookies, c'est encore possible.

— Non, merci, Hannah. Je suis juste venue vous apporter une recette. Je sais que je m'y prends un peu tard mais je suis tombée dessus aujourd'hui, en classant des papiers ayant appartenu à la mère de Ted.

— Vous voulez participer au livre de cuisine de Lake Eden ? demanda Lisa.

— Oui. Enfin, si vous estimez que cette recette de cupcakes au caramel le mérite. Ted en raffole et moi aussi. Ma belle-mère avait maintes fois promis de me la donner, mais j'avais beau le lui rappeler régulièrement, elle ne l'a jamais fait.

— Je suis contente que vous ayez fini par l'avoir, répondit Hannah, compatissante. Je suppose que la mère de Ted faisait partie de ces gens qui rechignent à partager leur savoir-faire. C'est plus fréquent qu'on n'imagine.

— Je suis de votre avis. En revanche, Ted jure que ce n'était pas de la mauvaise volonté. Pour lui, elle oubliait, un point c'est tout. Sa mère était une sainte, voyez-vous. »

Hannah réprima un sourire. Elle n'avait pas connu la mère de Ted, mais, apparemment, cette dame aurait pu inspirer quelques bonnes blagues sur les belles-mères.

« J'espère qu'il n'est pas trop tard, insista Beatrice,

légèrement inquiète. Ted aimerait beaucoup que la recette d'Alma figure dans ce livre. Il dit que ce serait un bel hommage. »

Hannah lui prit la feuille. Après tout, si les Koester y tenaient, pourquoi ne pas leur faire ce petit plaisir.

« Non, il n'est pas trop tard. Je l'intégrerai.

— Oh, merci, Hannah ! Mais je crains qu'il y ait un petit problème.

— Avec la recette ? »

Hannah posa les yeux sur la fiche manuscrite.

« Oui, répondit Beatrice. Regardez la liste des ingrédients. »

Hannah lut à haute voix.

« Deux cents grammes de caramels mous, une tasse de lait, du beurre, du sucre, de la farine... et... tiens, tiens !

— Quoi donc ? intervint Lisa.

— ... *une demi-tasse de l'ingrédient mystère.*

— Une devinette pour nos lecteurs ! s'écria Lisa en frappant dans ses mains. Bonne idée ! De quoi s'agit-il ? »

Hannah haussa les épaules. Beatrice aussi. Lisa les regarda l'une après l'autre et comprit.

« L'ingrédient n'est pas indiqué ?

— Hélas. » Hannah se tourna vers Beatrice. « Vous avez déjà goûté ses cupcakes, n'est-ce pas ?

— Oui. Et ils étaient excellents ! Alma en préparait chaque année pour l'anniversaire de Ted, mais je n'avais pas le droit de la regarder faire.

— Essayez de décrire leur goût.

— Eh bien... » Beatrice inspira et ferma les yeux. « Ils avaient un merveilleux goût de caramel et je me rappelle qu'ils étaient lourds, plus lourds que les cupcakes à base de poudre instantanée, mais pas aussi gonflés que les jolis cupcakes bien ronds qu'on voit dans les magazines. Cela n'avait pas d'importance, d'ailleurs. Son glaçage était si bon que personne n'aurait songé à lui en faire le reproche.

— Ce glaçage, comment le qualifieriez-vous ? renchérit Hannah.

— Fondant. Et onctueux à la fois. Je pense que chaud, il pourrait napper une glace à la vanille.

— Ça m'a l'air exquis, en effet. Maintenant, concentrez-vous sur le cupcake lui-même. Vous souvenez-vous d'un arrière-goût, quelque chose de subtil, d'inhabituel ?

— Pas vraiment. Ou peut-être... »

Beatrice se tut et fronça légèrement les sourcils.

« Peut-être quoi ? insista Lisa.

— Ils avaient comme un goût... allemand.

— Un goût allemand ? »

Hannah passa en revue toutes les spécialités allemandes qu'elle connaissait. « Vous pensez à un gâteau en particulier ? »

Beatrice secoua la tête.

« Non.

— Il y avait du schnaps, peut-être, suggéra Lisa. Ma mère en mettait toujours une goutte dans ses pâtisseries.

— Non, ce n'était pas de l'alcool. Moi aussi, j'utilise du rhum, du kirsch... » Beatrice soupira. « Comment dire ? C'était sucré et en même temps acidulé, comme ces gâteaux allemands... Vous voyez de quoi je veux parler ? Bref, ces cupcakes étaient si gourmands qu'on les mangeait sans faim. Et ils disparaissaient en un clin d'œil.

— Pas étonnant que vous ayez voulu récupérer la recette ! » Hannah sourit pour tenter de la rassurer. « Qu'en penses-tu, Lisa ? Serons-nous capables de découvrir l'ingrédient mystère ?

— On peut toujours essayer. Cette recette diffère un peu de celle que maman m'a transmise, mais j'ai déjà quelques petites idées.

— Super. » Hannah se tourna vers Beatrice. « La pâte était-elle homogène ou y avait-il des petits morceaux à l'intérieur ?

— Non, pas de morceaux. On avait l'impression de sucer un bonbon au caramel.

— Cette précision a son importance, dit Lisa en opinant du bonnet. Elle nous permet d'éliminer les ingrédients solides comme les amandes ou les fruits.

— Certes, mais ça ne veut pas dire qu'il n'y en a pas, finement broyés ou réduits en purée, par exemple », répliqua Hannah.

Beatrice prit un air navré.

« Je m'en veux de vous causer tant de soucis. Si Ted n'y tenait pas à ce point, je vous dirais de laisser tomber.

— Pas question ! » répondirent en chœur Hannah et Lisa.

Après une seconde de silence interloqué, les trois femmes éclatèrent de rire. Quand elles retrouvèrent leur sérieux, Lisa prit la parole.

« Nous finirons par trouver, Beatrice. Hannah et moi adorons résoudre les mystères. Au moins, avec celui-ci, on ne risquera pas de tomber sur un cadavre.

— À part celui de ma belle-mère », lança Beatrice avant d'ajouter, un peu honteuse : « Heureusement que Ted ne m'a pas entendue ! »

Hannah se donna un dernier coup de brosse et vérifia sa tenue dans la glace. Son tailleur-pantalon bleu marine et son chemisier blanc étaient impeccables. En revanche, pour les cheveux, c'était une autre histoire. Quand le temps était à la pluie, ils devenaient incoiffables. Et ce soir-là, elle avait sur la tête un amas de boucles rousses parfaitement anarchique. De guerre lasse, Hannah décida de les attacher en queue-de-cheval avec la barrette argentée que Michelle, sa benjamine, avait achetée lors d'une foire artisanale à l'université Macalester. Après quoi, elle éteignit la lumière de sa chambre et s'engagea dans le couloir.

« Je reviens très vite, promit Hannah en se baissant pour caresser Moshe qui l'avait suivie. Je vais au lycée pour faire ce que j'aurais fait si je ne faisais pas ce que je fais. »

Moshe miaula et la fixa de son œil unique. Était-ce un effet de son imagination ou son chat trouvait-il que son discours manquait de clarté ?

« Désolée. Je m'explique. Ce soir, je donne un cours de cuisine au lycée Jordan. Et ensuite, j'irai dîner avec Mike. Mais ne t'inquiète pas. Je vais te laisser plein de bonnes choses à manger. »

En descendant l'escalier, Hannah riait encore de ce dialogue improbable. Elle avait hâte de retrouver Mike après son cours. Mike Kingston, le célibataire le plus convoité de Lake Eden, avait emménagé dans leur petite ville un peu plus d'un an auparavant, après avoir longtemps travaillé pour la police de Minneapolis. C'était le shérif Grant lui-même qui l'avait débauché en lui proposant un poste de superviseur dans le service des enquêtes criminelles du comté de Winnetka. Bill, son coéquipier, n'aurait pas été mécontent qu'il devienne également son beau-frère.

Et Andrea était du même avis. Delores, elle, n'avait rien contre Mike mais lui préférait Norman, le fils de son amie Carrie. Quant à Michelle, la plus jeune des sœurs Swensen, elle les aimait bien tous les deux. Hannah aussi. D'où sa difficulté à choisir. À moins que son hésitation ne soit simplement due au fait que ni l'un ni l'autre ne l'avaient demandée en mariage. Partager sa vie avec un individu qui ne faisait pas ses besoins dans une litière avait certes quelque chose de séduisant, mais d'un autre côté, Hannah n'avait pas tellement envie de renoncer à son indépendance.

Vingt minutes plus tard, Hannah pénétrait sur le parking du lycée. Comme il n'y avait encore personne, elle choisit la meilleure place, devant le bâtiment consacré à l'enseignement des arts ménagers, sortit la caisse où elle rangeait ses provisions et se dirigea vers l'entrée de service. L'architecte du lycée Jordan avait eu la bonne idée de créer un passage reliant les salles de cours à l'aire de livraison. Quand Hannah avait accepté de prendre en charge cette formation pour adultes, Pam Baxter, la professeure en titre, lui avait remis une clé permettant d'ouvrir cette fameuse porte. Normalement, Hannah aurait dû enseigner la décoration des gâteaux d'anniversaire, comme Pam le lui avait suggéré, mais son projet de livre de cuisine l'avait poussée à revoir son programme. Ainsi donc, chaque semaine, elle ferait travailler ses élèves sur les recettes à paraître dans le futur ouvrage.

Hannah entra, alluma et cligna des paupières à la manière d'un hibou pris dans les phares d'une voiture. Les néons fixés au plafond étaient si brillants qu'ils auraient pu éclairer le parking. Quand ses yeux eurent accommodé,

Hannah se dirigea vers l'un des plans de travail et y déposa la caisse qu'elle transportait. Le garde-manger de Pam Baxter contenait tous les produits de base, aussi s'était-elle contentée d'acheter les ingrédients des recettes qu'elle prévoyait d'expérimenter ce jour-là. Parmi eux, un paquet de canneberges déshydratées et sucrées, entrant dans la composition de ses nouveaux cookies. Comme les canneberges poussaient dans les tourbières et que tourbière en anglais se disait *bog*, elle comptait appeler sa dernière création Boggles.

Cinq minutes plus tard, Hannah était prête à démarrer son cours. Elle avait inscrit son nom sur le tableau noir, au cas fort improbable où certaines élèves ne la connaîtraient pas, empilé sur son bureau les recettes qu'elle distribuerait aux cinq groupes répartis autour des cinq plans de travail, et posé en vue la feuille de présence à signer par les participantes. Ne manquaient plus que les élèves.

Ayant une heure à tuer, Hannah refit le tour de la salle et alla s'asseoir au bureau. Mais cette position ne lui convenait pas. Trop professorale. Elle se sentait beaucoup mieux devant un fourneau que sur une estrade. Décidément, elle avait eu raison de changer de carrière. Alors elle se leva et rejoignit l'un des postes de travail. Arriver en avance lui avait permis de lancer une première fournée de cupcakes au caramel, selon la recette d'Alma Koester, l'ingrédient mystère en moins. Ainsi, tout à l'heure, quand elle arriverait, Beatrice pourrait les goûter et trouverait peut-être ce qu'il leur manquait.

Boggles

Préchauffer le four à 175°,
la grille en position médiane.

2 tasses* de beurre fondu
2 tasses de sucre roux
2 tasses de sucre blanc
1 cuillerée à thé de levure chimique
1 cuillerée à thé de bicarbonate de soude
1 cuillerée à thé de sel
4 œufs battus
2 cuillerées à thé d'extrait de vanille
½ cuillerée à thé de cannelle
¼ cuillerée à thé de noix muscade
4 tasses de farine
3 tasses de canneberges séchées et sucrées
1 tasse de flocons d'avoine (non cuits)

Si vous ne trouvez pas de canneberges dans votre région, vous pouvez les remplacer par n'importe quel fruit sec coupé en menus morceaux. Dattes, abricots, pruneaux feront l'affaire.

*** Une table de conversion des volumes se trouve en fin d'ouvrage !**

Préchauffer le four à 175°. Faire fondre le beurre dans un gros bol allant au micro-ondes. Ajouter les deux sucres et laisser tiédir. Ajouter les œufs, la levure chimique, le bicarbonate de soude, le sel et la vanille. Verser la farine. Mélanger. Incorporer les canneberges, les flocons d'avoine. Mélanger. La pâte doit être bien ferme.

Déposer de petites cuillerées de pâte sur une plaque à pâtisserie préalablement enduite de matière grasse, 12 pour une plaque.

Cuire à 175° pendant 12 à 15 minutes. Laisser reposer 2 minutes sur la plaque puis transférer les cookies sur l'échelle pâtissière jusqu'à complet refroidissement.

Rendement : 10 à 12 douzaines, en fonction de la taille de chaque cookie.

Ils se conservent bien au congélateur, à condition de les rouler dans du film alimentaire puis de les glisser dans un sac congélation.

Chapitre 3

Hannah venait de terminer le glaçage de ses cupcakes quand elle entendit des pas dans le couloir, à l'extérieur de la salle de classe. Mike n'était pas censé arriver si tôt.

« Si mon flair ne me trompe pas, ça sent le caramel, par ici ! »

Hannah soupira de soulagement en reconnaissant la voix du shérif Grant. Elle ne l'appréciait pas particulièrement, mais il faisait partie de ses bons clients et, comme c'était le chef de Mike et de Bill, mieux valait se montrer aimable avec lui.

« Votre flair est toujours aussi excellent, shérif, dit-elle avec un grand sourire. J'essaie une nouvelle recette que j'espère intégrer dans le livre de cuisine de Lake Eden.

— En tout cas, ce parfum est envoûtant », lança-t-il en s'approchant.

Hannah lui trouva un air bizarre. En fait, il se tenait penché selon un angle d'environ quarante-cinq degrés, comme s'il allait tomber sur les cupcakes.

« Si ça vous tente… proposa-t-elle. Ils ont eu le temps de refroidir.

— J'accepte volontiers ! Je n'ai rien avalé depuis ce midi et je dois attendre ici l'arrivée de Kingston. J'ai des documents à lui confier. »

Hannah choisit quatre cupcakes et les emballa. Elle savait que Mike devait donner un cours de self-défense dans la salle voisine.

« Vous pouvez me les laisser. Je les lui remettrai.

— Non, ça ira. Je comptais l'attendre sur le parking. Il ne va pas tarder. » Le shérif Grant prit possession du paquet qu'elle lui tendait. « Merci, Hannah, c'est vraiment gentil de votre part.

— Gentil, je ne sais pas, répondit-elle avec un sourire malin.

— Comment cela ?

— C'est la première fois que j'en fais et je ne les ai pas encore goûtés.

— Je vous ferai mon rapport.

— Pourquoi pas ? Vous êtes un homme intrépide, shérif Grant.

— Pour quelle raison ?

— Ils sont peut-être empoisonnés. Après tout, mon beau-frère se présente contre vous. »

Hannah scinda ses élèves en cinq groupes, un par poste de travail. Puis elle leur distribua les recettes. Le premier groupe devait réaliser les cookies qu'elle venait de mettre au point, le deuxième une tarte, le troisième un clafoutis, le quatrième des pains briochés et le cinquième un biscuit au café.

« Oui, qu'y a-t-il ? demanda Beatrice en rejoignant Hannah qui venait de lui faire signe.

— J'ai préparé une fournée de cupcakes avant le cours. Vous voulez les goûter ? »

Beatrice en choisit un dans l'assiette qu'elle lui présentait, mastiqua lentement, le sourcil froncé, puis secoua la tête.

« Je suis désolée, Hannah. Rien à voir avec ceux d'Alma.

— Normal. J'ai suivi la recette classique. Mais peut-être me direz-vous ce qui manque. »

Beatrice prit une autre bouchée, mâcha d'un air pensif et de nouveau secoua la tête.

« Franchement, je ne vois pas. Ils sont très bons, mais ceux de maman Koester avaient un arrière-goût extraordinaire. Et ils étaient plus moelleux. Pour le glaçage, par contre, il n'y a rien à redire. Elle faisait exactement le même.

— Merci, Beatrice. Vous m'avez bien aidée.

— Ah bon ? Mais j'ai dit que ça n'avait rien à voir.

— Certes, mais vous m'avez aussi offert un indice. Si mes cupcakes sont moins moelleux, cela signifie que l'ingrédient mystère apporte à la pâte un supplément d'humidité. Maintenant, je n'ai plus qu'à trouver de quoi il s'agit.

— Qu'est-ce qui pourrait les rendre plus humides ? De l'eau ? Du lait ?

— Oui, mais pas seulement. On peut aussi rajouter du beurre, de l'huile... baisser la température du four, réduire le temps de cuisson... »

Beatrice prit un air amusé.

« Mais ça ne résoudra pas le problème principal.

— Non, vous avez raison. Mais nous en savons un peu plus que cet après-midi, néanmoins. J'ai quelques idées, je vais les noter et je les essaierai une prochaine fois. Si d'ici là quelque chose vous revient, n'hésitez pas. »

Chacun des cinq groupes comptait sept élèves, et la salle était prévue pour trente. Avec des adolescentes, l'affaire aurait sans doute tourné au chaos, mais en l'occurrence il n'y avait pas à s'inquiéter, les femmes qui suivaient les cours de Hannah ayant l'habitude de cuisiner à plusieurs, en famille, avec des collègues ou des amies. Une tâche fut attribuée à chacune sur la base du tirage au sort. C'est ainsi que pour chaque groupe fut désignée une responsable, deux assistantes chargées d'aller chercher les ingrédients dans le garde-manger, une autre de les peser, de les mesurer et de les verser dans les bols à la demande de la cinquième qui les mélangerait, pendant que les deux dernières préchaufferaient le four et graisseraient moules et plaques. Une fois les pâtes et autres appareils réalisés, à la responsable du groupe reviendrait l'honneur de garnir les divers récipients et de les enfourner.

« Hannah ? »

Au fond de la salle, Edna Ferguson, chef cuisinière du lycée Jordan et responsable d'un groupe, lui adressait de grands signes affolés.

« Que se passe-t-il, Edna ?

— C'est cette pâte briochée. Il y a un truc qui cloche. Viens voir et tu comprendras. »

Hannah la rejoignit à grandes enjambées, prit la spatule qu'on lui tendait et touilla. La pâte était beaucoup trop liquide, en effet.

« Tu vois ce que je veux dire ?

— Oui. Vous avez bien suivi la recette ? Vous en êtes sûres ?

— Absolument, répondit Edna en hochant si fort la tête que ses boucles grises rebondirent comme des ressorts.

— Je confirme, intervint Linda Gradin. C'est moi qui ai mesuré les ingrédients et j'ai bien regardé pendant que Donna les amalgamait. »

Donna Lempke confirma d'un coup de menton.

« Nous avons même discuté au sujet de la farine. On craignait qu'il n'y en ait pas assez, mais Edna a revérifié et c'est bien la quantité inscrite dans la recette. Une tasse et demie.

— Voyons voir. »

Hannah prit la fiche et lut en fronçant les sourcils. Il y avait une nette disproportion entre les liquides et les solides.

« Tu crois que je devrais en rajouter ? demanda Edna. On ne peut pas laisser la pâte comme ça. À mon avis, il en manque au moins une tasse.

— Non, ce serait de l'approximatif. Cette recette a été fournie par Helen Barthel. Appelons-la.

— Je m'en charge, intervint Charlotte Roscoe, la secrétaire du lycée Jordan.

— Merci, Charlotte, dit Hannah. Nous attendrons que tu reviennes de ton bureau. »

Mais Charlotte sortit un téléphone portable de sa poche.

« Ce sera plus rapide comme ça. L'une d'entre vous connaît-elle le numéro de Helen par cœur ? »

Une élève énonçait à haute voix le numéro en question

quand Hannah s'entendit interpeller. C'était Gail Hansen, du groupe suivant.

« Tu pourrais venir une minute, Hannah, et nous dire si ces cookies sont de la bonne taille ? »

Hannah fit trois pas vers elle. Le groupe de Gail s'essayait aux Boggles, sa dernière création.

« Ils m'ont l'air parfaits, Gail.

— Tant mieux ! » Gail enfourna la plaque et fit signe à Irma Yorke de régler le minuteur. « Il y a quand même quelque chose qui me chiffonne.

— Quoi donc ?

— Dans ta recette, tu dis qu'il faut confectionner des boules de pâte de la taille d'une noix. Mais cette indication ne *sied point à tout un chacun*.

— Pardon ?

— *Elle ne sied point à tout un chacun*, répéta Gail, un peu embarrassée. Désolée, Hannah. J'ai assisté à une réunion du club Regency cet après-midi et j'ai encore du mal à parler normalement. Ce que je veux dire c'est que ça risque d'induire certaines personnes en erreur. Dans les grandes villes par exemple, ils croiront qu'il s'agit d'une noix sans coquille.

— Tu crois ? Je n'y avais pas pensé mais tu as sans doute raison. Je préciserai.

— Je viens d'avoir Helen, intervint Charlotte. Elle a vérifié dans son classeur et c'est marqué deux tasses et demie, pas une tasse et demie. Edna avait donc raison de vouloir en ajouter une. »

Hannah leva le pouce et fit un clin d'œil à Edna. Elle n'était pas surprise. Edna avait passé quarante années de sa vie dans une cuisine. C'était une vraie pro.

Hannah se dirigeait vers le troisième groupe, celui de la tarte, quand retentit un cri terrifiant.

« Que se passe-t-il ? souffla-t-elle en cherchant laquelle de ses élèves s'était blessée.

— Je n'en sais rien ! répondit Edna d'une voix blanche. Faut-il appeler la police ? Je suis quasiment sûre que ça venait de la salle d'à côté. »

Hannah éclata de rire.

« Si ça venait d'à côté, inutile d'appeler la police. Elle y est déjà. Mike Kingston donne un cours de self-défense. J'imagine qu'il leur apprend à hurler en cas d'attaque de rue. »

Elle avait à peine fini de parler que d'autres cris résonnèrent dans la salle voisine, suivis de plusieurs coups de sifflet et de la voix de Mike ordonnant à ses élèves de reculer. C'était donc bien le cours de self-défense qui produisait tout ce raffut. Les cuisinières s'esclaffèrent et reprirent leurs activités.

Se concentrer sur des recettes au milieu d'un vacarme pareil n'avait rien de facile, mais elles y parvinrent malgré tout. Le cours de cuisine proprement dit se termina à neuf heures du soir. Après avoir tout nettoyé et décidé ensemble des recettes qu'elles testeraient chez elles pendant la semaine, les participantes s'en allèrent en emportant des échantillons de chaque dessert. Cinq minutes plus tard, dans la salle désertée, Hannah jetait un dernier coup d'œil au garde-manger quand Mike frappa doucement sur la porte ouverte.

« Bonsoir, Hannah. Prête pour ce steak ?

— J'en rêve depuis ce matin. »

Hannah se retourna, le vit et en eut le souffle coupé.

Elle n'avait pas rêvé que d'un steak. Avec sa haute stature et son visage buriné, Mike donnait des insomnies à toutes les célibataires de Lake Eden, et à certaines femmes mariées sans doute aussi. Si à l'instar des brigades de pompiers, le bureau du shérif du comté de Winnetka avait voulu sortir un calendrier sexy, il lui aurait suffi de coller Mike en première page pour renflouer ses caisses.

« Avez-vous croisé le shérif Grant ? Je l'ai vu passer tout à l'heure et il avait des papiers à vous remettre.

— Il m'attendait sur le parking. Mais j'ai refusé de distribuer ses prospectus.

— Pourquoi ?

— C'était sa propagande électorale.

— Tiens donc ! fit Hannah, goguenarde. Pas étonnant qu'il n'ait pas voulu me les confier ! Les imprimés électoraux ne sont-ils pas interdits dans les établissements scolaires ?

— Effectivement. D'ailleurs, je lui en ai fait la remarque et il m'a répondu qu'il comptait se mettre à l'entrée du parking.

— Dois-je en conclure que vous ne voterez pas pour lui ?, le taquina-t-elle.

— Bien sûr que non. Je voterai pour Bill. C'est mon coéquipier et mon meilleur ami. Vous devriez le savoir, Hannah.

— Je le sais », soupira-t-elle. Mike n'était pas dépourvu d'humour, mais certains jours il oubliait de s'en servir. « Je me demande si le shérif Grant est toujours dans les parages. Je lui ai donné des cupcakes à goûter et j'attends ses commentaires.

— Je lui poserai la question quand je le verrai demain. »

Mike attrapa le blouson de Hannah et le lui tendit. « Allons-y. J'ai sauté le repas de midi et j'ai une faim de loup. »

Hannah allait prendre son sac quand elle se rappela qu'elle avait une poubelle à jeter.

« Il faut que je sorte les ordures. Et que je referme à clé la porte de service.

— Vous avez besoin d'aide ?

— C'est bon, j'y arriverai. Il n'y a qu'une seule poubelle. Je vous demanderai juste de vérifier si les fours et les hottes sont bien éteints. »

Hannah attrapa le sac-poubelle et s'engagea dans le sas de sortie. Les lampes à haute puissance s'allumèrent lorsqu'elle passa devant le détecteur de mouvement. Presque éblouie, elle marcha jusqu'à la benne et ouvrit le couvercle. Mais au moment de balancer le sac à l'intérieur, un détail insolite attira son attention.

Pendant quelques terribles secondes Hannah resta figée, le bras tendu, la bouche ouverte. Puis elle reposa la poubelle sur le bitume et entama un dialogue avec elle-même. Non, elle se faisait des idées, ce n'était pas un bras qu'elle avait vu au fond de la benne.

Ne te fie pas aux apparences, se dit-elle en songeant à sa grand-mère Elsa qui adorait répéter cette maxime. Après quoi, dûment prémunie contre les illusions d'optique, elle hasarda un deuxième coup d'œil. C'était bien un bras. Et au bout de ce bras, il y avait un corps.

« Nooon », gémit Hannah.

Au même instant, la minuterie s'éteignit. Après les flots de lumière aveuglante, le noir semblait encore plus profond. Hannah dut rassembler tout son courage pour ne pas hurler. Deux options s'offraient à elle : soit rester plantée là, à se demander si elle avait vraiment vu ce qu'elle croyait avoir vu, ou bien rentrer dans le bâtiment à toute vitesse et prévenir Mike.

La porte de service s'ouvrit en grinçant. Hannah crut défaillir de terreur. Puis elle entendit une voix.

« Hannah ? Il y a un problème ? »

C'était Mike. Apparemment, la providence lui offrait une troisième option : répondre à Mike que oui, il y avait un problème, et lui demander de la rejoindre sur-le-champ. C'était de loin le choix le plus raisonnable. Encore fallait-il qu'elle récupère sa voix.

« Hannah ?

— Par ici, couina-t-elle.

— Qu'y a-t-il ? Vous avez l'air drôle. »

Hannah inspira à fond puis répondit posément et en articulant bien :

« Il y a un cadavre dans la benne. »

Deux secondes plus tard, Mike était auprès d'elle. Il sortit sa torche, la pointa vers le fond du conteneur et grogna :

« C'est le shérif Grant.

— Il est… ? demanda Hannah en le regardant se pencher pour prendre le pouls du shérif.

— Oui. »

Hannah crut défaillir. Comment imaginer que l'homme à qui elle avait parlé moins de trois heures auparavant se trouvait à présent dans la benne à ordures du lycée Jordan, raide mort ?

« On dirait qu'il a reçu un coup à la tête. Et je crois qu'il a été touché à la poitrine également. J'aperçois du sang séché sur le devant de son uniforme. »

Malgré sa répulsion, Hannah baissa les yeux et, dans le halo de la torche, vit une tache sombre, large comme une assiette à dessert, sur la chemise du shérif Grant.

« Ce n'est pas du sang.

— Non ? »

Hannah secoua la tête.

« C'est du caramel. Le shérif Grant est mort en mangeant l'un de mes cupcakes ! »

Chapitre 4

Hannah n'eut pas plus tôt regagné son appartement que le téléphone sonna. Sachant pertinemment qui l'appelait, elle fonça dans la cuisine et décrocha.

« Allô, maman.

— Allô, *maman* ? Comment savais-tu que c'était moi ?

— Qui d'autre ç'aurait pu être ? Je me doute bien qu'Andrea t'a mise au courant dans la minute qui a suivi le coup de fil de Bill.

— Euh, oui... en effet, c'est exact, fit Delores, déçue que sa fille ait si facilement deviné d'où elle tenait son scoop. Je n'arrive pas à croire que tu aies encore trouvé un cadavre !

— C'est pourtant vrai. Mais ne sois pas jalouse. N'oublie pas que le dernier, je te l'ai laissé. »

Moshe se frottait contre ses chevilles avec une telle vigueur qu'elle avait du mal à garder l'équilibre. Sa gamelle criait famine. Visiblement, ce nouveau régime lui convenait à merveille.

« Ne quitte pas, maman. Je dois nourrir Moshe. Je te reprends dans une minute. »

Hannah posa le combiné sur la table, se dirigea vers le cagibi, décrocha le cadenas, ouvrit la porte et puisa une bonne ration de croquettes senior. Certains auraient pu s'étonner qu'elle ait placé un cadenas sur la porte d'un cagibi. Mais c'était que Moshe n'était pas un chat ordinaire. Quand il décidait d'accéder à ce qu'il considérait comme son garde-manger personnel, rien ne pouvait l'en empêcher. Après plusieurs essais infructueux, Hannah avait opté pour la solution du cadenas, et jusqu'à présent ça fonctionnait. Mais les marques de griffes et de dents au bas de la porte tendaient à prouver que le fauve ne tarderait pas à triompher de ce nouvel obstacle.

« Me revoilà, lança Hannah en reprenant le téléphone. Que sais-tu exactement ?

— Pas grand-chose. Bill a simplement dit à Andrea que tu avais trouvé le shérif Grant dans la benne à ordures du lycée.

— C'est vrai.

— Cette pauvre Nettie Grant ! Je la plains de tout mon cœur !

— Moi aussi. »

Les Grant avaient perdu leur fils unique trois ans plus tôt dans un accident de voiture. Depuis lors, Nettie vivait en quasi-recluse.

« Ça va être terrible pour elle, poursuivit Delores. Elle commençait à peine à se remettre du décès de Jamie. Et maintenant son mari ! Tu crois qu'elles sont liées ?

— Qui donc ? demanda Hannah, désorientée par la question de sa mère.

— Pas qui... quoi ! Je te parle de la mort de Jamie et de celle de son père.

— Je ne vois pas en quoi elles seraient liées, maman.

— Sers-toi de ta tête, Hannah. Nous savons que Nettie a fait une grosse dépression suite à la disparition de son fils. Elle a mis presque un an à s'en sortir. J'image que le shérif Grant a été pareillement affecté, même s'il le montrait moins. Je ne serais pas surprise d'apprendre que son chagrin l'a poussé à commettre l'irréparable.

— Tu veux dire... qu'il se serait suicidé ?

— Bien sûr. Tu n'es pas de mon avis ?

— Non.

— Pourquoi ? Ce serait logique, pourtant. »

Hannah soupira. Elle s'était promis de lui éviter les détails macabres, mais si Delores répandait sa théorie du suicide à travers toute la ville, les conséquences seraient désastreuses.

« Il ne s'agit pas d'un suicide, maman.

— Comment le sais-tu ?

— Je n'imagine pas que le shérif Grant ait pu se frapper lui-même sur la tête et ensuite se traîner, le crâne fendu, jusqu'à la benne du lycée pour sauter à l'intérieur et y mourir. Tout cela après avoir mangé l'un de mes cupcakes. Je veux bien admettre que ma recette n'est pas parfaite, mais il ne faut pas exagérer.

— Le moment est mal choisi pour faire de l'humour !

— Bien », se contenta de répondre Hannah.

Durant les quelques secondes de silence qui suivirent, Hannah crut entendre les rouages tourner dans le cerveau de sa mère.

« Attends un peu ! reprit Delores d'une voix frémissante. Tu dis que le shérif Grant est mort d'un coup sur la tête ?

— Je confirme.

— Mais c'est impossible, à moins que... » Son « que » vibra longuement dans l'écouteur. « On l'a assassiné ! Pourquoi tu ne me l'as pas dit avant !?

— Tu n'as pas demandé.

— Eh bien maintenant, je te le demande. Une fille digne de ce nom ne m'aurait pas obligée à lui poser la question ! Si tu es debout, assieds-toi et raconte-moi tout. Sans rien omettre, s'il te plaît. Sinon, gare à toi. »

Hannah parla encore dix minutes avec sa mère tout en cherchant de quoi se sustenter. Au moment où elle raccrocha, elle avait mal au cou d'être restée tout ce temps avec le combiné coincé entre l'épaule et la joue. Mais heureusement, son dîner était quasiment prêt : un mélange thon-mayonnaise étalé sur une belle tranche de *pumpernickel*. Ça ne valait pas un steak, bien sûr, mais c'était drôlement appétissant, se dit-elle en s'emparant d'une deuxième tranche de pain de seigle. Celle-ci, elle la tartina de fromage fondu au micro-ondes et rajouta par-dessus des petits oignons blancs finement émincés. Les oignons que Lisa cultivait dans sa serre. Quand les deux moitiés de sandwich furent assemblées et découpées en cubes, Hannah alla puiser un verre de Château Piquette au cubi qu'elle gardait au frais pour les petites soifs vespérales.

« C'est bon, Moshe ! Ta gamelle est pleine de délicieuses croquettes », dit Hannah au gros matou qui n'en finissait pas de frotter ses douze kilos contre ses chevilles.

Moshe produisit un miaulement très explicite. Où avait-elle la tête ? réagit Hannah. Son chat n'était pas fou : les meilleures croquettes du monde ne pouvaient rivaliser avec les sandwichs au thon de sa maîtresse.

Ayant rejoint le canapé sans encombre malgré les efforts déployés par Moshe pour la faire trébucher, Hannah alluma la télé puis s'accorda une première bouchée. Un vrai délice ! Les petits oignons de Lisa étaient parfaits. Elle se promit de lui en faire le compliment le lendemain quand elles se verraient. Après quoi, elle passa en mode dégustation.

Une fois le sandwich disparu et Moshe apaisé par les miettes de thon qu'elle lui avait gardées, Hannah s'installa plus confortablement pour regarder la télé en sirotant son vin.

Il n'y avait rien de formidable au programme, ce lundi soir. Hannah passa d'une chaîne à l'autre en se demandant quel intérêt les gens pouvaient trouver à de telles inanités. Une émission finit toutefois par retenir son attention ; c'était un documentaire portant sur les cakes aux fruits qu'on partage lors des fêtes de Noël et l'évolution de cette tradition au fil des siècles.

Hannah le suivit avec grand intérêt. Une fois tranchés, ces cakes étaient vraiment magnifiques avec leurs fruits confits brillants comme des pierres précieuses sous la lumière des projecteurs. Dans un monde parfait, leur beauté n'aurait eu d'égale que leur saveur, mais hélas Hannah savait par expérience que c'était rarement le cas. En fait, un seul cake aux fruits trouvait grâce à ses yeux : le sien. Cette recette qu'elle avait créée pour son père ne contenait pas le moindre fruit confit. Elle avait l'intention de l'insérer dans le livre de cuisine de Lake Eden sous l'appellation cake de Papa.

Le documentaire allait se terminer quand Hannah crut voir une tache orange ramper vers la buanderie. Elle l'avait déjà aperçue quelques minutes auparavant, allant dans l'autre sens, mais sur l'instant, elle n'avait pas réagi. Depuis une heure qu'elle était devant la télé, Moshe avait eu le temps de faire plusieurs allers-retours sans qu'elle remarque son manège.

« Tout va bien, Moshe ? » dit-elle en se levant.

Il n'allait dans la buanderie que pour faire ses besoins. Peut-être son alimentation senior lui causait-elle des problèmes intestinaux. Auquel cas, elle appellerait le vétérinaire dès le lendemain matin.

Mais quand elle entra, Moshe n'était pas dans sa caisse. Il se tenait juste à côté et grattait la litière avec sa patte comme pour enfouir une chose qu'il y aurait déposée.

« Curieux », fit-elle tandis que le matou retournait dans la cuisine.

Quelques mois auparavant, elle avait retrouvé la moitié postérieure d'une souris cachée sous le gravier. Peut-être Moshe avait-il encore capturé une proie. C'était peut-être sa façon à lui de rendre un dernier hommage à ses victimes.

Hannah prit la petite pelle vendue avec la litière et la plongea dans la caisse. Ce qu'elle découvrit ne ressemblait ni à une souris à moitié dévorée, ni même à un criquet ou à un papillon. C'était une croquette senior parfaitement intacte. Prise d'un brusque soupçon, elle poursuivit ses fouilles et tomba sur d'autres vestiges, comme autant de témoins de l'aversion que Moshe éprouvait envers son nouveau régime. En enterrant ses croquettes dans cet endroit précis, il lui faisait passer un message ô combien explicite.

« OK, j'ai pigé », fit-elle avec un soupir résigné.

Dans la vie, rien n'était aussi simple qu'on pouvait l'espérer. Lorsqu'elle revint dans la cuisine, Moshe était là, près de sa gamelle, à la regarder. Dès qu'elle ouvrit le cagibi, une étincelle brilla dans son œil doré. Et quelle ne fut pas sa joie quand il la vit ressortir avec ses anciennes croquettes.

« Tu as gagné, mon garçon », dit-elle avant de lui verser une ration à la mesure de son appétit.

Certes, il s'agissait d'une capitulation et elle n'en était pas fière, mais c'était le prix à payer pour pouvoir dormir sans être réveillée toutes les cinq minutes par des miaulements affamés.

Le lendemain, il y avait un monde fou au Cookie Jar. On aurait dit que tous ses concitoyens étaient au courant du meurtre du shérif Grant. Une bonne partie avait sans doute été informée par Delores en personne, supposa Hannah qui ne se faisait plus guère d'illusions sur sa mère.

« Absolument pas », dit-elle en remplissant la tasse que Bertie Straub lui tendait.

Hannah avait passé la matinée à répéter cela, tous ses clients sans exception voulant savoir si elle allait enquêter.

« Alors, tu refuses de les aider ? insista Bertie avant de tourner la tête pour sourire à Andrea qui venait d'entrer dans la pâtisserie.

— Pas du tout. Je les aiderai comme je pourrai, mais je n'ai pas l'intention d'en faire davantage.

— Et s'ils te le demandent ?

— Ils ne me demanderont rien. » Hannah fit un pas de côté pour accueillir sa sœur derrière le comptoir. « L'un des leurs s'est fait tuer. C'est une affaire interne. Je ne m'en mêlerai pas. D'ailleurs, je n'ai rien à voir là-dedans.

— Et pourtant si », souffla Andrea à sa seule intention. Ses lèvres n'avaient pas bougé d'un millimètre. Hannah n'en revenait pas ; elle ignorait que sa cadette pratiquait la ventriloquie.

« Fournil, ajouta Andrea en utilisant la même méthode. J'ai un truc à te dire. »

Hannah fit signe à Lisa de tenir la caisse en son absence et franchit la porte battante, suivie d'Andrea et de son sourire figé. Elles s'installèrent côte à côte près de l'îlot central.

« Bon, raconte ! Tu n'as pas l'air dans ton assiette. »

Andrea blêmit.

« C'est vrai ? Tu crois que quelqu'un l'a remarqué ?

— Eux, tu veux dire ? fit Hannah en désignant la salle.

— Oui.

— Non. Il n'y a que moi. Et c'est parce que je te connais bien. Qu'est-ce qui cloche ?

— Tout ! L'univers virevolte autour de moi et je ne peux rien faire pour l'en empêcher ! »

Hannah aurait pu lui répondre que la force de gravité était nécessaire à l'équilibre de ce même univers, mais préféra s'abstenir.

« Je vais te donner un verre de jus d'orange. Je te trouve un peu pâlichonne.

— Non, je préférerais du café. Je n'en ai pas fait ce matin. J'étais trop contrariée. »

Trop contrariée pour faire du café ! s'étonna Hannah en

allant remplir une tasse. C'était d'autant plus bizarre que pour Andrea faire du café consistait à mettre une cuillerée de poudre dans un mug, de verser de l'eau par-dessus et de poser le tout sur le plateau du micro-ondes.

« Merci, Hannah. »

Andrea attrapa la tasse à deux mains, poussa un soupir de gratitude et dit :

« C'est *tellement* bon ! Je commence à reprendre mes esprits.

— Tant mieux. Mais pourquoi les avais-tu perdus ? Et qu'essayais-tu de me dire, tout à l'heure, derrière le comptoir ?

— J'ai dit quelque chose, moi ?

— Bertie était en train de me demander si j'allais me mêler de l'enquête sur la mort du shérif Grant. J'ai répondu non, tu es arrivée et tu as marmonné : "Et pourtant si." En plus, tu l'as fait sans bouger les lèvres.

— Oui, en effet. C'est un truc que j'ai inventé en classe de cinquième. M. Baker nous retirait des points dès qu'il nous prenait à bavarder. Du coup, on a appris à parler sans bouger les lèvres, et comme ça marchait on a continué jusqu'à la fin de l'année.

— Non, pas ça ! Je veux savoir pourquoi je devrais me mêler de cette enquête.

— Eh bien, parce qu'il le faut. Bill en a besoin.

— Tu es sérieuse ?

— Absolument. »

Hannah la regarda longuement.

« Dois-je comprendre que Bill t'a demandé de me demander d'enquêter sur le meurtre du shérif Grant ?

— Pas exactement.

— Alors quoi ?

— C'est à cause de Mike », répondit Andrea en avalant une gorgée de café. Une lueur de colère passa dans son regard. « Ce type est un foutu connard ! Quand je pense que je l'ai invité chez moi, que je lui ai fait des sandwichs et tout et tout... Et ensuite, il nous plante un piolet dans le dos !

— Un couteau, corrigea automatiquement Hannah.

— Quoi ?

— Un couteau, c'est suffisant. Mais qu'est-ce que Mike a fait, précisément ?

— Il nous a trahis, voilà ce qu'il a fait ! Si jamais tu lui adresses encore la parole, je te... je te déshérite ! »

Andrea ne brandissait cette menace que lorsqu'elle était très fâchée. Hannah évita donc de rétorquer que juridiquement parlant, les sœurs ne pouvaient pas se déshériter. De fait, elle semblait d'une humeur particulièrement massacrante. Elle avait les joues rouges, les yeux étincelants. Hannah ne l'avait plus vue dans cet état depuis le lycée, quand un camarade avait répandu du jus de raisin sur son pull rose en cachemire.

« Mike est... vraiment dégueulasse ! Il est... » Andrea s'arrêta et posa les mains à plat sur son ventre. « Je n'irai pas plus loin. Je viens de lire dans un article qu'avant la naissance, les bébés perçoivent tout ce qui se passe autour d'eux. Et je ne veux pas que le petit Billy m'entende dire des gros mots.

— Calme-toi, s'il te plaît. Et raconte-moi ce qui s'est passé avec Mike.

— Mike... »

Andrea s'interrompit, respira à fond et souffla bruyamment. « Mike pense que Bill a assassiné le shérif Grant ! »

Chapitre 5

Hannah eut l'impression de recevoir un coup de poing dans l'estomac. Elle allait demander des précisions quand elle vit les joues d'Andrea passer du rose vif au gris perle. Bondissant sur ses pieds, elle courut lui chercher une dose de fortifiant.

« Tiens, avale ça, ordonna-t-elle en posant deux Black and White au creux de sa main. Tu as besoin de chocolat.

— J'ai surtout besoin que Mike tombe raide mort !

— C'est compréhensible, étant donné les circonstances, admit Hannah avant de lui désigner les cookies d'un geste du menton. Allez, mange !

— Bon, d'accord », grogna Andrea.

Elle croqua dans le premier, mastiqua, avala, en reprit un gros bout et le termina en un rien de temps. Le second ayant subi le même sort, Hannah la vit retrouver une couleur normale.

« Te revoilà parmi nous », dit Hannah, grandement soulagée. Un instant, elle avait songé à téléphoner au Dr Knight.

« Oui, je me sens mieux. Mais je suis toujours furieuse contre Mike.

— Je comprends tout à fait, répondit Hannah en lui tapotant la main.

— C'est tellement affreux ! Je suis sans voix.

— Et pourtant tu parles », répliqua trop rapidement Hannah.

Le moment était mal choisi pour chipoter sur la sémantique. « Explique-moi tout, veux-tu ? Je pourrai peut-être vous aider. »

Andrea s'ébroua comme pour s'éclaircir les idées puis se lança.

« Tout a commencé ce matin au bureau. Mike a dit qu'il était obligé de le suspendre parce que Bill se trouvait seul à la maison hier soir et qu'il n'avait pas d'alibi.

— Attends une seconde. Mike a suspendu Bill ? Il a le pouvoir de faire une chose pareille ?

— Il est devenu shérif par intérim du fait que le shérif Grant est mort. C'est le règlement. L'adjoint le plus haut gradé assure l'intérim jusqu'aux élections suivantes.

— Ah bon. » Hannah rapprocha sa sacoche, l'ouvrit et en sortit l'un des blocs sténo qui lui servaient de pense-bêtes. « Tu dis que Bill n'a pas d'alibi. Mais à quelle heure le shérif Grant a-t-il été tué ?

— Bill ne le sait pas. Mike l'a viré avant qu'il ait eu connaissance des détails de l'affaire.

— OK. Tu as dit aussi que Bill se trouvait seul à la maison hier soir. Et toi, où étais-tu ?

— Avec Tracey et deux de ses petites camarades. Je les ai emmenées voir un film au cinéma du centre commercial. J'aurais mieux fait de m'abstenir. En plus, c'était nul.

Tu sais, l'un de ces dessins animés débiles où les personnages n'ont même pas l'air vrais et…

— C'est bon, l'interrompit Hannah qui craignait de devoir subir un discours sur l'indigence de la production cinématographique destinée au jeune public. Revenons-en à la mise à pied de Bill. Est-ce une simple règle de procédure ? Ou Mike le soupçonne-t-il vraiment d'avoir assassiné le shérif Grant ?

— Je ne sais pas. Mais d'après Bill, Mike n'avait pas l'air de rigoler quand il lui a ordonné de quitter les lieux. Je suis encore sous le choc. Je pensais que Mike était son meilleur ami. Sale traître ! Je n'en reviens pas qu'il ait fait cela.

— C'est difficile à concevoir, je te l'accorde. »

Elle-même avait du mal à digérer la nouvelle. Pourtant, il fallait se rendre à l'évidence. À moins que le vrai Mike n'ait été séquestré par son jumeau démoniaque, lequel aurait pris sa place au poste de police, c'était bien lui l'auteur de cette sanction.

« Bill n'est pas coupable, Hannah. Mon mari n'est pas un assassin.

— Bien sûr que non », répondit Hannah d'une voix douce et rassurante. Bill n'aurait pas fait de mal à une mouche, sauf s'il en avait eu besoin pour pêcher. « Prenons les choses les unes après les autres. Dis-moi ce que Bill a fait hier soir pendant que tu étais au cinéma.

— Il a regardé un match de football à la télé. C'est ce qu'il a dit à Mike. Il lui a même décrit les moments forts de la partie. Mais Mike a répondu que ça ne signifiait rien, qu'il aurait pu voir le résumé aux informations. »

Hannah toucha l'épaule de sa sœur.

« Écoute, Andrea, nous allons devoir prouver que Bill n'a pas bougé de la soirée. L'un de vos voisins l'a peut-être aperçu par la fenêtre alors qu'il passait dans la rue.

— J'y ai déjà pensé. Ce matin, je les ai tous appelés. Personne ne l'a vu. »

Andrea s'appliquait à tordre une serviette en papier comme pour confectionner un nœud coulant à passer autour du cou de Mike. Hannah comprenait parfaitement que sa sœur s'estime trahie. Après tout, Mike était un ami, un confident, presque un membre de la famille.

« Tu vas nous aider, Hannah ?

— Bien sûr. Ne t'inquiète pas.

— C'est plus fort que moi ! Hier, l'avenir paraissait radieux. Les derniers sondages donnaient Bill gagnant contre le shérif Grant. Avec ce meurtre, tout a basculé dans l'autre sens. Le meilleur est devenu le pire. Quand le petit Billy naîtra, son père sera peut-être au chômage. Et si Mike persiste dans ses intentions, il deviendra le fils d'un repris de justice ! »

Hannah secoua la tête.

« Ça n'arrivera pas. Je te le promets.

— Tu n'en sais rien !

— Je m'y opposerai. Rentre chez toi, Andrea. J'imagine que Bill est au trente-sixième dessous. Il a besoin de ta présence, de ta tendresse. J'ai un buffet à servir. Je passerai vous voir juste après et nous mettrons au point une stratégie.

— D'accord, fit Andrea, heureuse d'avoir une mission à accomplir. À quelle heure, ton buffet ?

— Midi. Normalement, je serai chez vous à treize heures trente au plus tard.

— Entendu. » Andrea se leva. « Je préparerai quelque chose à manger. Des tartines grillées avec du beurre de cacahuète et de la gelée.

— Ce sera parfait. »

Andrea était une cuisinière plus qu'exécrable, mais pour confectionner des tartines grillées au beurre de cacahuète et à la gelée, point n'était besoin d'être sortie première de l'école hôtelière.

Le reste de la matinée fut aussi animé que son début. Il y avait tellement de monde dans la boutique qu'on ne trouvait pas à s'asseoir. Hannah et Lisa durent conjuguer leurs efforts pour satisfaire tous les amateurs de cookies, et ce jusqu'à la pause de onze heures. Elles disposaient toujours de quelques minutes de battement entre le départ des derniers clients du matin et l'arrivée des premiers du midi. Quand elles furent enfin seules, Hannah demanda à Lisa de la rejoindre à leur table favorite, au fond de la salle, et la mit au courant des problèmes que rencontrait Bill.

« Tu plaisantes ! articula Lisa d'une voix blanche. Ne me dis pas que Mike le soupçonne vraiment ?

— C'est ce que prétend Andrea. Et ce doit être vrai puisqu'il l'a mis à pied.

— Mais c'est... c'est... c'est ridicule ! bredouilla Lisa.

— Bien sûr. J'espère qu'il réalisera vite son erreur. Mais dans le cas contraire...

— Tu trouveras le coupable et tu mettras Bill hors de cause, l'interrompit Lisa. Évidemment ! Tu n'as pas le choix. Tu dois le sauver, Hannah. »

Hannah éclata de rire.

« À t'entendre, je suis la cousine de Superwoman.

— Je n'irais pas aussi loin, fit Lisa avec un petit sourire d'excuse. Mais pour ce qui est de résoudre des affaires de meurtre, franchement, tu es la meilleure. Tout le monde s'accorde à le dire. Je veux que tu te consacres entièrement à cette enquête. Pendant ce temps, c'est moi qui m'occuperai du Cookie Jar. »

Hannah tapota gentiment l'épaule de son associée.

« Je te remercie, Lisa. Tu es la générosité même. Je ne connais personne qui te vaille. Parfois, je me demande si derrière toute cette bonté ne se cacherait pas un vice particulièrement immonde.

— Quel genre de vice ?

— Je n'en sais rien mais je trouverai. Bon, sérieusement, pour l'instant, nous avons plus urgent à faire. Il faut découvrir l'ingrédient mystère de Beatrice Koester. Je l'ai eue ce matin au téléphone. Elle craint que la recette d'Alma ne puisse figurer dans le livre de cuisine.

— Je vais m'y mettre, promit Lisa. Hier soir, j'ai essayé la crème de guimauve mais ça n'a pas marché. J'ai obtenu une grosse masse gluante. Tu veux que je t'aide à charger ?

— Charger ?

— Les caisses pour le buffet. Tu dois y être dans moins d'une heure. »

Hannah se frappa le front.

« Bon sang. J'avais presque oublié.

— Ça n'a rien d'étonnant. Avec tout ce que tu as en tête.

— C'est vrai, sourit Hannah. Heureusement que j'habite dans une petite ville.

— Pourquoi ?

— Parce que même quand je ne sais plus ce que j'ai à faire, il y a toujours quelqu'un pour me le rappeler. »

Hannah venait de poser la dernière caisse à l'arrière de son break quand le véhicule de Mike pénétra dans la ruelle. Dès qu'elle le vit descendre, son cœur s'emballa. Il était si beau qu'elle dut se faire violence pour ne pas se jeter à son cou. Certes, elle aurait adoré se lover contre lui, mais non, pas question d'embrasser le félon qui avait suspendu Bill.

Mike dut lire la méfiance sur son visage.

« Il y a un problème ? On dirait que quelqu'un vient de vous piquer votre jouet préféré.

— C'est tout comme », marmonna Hannah.

Mike lui plaisait beaucoup, et son comportement envers Bill ne changeait rien à cela. Mais la famille passait avant tout.

« Comment avez-vous pu suspendre Bill ? C'est ridicule !

— Vous êtes au courant ?

— Évidemment !

— Je ne voulais pas en arriver là, Hannah, mais il a bien fallu. Mettez-vous à ma place. Il a un mobile. Il se présentait aux élections contre le shérif Grant, et hier soir, avant qu'il ne quitte le poste de police, plusieurs personnes les ont entendus se disputer. Vous connaissez Barbara Donnelly, n'est-ce pas ? La secrétaire du shérif Grant.

— Oui. »

Hannah la connaissait depuis toujours, et si Barbara Donnelly disait avoir entendu Bill se disputer avec le shérif Grant, on devait la croire.

« Barbara était à son poste quand elle a vu Bill sortir furieux du bureau du shérif. Et elle a entendu le shérif Grant hurler : "Si vous espérez prendre ma place, il faudra me tuer d'abord." »

Hannah poussa un soupir exaspéré.

« C'est une façon de parler. Je m'étonne que Barbara ait pris cela au pied de la lettre.

— Ce n'est pas le cas. En revanche, elle dit que Bill et le shérif Grant étaient très remontés. Ils ont pu se retrouver plus tard et en venir aux mains. Tout ce que je sais, c'est que le même soir, le shérif s'est fait défoncer le crâne et que pour commettre un tel acte, il faut être sacrément furax. Et comme Bill n'a pas d'alibi, il a bien fallu que je lui retire l'enquête. »

Hannah reconnaissait que l'explication de Mike tenait debout mais pas question de le dire à haute voix.

« Vous prétendez que Bill n'a pas d'alibi. Encore faudrait-il savoir à quelle heure le shérif Grant a été tué ?

— Entre vingt heures et vingt et une heures trente. »

Hannah prit note dans sa tête puis, se redressant de toute sa hauteur, enchaîna en ces termes :

« J'avoue que votre attitude me surprend beaucoup. Je pensais que les coéquipiers se serraient les coudes. Vous n'avez donc aucune loyauté envers Bill ?

— Bien sûr que si ! répondit Mike, scandalisé. Bill est mon meilleur ami. Vous le savez. Mais dans une enquête criminelle, il faut mettre de côté ses sentiments personnels. C'est justement parce que Bill est mon coéquipier et mon ami que je m'efforce de le traiter comme n'importe quel justiciable. Je dois absolument suivre la procédure. Pour son bien. Et comme désormais je travaille en solo, ce ne sera pas chose facile.

— Vous travaillez en solo ? s'étonna Hannah. Pourquoi ne pas vous faire seconder par l'un ou l'autre de vos collègues ?

— Parce que je ne fais confiance à personne hormis Lonnie Murphy, et que Lonnie ne revient que dans deux semaines. »

Hannah avait du mal à comprendre son raisonnement. « Pourquoi feriez-vous confiance à Lonnie plus qu'aux autres adjoints ?

— Parce que Lonnie a été embauché récemment et que le shérif Grant avait tendance à traiter correctement ses nouveaux collaborateurs. En général, la lune de miel ne durait pas plus de six mois.

— Qu'entendez-vous par là ?

— Qu'à la fin des six mois en question, il devenait très désagréable. Le shérif Grant pouvait se montrer impitoyable et tous mes collègues ou presque avaient des raisons de le haïr.

— Qu'est-ce qu'il leur faisait ?

— Il s'opposait à leurs promotions, refusait d'accorder les congés auxquels ils avaient droit, les sanctionnait injustement pour qu'ils n'obtiennent pas leur avancement au mérite. » Mike comptait sur ses doigts. « Vous en avez forcément entendu parler, Hannah. Bill sait tout cela. L'année dernière, le shérif Grant lui a collé un avertissement pour une broutille.

— Oui, je m'en souviens. À cause d'une cravate mal nouée, alors que Bill avait passé toute la nuit en faction.

— Donc vous voyez ce que je veux dire. Je me suis plongé dans les dossiers pour vérifier si toutes ces sanctions étaient fondées, et je peux déjà affirmer que la plupart sont bidon.

— Vous pensez que le shérif Grant aurait pu être victime d'une vengeance ?

— Non, du moins pas celle d'un collègue. J'imagine mal l'un d'entre eux perdant les pédales au point de s'en prendre à lui physiquement. Mais je dois quand même envisager cette possibilité. C'est mon devoir. »

Hannah dressa l'oreille.

« En somme, vous effectuez une enquête interne ?

— C'est cela. Et j'aurais vraiment besoin de Bill pour m'aider. Laissez-moi un peu de temps, Hannah. Cette mise à pied me coûte autant qu'à lui. »

Estimant que cet aveu n'appelait pas de réponse de sa part, Hannah se contenta de le fixer jusqu'à ce qu'il baisse les yeux.

« Eh bien... reprit Mike en se balançant d'un pied sur l'autre. Il faut que j'y aille. On se voit plus tard. »

Vous peut-être, mais pas moi, songea Hannah. Cette réplique, elle l'aurait prononcée tout haut si elle avait eu quinze ans. Mais comme elle en avait le double, elle regarda Mike regagner son véhicule sans rien dire. Quand il eut disparu au coin de la rue, elle s'assit au volant de son break et démarra.

Chapitre 6

Il était un peu plus d'une heure de l'après-midi et le buffet s'était bien déroulé, de même que l'événement qu'il clôturait, Marge Beeseman ayant recruté un grand nombre de volontaires pour sa collecte de livres. Hannah s'estimait satisfaite : les « amis de la bibliothèque » avaient adoré ses croquants à la cerise et elle avait réussi à éviter sa mère. De toute évidence, cette dernière ne savait toujours pas que son gendre avait été mis à pied, et ce n'était pas à elle de l'en informer.

Arrivée devant la maison de Bill et d'Andrea, elle prit le temps de réfléchir. L'ambiance risquait d'être un peu tendue. Son beau-frère serait de mauvaise humeur, évidemment, et si jamais elle critiquait un tant soit peu le déjeuner, sa sœur aussi monterait sur ses grands chevaux. Hannah devrait donc faire preuve de tact. Or, le tact n'était pas sa qualité première.

La Volvo d'Andrea était déjà garée dans l'allée. Hannah s'arrêta derrière, descendit et appuya sur le bouton de la sonnette, déclenchant une mélodie qui lui arracha un sourire. C'était une nouveauté. Elle savait que Bill et Andrea supportaient l'équipe des Vikings, mais de là à installer chez eux un carillon reproduisant les premières mesures de leur hymne...

Quand elle vint lui ouvrir, Andrea affichait une mine déconfite.

« Désolée de t'avoir fait attendre. Je finissais les toasts.

— Ah », fit Hannah en reniflant. Andrea avait réussi à faire brûler le pain. « Du nouveau ?

— Non, rien. Entre. Bill est dans la cuisine. »

Hannah suivit sa sœur le long du couloir et déboucha dans la belle cuisine ensoleillée qui les avait décidés à acheter cette maison. Dans un magazine, on l'aurait appelée « cuisine de gourmet ». Chaque fois qu'elle y entrait, Hannah bavait d'envie devant les deux fours encastrés, l'îlot central équipé de plaques de cuisson ultramodernes et d'un barbecue. Sans parler des jolis tabourets bien moelleux disposés sur trois côtés. Ça devait être amusant de faire griller des petites brochettes pour l'apéro sous le regard de vos invités ! Grâce à sa rôtissoire amovible, on pouvait même y cuire des pièces de viande et ainsi allier le plaisir de la table à celui des yeux.

Quant à la pièce elle-même, c'était une merveille en matière d'aménagement. D'abord, elle était immense car elle servait également de salle à manger, et l'alcôve où était installée la grande table ronde en chêne près d'une cheminée à l'ancienne contribuait à créer une atmosphère accueillante et douillette. Une flambée crépitait dans l'âtre. Hannah supposa que c'était grâce à Bill, car Andrea passait si peu de temps dans cette pièce qu'elle prenait rarement la peine de faire du feu.

Bill était assis au fond, devant la baie vitrée donnant sur le jardin entouré d'arbres. En s'avançant vers lui, Hannah se dit que décidément sa sœur et son beau-frère formaient un couple charmant. Avec ses longs cheveux blonds, ses yeux bleu porcelaine, son ossature délicate, Andrea était absolument ravissante. Et ses huit mois de grossesse l'avaient rendu encore plus radieuse. Bill, lui, était tout le contraire de sa femme ; il avait les cheveux bruns, les yeux marron et une carrure de footballeur américain. L'année précédente, Hannah avait noté qu'il commençait à prendre du ventre, mais depuis qu'il faisait de l'exercice avec Mike tous les matins, sa bouée de sauvetage s'était un peu dégonflée.

« Comment vas-tu, Bill ?

— Comme ci comme ça. Andrea dit que tu as des idées à me soumettre ? »

Hannah se tourna vers sa sœur qui s'affairait face au comptoir.

« Euh... bien sûr, j'en ai quelques-unes. Nous allons trouver une solution, Bill. Ne t'inquiète pas.

— Le déjeuner est prêt ! annonça Andrea en posant un plateau sur la table de la cuisine. Nous parlerons de tout cela après.

— Merci, mon cœur. »

Bill lui sourit et se mit à table. Hannah l'imita, mais son sourire se figea lorsqu'elle vit ce qu'ils étaient censés manger. Si Andrea ne lui avait pas parlé de tartines grillées, elle n'aurait pas su mettre un nom sur ces morceaux de pain calcinés et enduits de deux substances molles, l'une de couleur marron, l'autre vert salade !

« Elle est à quoi cette gelée ? demanda Hannah, sidérée.

— À la menthe. Je voulais mettre de la gelée de raisin, mais comme il ne m'en restait plus, j'ai pris celle à la menthe. Sers-toi, Hannah. C'est meilleur quand le pain est encore chaud. »

Hannah poussa un soupir de regret et dit sur un ton qu'elle espérait convaincant :

« Merci, Andrea. Tes toasts m'ont l'air délicieux, mais je passe mon tour.

— Pourquoi ?

— J'ai été bête. Tout à l'heure, pendant le buffet, je n'ai pas cessé de grignoter des cookies.

— Oh, Hannah ! répliqua Andrea, vexée. Je les ai faits spécialement pour toi.

— Je suis désolée, répondit Hannah en se disant qu'elle le serait davantage si on l'obligeait à consommer ces étranges choses vertes et marron.

— Pourtant, je t'avais dit que je m'occuperais du déjeuner.

— Excuse-moi mais, vois-tu, notre mère est venue me parler et du coup...

— N'en dis pas plus, fit Andrea, compatissante. Je suis comme toi. Quand Delores est dans les parages, c'est plus fort que moi, je mange. Pour me rassurer, sûrement. Ça doit me rappeler quand on était petites et qu'elle critiquait tout ce qu'on faisait.

— Quand on était petites ? Tu trouves qu'elle a changé ?

— Oui, enfin, avec moi elle n'est plus comme ça. Après tout, j'ai fait tout ce qu'elle souhaitait. Je me suis mariée, je lui ai donné une petite-fille, et bientôt, elle aura aussi un petit-fils à gâter. Comme elle ne peut plus me critiquer, elle se rabat sur toi.

— C'est vrai, soupira Hannah. Elle n'arrive pas à concevoir que ce qui est bien pour toi ne l'est pas nécessairement pour moi.

— Je pense que c'est bien pour toi aussi, rétorqua Andrea. La différence, c'est que contrairement à moi, tu n'as pas encore trouvé l'homme idéal. Et celui auquel nous pensions s'est exclu de lui-même ! Ce chien ! Je n'en reviens toujours pas qu'il ait pu...

— Tes toasts sont succulents, mon cœur ! l'interrompit Bill. La gelée de menthe, ça change tout ! J'adore.

— Vraiment ? roucoula Andrea.

— Je t'assure, confirma Bill avant de se tourner vers Hannah. Puisque tu ne manges pas, tu n'as qu'à m'exposer tes idées tout de suite. Comment comptes-tu prouver mon innocence ?

— Eh bien, je sais déjà une chose. Le shérif Grant est mort entre vingt heures et vingt et une heures trente. Je sais aussi que tu t'es disputé avec lui hier soir, avant de quitter le poste de police.

— Nous avons eu des mots, reconnut Bill, mais rien de plus. Il voulait que je retire ma candidature, et en échange il m'offrait une promotion. J'ai refusé tout net.

— Et c'est à ce moment-là qu'il a crié : "Si vous espérez prendre ma place, il faudra me tuer d'abord" ?

— Oui. Il ne le pensait pas, évidemment. C'était une expression assez courante chez lui. Demande à mes collègues.

— Je te crois, répondit Hannah en le regardant au fond des yeux. Et si tu les appelais toi-même ? Ils peuvent bien te refiler quelques infos, non ?

— Je suis sûr qu'ils le feraient très volontiers mais

je ne veux pas les compromettre. Un adjoint mis à pied n'a pas le droit de s'immiscer dans une enquête en cours. C'est une règle absolue.

— Oublie les règles. Si tu ne t'immisces pas, tu risques de payer pour un meurtre que tu n'as pas commis ! Tu ne comptes pas rester ici à te tourner les pouces en attendant que Mike attrape le tueur, j'espère !

— Bien sûr que non. Je lui ai promis de ne pas bouger, donc je ferai profil bas, mais les règles en question ne concernent pas la famille du policier mis à pied. »

Hannah esquissa un sourire.

« Sa belle-sœur, par exemple ?

— Tu as tout compris. Je n'ai pas le droit de suivre une piste par moi-même, mais je peux prodiguer des conseils. Faisons comme ça. Tu cherches des indices et si tu en trouves, tu me les présentes et on en discute.

— Marché conclu ! Maintenant, parlons de ton alibi. As-tu reçu des appels, hier soir, entre vingt heures et vingt et une heures trente ?

— Oui, deux. Mais ça ne compte pas. C'était du démarchage téléphonique.

— Attends un peu, dit Hannah en levant la main. Ces coups de fil ne sont pas forcément à écarter. J'ai travaillé pour une société de télémarketing pendant une semaine, quand j'étais à la fac.

— Une semaine ? s'étonna Andrea. Ils t'ont virée ?

— Non, j'ai démissionné. Je commençais à bien me débrouiller et ça m'a fait peur. Je me suis vue vendant du shampooing pour moquette jusqu'à la fin de mes jours. Mais je me souviens d'une chose : tous nos appels étaient enregistrés. De cette manière, le superviseur savait à qui nous avions parlé, à quelle heure et pendant combien de temps. »

Andrea leva le pouce puis se tourna vers Bill.

« Qu'ont-ils essayé de te vendre ? Tu t'en souviens, mon chéri ?

— La première fois, c'était un appartement en multipropriété. Vous connaissez le truc. Ils commencent par vous annoncer que vous avez gagné un week-end dans un bel hôtel, et quand vous arrivez sur place ils vous harcèlent jusqu'à ce que vous signiez l'acte de propriété. Le nom de la société évoquait des vacances sous les tropiques. J'avoue que je n'ai pas bien écouté. J'ai dit que ça ne nous intéressait pas et j'ai raccroché. »

Les deux sœurs échangèrent un rapide coup d'œil.

« Quelle heure était-il ? demanda Hannah.

— Je n'ai pas regardé, mais je pense que c'était peu après le départ d'Andrea.

— OK. Et le deuxième appel ?

— Une entreprise de toiture. J'ignore laquelle. Elle est basée dans la région, m'a dit le vendeur, mais c'est sûrement une méthode pour accrocher le client.

— À moins que ce ne soit vrai. Ça mérite vérification. Ouvrons l'œil au cas où nous verrions un chantier de rénovation, par ici.

— Je peux faire un tour dans le secteur avec Tracey après l'école, proposa Andrea. Maintenant, comment procédons-nous pour la vente en multipropriété ?

— Gus York, dit Hannah.

— Gus York a acheté un appartement en multipropriété ?

— Non, pas que je sache, mais j'ai vu Irma hier soir à mon cours, et elle m'a dit que Gus adorait ce genre d'appels. Apparemment, il prend un malin plaisir à écouter l'argumentaire des vendeurs, il leur pose un tas de questions, et à la fin, il leur sort que non, ça ne l'intéresse pas.

— On dirait qu'il a du temps à perdre, commenta Bill.

— Sans doute, mais s'il a reçu le même coup de fil que toi, il se rappellera sans doute le nom de la société. »

Andrea prit un calepin marqué *Épicerie* en grosses lettres vertes et se mit à écrire. Elle remplit une première ligne, puis une deuxième, une troisième, une quatrième et une cinquième.

« Il te faut une demi-page pour inscrire le nom de Gus York ? s'étonna Hannah.

— Ne dis pas de bêtises, enfin !

— Alors, qu'est-ce que tu fais ?

— La liste des courses. Avant que j'oublie. Il nous faut de la gelée de raisin, du beurre de cacahuète, du jus de pomme, du café lyophilisé et du pain. »

Croquants à la cerise

Préchauffer le four à 190°,
la grille en position médiane.

1 tasse de beurre fondu (deux plaquettes)
1 tasse de sucre blanc
2 œufs battus (à la fourchette)
2 cuillerées à thé d'extrait de vanille
1 petit bocal de cerises au sirop
1 cuillerée à thé de levure chimique
½ cuillerée à thé de bicarbonate de soude
½ cuillerée à thé de sel
1½ tasse de noix de pécan hachées
2 tasses de farine (non tamisée)
2 tasses de cornflakes broyés (mesurer avant de broyer)

Ajouter le sucre blanc au beurre fondu, puis les œufs. Mélanger. Verser la vanille, 3 cuillerées à soupe de sirop de cerises, la levure chimique, le bicarbonate de soude et le sel. Incorporer les noix de pécan hachées, puis la farine, et mélanger bien soigneusement.

Mettre les cornflakes dans un petit bol après les avoir broyés.

(Pour les broyer, je les place dans un sac plastique hermétiquement fermé et je les écrase à la main.)

Confectionner des boules de pâte ayant environ la taille d'une noix non décortiquée (si la pâte colle, la laisser une demi-heure au frigo et réessayer). Rouler les boules de pâte dans le bol de cornflakes broyés et les déposer sur une plaque à pâtisserie enduite de matière grasse, 12 pour une plaque standard. Les aplatir légèrement pour qu'elles restent en place.

Couper les cerises en deux et placer une moitié au centre de chaque cookie en appuyant légèrement pour qu'elle s'enfonce.

Cuire à 190° pendant 10 à 12 minutes ou jusqu'à ce que les cookies prennent une belle couleur dorée. Laisser reposer 2 minutes sur la plaque puis transférer sur l'échelle pâtissière jusqu'à complet refroidissement.

Rendement : 6 à 7 douzaines, selon la taille des cookies.

Ces jolis cookies ont beaucoup de succès, surtout le jour de la Saint-Valentin. Pour Noël, j'en fabrique également, mais en plus des cerises je mets des petits bouts d'angélique confite, pour ajouter du vert.

Chapitre 7

« Je suis rentrée, Moshe », appela Hannah. Heureusement, elle avait prévu le coup, car, fidèle à son habitude, le gros matou orange et blanc s'élança vers elle à peine eut-elle entrouvert la porte de son appartement. Il atterrit dans ses bras tel un médecine-ball vivant et se mit à ronronner comme un moteur. À quoi bon chercher un mari ? Jamais un homme ne l'accueillerait avec autant d'enthousiasme.

« C'est parce que tu as faim ou que je t'ai manqué ? » demanda-t-elle.

Elle savait que c'était un peu des deux. Après avoir refermé la porte avec le pied, elle déposa Moshe sur le dossier du canapé puis revint dans l'entrée et jeta son manteau sur la chaise prévue à cet effet.

Moshe ne resta pas longtemps sur son perchoir. Avec un miaulement impatient, il s'élança vers la cuisine et attendit que sa maîtresse le rejoigne. Hannah commença par lui donner de l'eau fraîche puis sortit du cagibi le sac contenant les croquettes qu'il aimait.

« Je n'ai pas eu le temps de passer chez le Dr Bob prendre une nouvelle fiche conseil, dit-elle en déposant la gamelle pleine devant lui. Donc, ce soir, je t'accorde un répit, mais ne t'imagine pas que... »

Son discours fut interrompu par la sonnerie du téléphone. Elle aurait pu laisser le répondeur faire son office, mais c'était peut-être un démarcheur. Alors elle décrocha.

« Hannah ! Je suis bien contente que tu sois chez toi !

— Andrea ? » Hannah tira l'une des chaises en tubes d'aluminium qu'elle avait achetées d'occasion avec la table de cuisine et s'assit. « Tu as une drôle de voix. Que se passe-t-il ?

— J'ai besoin de ton aide, Hannah !

— Est-ce que le bébé...

— Non ! Ça n'a rien à voir avec le bébé. »

Sa sœur semblait au bord de la crise de nerfs. Hannah fit de son mieux pour rester calme.

« Dis-moi juste ce qui cloche et je m'en occuperai.

— Il faut que tu fasses quelque chose pour Bill, et très vite ! haleta Andrea.

— Je m'y emploie. Mais pourquoi es-tu dans cet état ? Tu allais bien tout à l'heure.

— C'est le ragoût de cerf.

— Pardon ?

— Le ragoût de cerf ! Pendant que je faisais le tour du quartier avec Tracey pour inspecter le toit des maisons, le père de Bill a débarqué avec des paquets de viande congelée et une tonne de légumes. Résultat, Bill est en train de préparer du ragoût de cerf !

— C'est bien, non ?

— Pas du tout ! Tu ne comprends donc pas ? »

Hannah respira à fond et, même si sa sœur ne pouvait pas voir son geste, haussa les épaules pour exprimer son ignorance.

« Non, je ne comprends pas. Qu'y a-t-il de mal à préparer du ragoût de cerf ?

— C'est une question de principe. Et là-dessus, je ne transigerai pas. Je refuse de manger Bambi !

— Tu ne mangeras pas Bambi. Il a survécu, de même que Panpan et Fleur. C'est sa mère qui a fini en ragoût.

— Encore pire ! Heureusement, Tracey n'est pas à la maison. »

Hannah saisit au vol cette diversion inespérée.

« Où est-elle ?

— Karen Dunwright fête son anniversaire. Elle a invité toutes les filles de sa classe pour une soirée pyjama à la ferme. Bon, Hannah, que dois-je faire avec ce ragoût ?

— Mange les légumes et laisse la viande. Dommage que tu n'aies pas de chien. Tu aurais pu...

— C'est bon, j'ai compris. Mais, comme tu le dis, nous n'avons pas de chien.

— OK. Voilà ce que tu vas faire. Enfile un tablier et double la poche de devant avec un sac en plastique. Quand vous serez à table, tu attendras que Bill regarde ailleurs et tu y mettras tes bouts de viande. Et après le repas, tu les jetteras à la poubelle.

— Ce n'est pas une mauvaise idée. Mais j'ai un autre problème. Je ne peux pas rester à la maison après le dîner.

— Pourquoi ?

— Comme Bill s'ennuie toute la sainte journée, il s'est mis en tête de faire le ménage.

— C'est gentil de sa part, répondit Hannah qui aurait bien aimé avoir un homme de ménage, elle aussi.

— Non, ce n'est pas gentil. Il a déjà nettoyé la cuisine.

— Et alors ?

— Tracey avait fait germer une pomme de terre pour sa leçon de choses et l'assiette était posée sur le rebord de la fenêtre.

— Oups. » Hannah avait deviné la fin de l'histoire. « Bill l'a balancée aux ordures ?

— Exactement. Je l'ai récupérée dans la poubelle mais le germe était cassé. Ce qui veut dire que Tracey va devoir tout recommencer. Elle sera furieuse en rentrant demain.

— Je m'en doute. Mais c'est le genre d'erreur qui peut arriver à n'importe qui. Moi-même, quand je vois une patate germée, je la jette.

— Même si elle est posée dans une petite assiette sur le rebord de la fenêtre ?

— Non, bien sûr.

— Je m'en doutais. J'ai envie de l'étrangler. Si tu ne viens pas me chercher après le dîner, je crois que je vais passer à l'acte. Trouve un prétexte, je t'en sup...

— C'est bon, l'interrompit Hannah. Tu lui diras que nous avons quelqu'un à interroger ce soir. Donne-moi une seconde, je regarde mes notes. »

Hannah feuilleta son calepin. Elle n'avait pas encore vu Nettie, l'épouse de la victime, et ignorait si elle avait un alibi.

« J'ai une idée ! Bill n'y trouvera rien à redire. Nous allons présenter nos sincères condoléances à Nettie Grant.

— Pour la consoler ou pour la cuisiner ?

— Les deux.

— Très bien ! Je serai prête, Hannah. Tu n'auras qu'à klaxonner en arrivant. »

Hannah s'engagea dans l'allée des Todd. Par une fenêtre aux rideaux entrouverts, on apercevait l'intérieur du salon. Quelque chose ne tournait pas rond. Leur canapé, cadeau de mariage des parents de Bill, n'était plus à sa place habituelle, contre le mur du fond. Quant à la télé à écran géant, elle avait disparu. C'était comme si Bill, en plus d'avoir passé l'aspirateur et la serpillière, s'était mis en tête de réagencer la pièce tout entière. Hannah se souvenait des plans que sa sœur avait dessinés avant l'emménagement, et sur lesquels figurait l'emplacement de chaque meuble par elle jugé digne de trôner dans leur élégant foyer. Rien d'étonnant qu'Andrea l'ait suppliée de l'emmener loin du domicile conjugal !

Hannah donna un petit coup de klaxon. Andrea sortit, monta dans le break et claqua la portière.

« Vas-y, démarre. Sinon, Bill va insister pour que j'enfile un manteau plus chaud, me dire que j'ai oublié mes gants ou je ne sais quoi d'autre.

— C'est grave ? demanda Hannah en faisant marche arrière.

— Pire que grave. Pendant le dîner, j'ai eu le malheur d'éternuer et il a voulu que j'aille prendre ma température.

— Tu en avais ?

— Non. C'était juste une poussière qui me chatouillait le nez.

— Et le repas ? demanda Hannah avant de passer la première.

— Horrible. Les légumes étaient à peine cuits et il avait

oublié de peler les carottes et les pommes de terre. Bill ne connaît vraiment rien à la cuisine. »

Hannah évita de répondre que l'hôpital avait tort de se moquer de la charité.

« Mais le truc du tablier a bien fonctionné, en revanche. Au fait, ça me rappelle... Si tu aperçois un chien, arrête-toi.

— Quoi ?

— Arrête-toi si tu vois un chien. J'ai du ragoût de cerf plein les poches.

— Je pensais que tu le jetterais aux ordures.

— J'allais le faire mais j'ai craint que Bill ne s'en rende compte en sortant la poubelle. Je ne veux pas le vexer. »

Hannah lui jeta un petit coup d'œil en biais. Mais Andrea ne plaisantait pas. Elle craignait vraiment de déplaire à Bill. C'était peut-être cela, le mariage, songea-t-elle. Une série de concessions mutuelles. L'un ménageait l'autre en espérant obtenir la réciproque.

« Je t'admire, Andrea. Si quelqu'un entrait dans le Cookie Jar et déplaçait tout sans mon autorisation, je lui ficherais une paire de claques.

— Je ne ferais jamais ça, sourit Andrea. En ce moment, je prends sur moi, et pour me consoler je me dis qu'à la minute même où il retournera au bureau, je m'arrangerai pour briser un ou deux pieds de l'horrible canapé que nous ont offert ses parents. Je lui ferai croire que c'est lui qui les a cassés en le bougeant, et comme ça je pourrai aller en choisir un qui me plaît au magasin de meubles. »

Vingt minutes plus tard, après une brève escale qui fit le bonheur du berger allemand de Gil et Bonnie Surma,

Hannah s'arrêta devant la maison de Nettie, une villa divisée en deux appartements mitoyens, et coupa ses phares.

« Attrape donc le sachet de croque-cajous qui est derrière toi, veux-tu ?

— Ils sont pour Nettie ? demanda Andrea en s'exécutant.

— Ça me gênerait d'arriver les mains vides.

— Moi, ce qui me gêne, c'est de la voir. Franchement, comment puis-je lui présenter mes sincères condoléances alors que mon mari est soupçonné d'avoir tué le sien ?

— Ne dis pas de bêtises, répliqua Hannah en descendant pour lui ouvrir la portière. Nettie sait bien que Bill n'est pas un assassin. En plus, elle est seule. Elle sera sans doute contente d'avoir de la compagnie.

— D'où tu tiens qu'il n'y a personne chez elle ?

— Tu aperçois des voitures ? fit Hannah en lui montrant la rue déserte. Cet après-midi, je te parie qu'il y en avait partout, même en double file.

— Et si elle a envie de se reposer ?

— Dans ce cas, nous la laisserons tranquille. Mais à mon avis, elle nous accueillera avec plaisir. Surtout que tu n'as pas mangé grand-chose ce soir, et moi non plus.

— Quel rapport ? demanda Andrea, perplexe.

— Tu peux être sûre que ses amies lui ont apporté de quoi tenir un siège. Son frigo doit être rempli à ras bord. Elle sera ravie qu'on l'aide à ne pas gâcher.

— C'est vrai, quand il y a un décès, les gens débarquent avec des tonnes de nourriture. Ils ont fait cela, à la mort de papa.

— Oui, je m'en souviens. Ils avaient apporté de la viande en sauce, des entremets à la gelée, des gâteaux...

Tout cela en quantité astronomique. S'ils n'avaient pas fait ces têtes d'enterrement, on aurait pu se croire à la fête des voisins. »

Croque-cajous

Préchauffer le four à 175°,
la grille en position médiane.

1½ tasse de beurre fondu (trois plaquettes)
2 tasses de sucre blanc
2 cuillerées à thé d'extrait de vanille
2 cuillerées à soupe de mélasse
1½ cuillerée à thé de bicarbonate de soude
1 cuillerée à thé de levure chimique
½ cuillerée à thé de sel
1½ tasse de noix de cajou salées finement broyées (au mixer avec lame en acier – mesurer après broyage)
2 œufs battus (à la fourchette)
3 tasses de farine (inutile de tamiser)

Faire fondre le beurre au micro-ondes dans votre bol à mixer. Ajouter le sucre, la vanille, la mélasse. Mélanger soigneusement puis, sans cesser de tourner, incorporer le bicarbonate de soude, la levure chimique et le sel.

Broyer les noix de cajou. Mesurer APRÈS broyage. Les verser dans le bol, mélanger, ajouter les œufs battus, mélanger, puis la farine en continuant à tourner jusqu'à ce que tous les ingrédients soient parfaitement amalgamés.

Laisser reposer quelques minutes pour que la pâte épaississe. Prélever de quoi faire des boules de la taille d'une petite noix, les rouler avec les mains et les déposer sur la plaque préalablement enduite de matière grasse, 12 pour une plaque standard. (Elles ont tendance à s'étaler, donc il faut qu'elles soient petites. Si la pâte est trop collante, la mettre 10 minutes au frigo et recommencer.)

Aplatir délicatement les boules au moyen d'une spatule ou de la paume de la main, sinon elles risquent de rouler avant d'arriver dans le four.

Cuire à 175° pendant 10 à 12 minutes, ou jusqu'à ce que les bords des cookies deviennent brun doré. Laisser reposer 2 minutes sur la plaque puis les transférer sur l'échelle pâtissière jusqu'à complet refroidissement.

Rendement : 10 douzaines environ, en fonction de la taille des cookies.

(Ma mère voudrait que je dépose un copeau de chocolat au lait au centre de chaque boule de pâte, mais si je l'écoutais, je rajouterais du chocolat à CHACUNE de mes recettes.)

Chapitre 8

Quand la porte s'ouvrit en réponse aux coups frappés par Hannah, les deux sœurs furent stupéfaites de découvrir Nettie en jean et sweat-shirt rose vif. Elles ne l'avaient jamais vue dans une tenue aussi décontractée. Mais il y avait autre chose de nouveau chez elle. Après deux secondes d'hésitation, Hannah comprit ce que c'était. Ses cheveux bruns, toujours impeccablement permanentés, étaient tirés en arrière et retenus par un vulgaire élastique.

« Nettie ? » fit Andrea, comme si elle ne la reconnaissait pas.

Après tout, cette femme lui ressemblait, mais c'était peut-être une parente proche et moins guindée.

« Oui, c'est bien moi, répondit Nettie avec un petit sourire. Ça vous étonne de me voir habillée comme ça ?

— Eh bien, un peu, oui, répondit Hannah, choisissant la sincérité. Si on vous dérange, on peut repasser demain.

— Non, entrez. Vous me tiendrez compagnie. J'ai eu

du monde tout l'après-midi et maintenant qu'ils sont partis, je m'accorde un petit plaisir.

— Le jean ? supposa Hannah en suivant Nettie dans le salon.

— Exactement. Ça doit faire plus de vingt ans que je n'en ai pas mis. Jim détestait cela. Il disait qu'une femme de shérif devait soigner son apparence. Je craignais de ne plus pouvoir entrer dedans mais ça va. Je n'ai jamais été mince comme vous, Andrea. Même à l'époque où Jim et moi nous sommes rencontrés.

— Je ne suis plus mince. Hier, le Dr Knight m'a fait monter sur la balance. Figurez-vous que j'ai pris dix kilos en deux mois. »

Andrea alla s'asseoir dans le canapé.

« Dès que le bébé sera né, vous les perdrez vite. » Nettie se tourna vers Hannah. « Vous n'auriez pas un petit creux ? J'ai assez de nourriture ici pour tenir plusieurs mois sans faire de courses.

— Euh... Oui, je mangerais bien un morceau... ou deux, fit Hannah.

— Servez-vous, dit Nettie en souriant. Les plats cuisinés sont posés sur le comptoir de la cuisine. Ils ont mis la viande au congélateur et les pâtisseries au frigo, sauf les cinq gâteaux qui sont sur la table. Vous savez que votre mère est passée me voir ? »

Andrea et Hannah secouèrent la tête en même temps.

« Le club Regency Romance a débarqué au grand complet. Delores m'a dit que dans l'Angleterre du XIXe siècle, les veuves portaient le grand deuil pendant au moins un an avant de pouvoir passer au demi-deuil, c'est-à-dire s'habiller en gris ou en bleu lavande.

— Combien de temps durait ce demi-deuil ? demanda Andrea en se penchant vers elle, car tout ce qui touchait à la mode avait le don de la passionner.

— Un an ou deux, paraît-il. Mais certaines femmes renonçaient pour toujours aux couleurs claires, comme la reine Victoria qui a porté du noir jusqu'à sa mort. »

Nettie regarda son sweat rose et haussa les épaules. « Dieu merci, les mœurs ont évolué ! Cela dit, je ne sortirais sans doute pas dans cette tenue. »

Hannah se leva pour se rendre dans la cuisine.

« Je vais voir ce que ces dames vous ont laissé. Je vous rapporte quelque chose, Nettie ?

— Je mangerais volontiers un peu de jambon. Carrie Rhodes m'en a pris quelques tranches chez CostMart. C'est celui que je préfère. Jim détestait le jambon. Du coup, je n'en achetais jamais sauf quand il était en déplacement.

— Et toi, Andrea ? »

Hannah se tourna vers sa sœur.

Andrea prit un air ennuyé, comme si elle redoutait de rester en tête à tête avec Nettie.

« Je veux bien un sandwich au jambon, mais attends, je viens avec toi. Je t'aiderai à rapporter les trucs.

— Hannah est assez grande pour se débrouiller seule, fit Nettie en lui touchant le bras. J'ai quelque chose à vous dire, Andrea. »

Comme le salon, la salle à manger et la cuisine étaient placés en enfilade, et que les cloisons coulissantes servant à séparer ces pièces étaient ouvertes, Hannah put suivre la conversation tout en préparant les sandwichs.

« Écoutez, Andrea, commença Nettie. Je suis au courant pour Bill.

— Ah bon ? »

Hannah leva le nez et aperçut le regard paniqué de sa sœur.

« Et je tenais à vous dire qu'à mon avis, c'est du grand n'importe quoi.

— Donc, vous ne croyez pas que Bill...

— Bien sûr que non ! l'interrompit Nettie en lui tapotant la main. C'est d'ailleurs ce que j'ai dit à Mike quand il est venu. »

Hannah vit Andrea se détendre, allant jusqu'à esquisser un petit sourire.

« J'étais vraiment gênée avant de venir, Nettie. Je voulais vous présenter mes condoléances, mais, en même temps, je ne savais pas comment vous réagiriez. Je veux dire... ç'aurait pu être délicat.

— De la moutarde, Nettie ? lança Hannah depuis la cuisine.

— Oui, merci.

— Et toi, Andrea ?

— Oui. Le Dr Knight me déconseille les épices, mais j'ai été très sage aujourd'hui. »

Hannah étala une fine couche de moutarde sur six tranches de pain de mie, ajouta du jambon, des feuilles de laitue, posa la deuxième tranche de pain par-dessus, appuya et coupa chaque sandwich en quatre sur la planche à découper. Après quoi, elle disposa les cubes sur une grande assiette, autour d'un petit ramequin contenant des cornichons trouvés dans le frigo.

« À la soupe ! annonça-t-elle en revenant avec le plateau. Vous buvez quelque chose avec ? J'ai vu toutes sortes de sodas dans la glacière sur le comptoir.

— Je veux bien un Coca Zero, s'il y en a, répondit Andrea. Sinon, n'importe quelle boisson sans sucre.

— Moi pareil, dit Nettie en remerciant Hannah d'un sourire. Ou alors du vin, si vous préférez. Votre mère m'a offert une bonne bouteille de bordeaux. »

Hannah refusa d'un signe de tête.

« Merci beaucoup, mais je conduis, et Andrea ne doit pas boire d'alcool.

— Mais vous n'êtes pas obligée de nous imiter, Nettie, fit Andrea avec un clin d'œil discret à sa sœur. Je pense même qu'un petit verre de vin vous ferait le plus grand bien. Hannah, apporte donc la bouteille. »

Hannah mit deux secondes à comprendre le clin d'œil et la déclaration qui l'avait suivi. Andrea devait penser que Nettie se montrerait plus bavarde avec un petit coup dans le nez. Hannah posa le plateau, avisa la bouteille sur le bar, alla l'ouvrir et remplit un verre qu'elle apporta à leur hôtesse.

« Merci, Hannah, dit Nettie en transférant son bout de sandwich dans sa main gauche pour pouvoir prendre une première gorgée. Si ça vous dit, n'hésitez pas à vous couper des parts de gâteau. »

Hannah se rappela soudain qu'elle aussi avait apporté du dessert.

« J'allais oublier... C'est pour vous, dit-elle en lui tendant le sac de cookies. Mais j'ai l'impression d'apporter de l'eau à la rivière.

— Détrompez-vous, fit Nettie en secouant la tête. Personne n'a pensé à m'offrir des cookies, alors que je les préfère aux gâteaux. Ce sont lesquels ?

— Des croque-cajous. J'espère qu'ils vous plairont.

— J'en raffole. » Nettie en prit un et mordit dedans. « Mmmm. Quel délice. Un jour, je vous en ai pris par curiosité, et après j'ai dit à Jim que je n'en avais jamais mangé de meilleurs.

— Pourtant, je ne me rappelle pas qu'il m'en ait acheté. C'est bizarre, parce qu'il avait coutume de passer à la boutique deux fois par semaine pour récupérer des commandes.

— Oh, ça devait être pour ses collègues. De toute façon, il n'aurait pas acheté de cookies à la noix de cajou. Jim n'aimait pas les noix de cajou. »

Andrea et Hannah échangèrent un regard éberlué.

« Mais vous, si ?

— Ce sont mes fruits secs préférés. »

Hannah mordit dans son sandwich et, tout en mâchant, réfléchit à ce qu'elle venait d'entendre. Apparemment, le shérif Grant ne s'était jamais soucié des désirs et des envies de son épouse. Comme il n'aimait pas le jambon, elle n'avait pas le droit d'en acheter. Et quand il venait au Cookie Jar, au lieu de lui prendre ses cookies préférés, il ne pensait qu'à ses collaborateurs.

« Je sais ce que vous vous dites, fit Nettie en la regardant d'un air sévère.

— Ah bon ?

— Oui. Vous pensez que mon mari était égoïste. Et vous avez parfaitement raison. Jim se prenait pour le centre de l'univers. Le reste du monde ne faisait que graviter dans son orbite. Si une personne pouvait lui être utile, il l'appréciait. Mais dans le cas contraire... »

Une larme roula sur la joue de Nettie. Hannah se pencha vers elle.

« Ça va aller ?

— Oui. Vous savez, quand on a vécu avec un homme pendant vingt-six ans, on se sent très seule le jour où il disparaît. » Nettie respira à fond, releva la tête et demanda : « Puis-je vous parler franchement ?

— Bien sûr, répondit Hannah.

— La vie avec Jim n'était pas une partie de plaisir, vous vous en doutez. Nous avions de gros problèmes de couple. Des problèmes insolubles. Vous savez sûrement que j'ai fait une dépression après la mort de Jamie.

— Ç'a dû être une terrible épreuve.

— En effet. J'ai dû voir un psy pendant un an, mais je m'en suis sortie. Jim, lui, n'a jamais surmonté cette épreuve. C'est pour cela que je suis allée consulter Howie Levine, le samedi avant sa mort. Je voulais entamer une procédure de divorce. »

Andrea ouvrit la bouche. Hannah elle-même dut se faire violence pour ne pas l'imiter. Jamais elle n'aurait imaginé que les Grant allaient se séparer.

« Vous êtes les seules à être au courant, en dehors de Howie. Mais il est tenu par le secret professionnel et je lui fais entièrement confiance. Seulement, ce genre de chose finit toujours par se savoir. Et quand ça arrivera, comme je n'ai pas d'alibi, je deviendrai la suspecte numéro un. »

Hannah réagit aussitôt.

« Vous n'avez pas d'alibi ?

— Non. J'étais dans la pièce qui me sert d'atelier de couture. Seule. J'avais une commande à terminer.

— Sur quoi donne cette pièce ? » demanda Hannah.

Elle voulait savoir si l'un de ses voisins aurait pu l'apercevoir par la fenêtre, penchée sur son ouvrage.

Les deux sœurs suivirent Nettie dans l'escalier. Elles longèrent un couloir et s'arrêtèrent devant une porte.

« Voici mon atelier, dit Nettie en ouvrant. C'est là que je travaillais le soir où Jim a été tué. »

Hannah entra et regarda autour d'elle sans cacher sa surprise. Une couturière jouissant d'une telle réputation aurait mérité mieux que cette pièce exiguë. Nettie était spécialiste du patchwork, plus précisément de la technique dite de l'appliqué. Ses réalisations avaient fait l'objet de plusieurs articles dans des revues spécialisées, et chaque année on lui décernait un ruban bleu à la foire d'artisanat du Minnesota. Quelques mois auparavant, un célèbre décorateur d'intérieur lui avait commandé plusieurs tapisseries pour une star du show-business, laquelle avait été interviewée par une chaîne de télé devant ses tentures en patchwork. Depuis lors, Nettie croulait sous la demande. Certaines personnes étaient prêtes à dépenser une fortune pour s'offrir une création signée Nettie Grant.

« J'adore celle-ci, Nettie ! s'extasia Andrea qui, malgré son gros ventre, avait réussi à se faufiler entre la machine à coudre et la table de coupe jonchée de bouts de tissu. Ces vaches ont l'air tellement vraies. On dirait qu'elles vont se mettre à mugir. Elle est pour qui ?

— Pour la fédération des laitiers du Minnesota. Ils comptent l'accrocher dans le hall de leur siège social. »

Hannah se contenta d'admirer la tapisserie de loin. L'espace était si restreint que pour s'en approcher elle aurait dû bousculer sa sœur.

« Elle me plaît beaucoup, dit-elle. J'ai l'impression que ces vaches se moquent de nous. Comme si on venait de leur raconter une histoire désopilante.

— C'est exactement l'idée que je voulais faire passer. Mais je doute que mes clients le perçoivent. Ils voulaient juste que je représente toutes les races élevées dans le Minnesota. »

Après s'être assurée que le fer était stable, Hannah se glissa derrière la planche à repasser et se mit à la fenêtre. Les rideaux lui parurent trop épais pour qu'un passant voie au travers.

« Ils étaient fermés, ce soir-là ?

— Non. Je sais à quoi vous pensez, Hannah. Les Maschler habitent en face, mais hélas ils n'étaient pas chez eux.

— Vous leur avez posé la question ?

— Mike s'en est chargé. Il les a appelés après que je lui ai montré cette pièce. Jerry a déposé Kate au lycée et il est parti jouer au bowling avec deux amis. Quant à Richie, il était sorti avec ses copains.

— Donc il n'y avait pas de bruit chez eux ? Et pas de lumière non plus ?

— Si, j'entendais la télévision. Ils avaient dû la laisser allumée pour dissuader les cambrioleurs. J'aurais préféré qu'ils choisissent une autre chaîne. Ça n'arrêtait pas de hurler. Un film de kung-fu, je suppose. »

Andrea parut étonnée.

« C'est vraiment sans-gêne de leur part.

— Le volume n'était pas à fond. Si j'avais fermé ma fenêtre, je crois que ça ne m'aurait pas gênée. Mais quand je coupe du tissu, il faut que j'aère, sinon les fibres et la poussière me déclenchent des crises d'éternuements. Cette pièce est si encombrée que j'ai du mal à passer l'aspirateur partout.

— En plus, elle est minuscule, fit remarquer Hannah.

— C'est la plus petite de la maison. Quand Jamie est décédé, j'ai voulu m'installer dans sa chambre, qui beaucoup plus vaste. Mais Jim s'y est opposé. Il refusait que je touche à quoi que ce soit.

— Vous voulez dire… que tout est resté dans l'état ?

— Oui. J'ai bien tenté de le convaincre de donner certaines affaires à une association caritative. Mais il n'aurait pas supporté de se séparer de quoi que ce soit, même des vêtements qui dormaient dans le placard. »

Hannah regarda sa sœur. Elle sentait son malaise et le comprenait. Garder intacte la chambre d'un enfant mort depuis trois ans avait quelque chose de morbide.

« Il m'interdisait même d'y faire le ménage, poursuivit Nettie. C'est lui qui s'en chargeait. Et quand il n'était pas à la maison, il la fermait à clé.

— Il y passait du temps ? demanda Andrea.

— Oui, presque chaque soir. Il s'en servait comme d'un bureau. Il disait que ça l'aidait à se sentir plus proche de Jamie. »

Qui était vraiment le shérif Grant ? se demandait Hannah en descendant l'escalier derrière Nettie et Andrea. Quand on croisait une personne presque chaque jour, on pensait la connaître, surtout dans une petite ville comme la leur. Et souvent on avait tort.

Quelques minutes plus tard, de retour dans le salon, les trois femmes savouraient le fameux gâteau à la noix de coco de Rose MacDermott. Partant du principe que le mieux n'était pas forcément l'ennemi du bien, Hannah avait découpé des tranches deux fois plus épaisses que celles que Rose servait à ses clients.

« Vous mettrez cette recette dans le livre de cuisine de Lake Eden ? demanda Nettie en pêchant les dernières miettes.

— J'aimerais bien, dit Hannah en souriant. Rose me l'a promise mais je doute qu'elle soit prête à la divulguer. »

À ces mots, Andrea émergea de ses pensées.

« Elle craint peut-être que cela n'affecte ses ventes.

— C'est peu probable, fit Nettie, dubitative. La plupart des gens n'ont pas le temps ou l'envie de cuisiner. Moi la première. Maintenant je le regrette presque. Jim rêvait d'une épouse comme on en voit au cinéma.

— Où ça ?

— Au cinéma. Une femme idéale, aux petits soins pour son mari, une mère parfaite, toujours tirée à quatre épingles, maquillée comme dans une pub, même quand elle nettoie les cabinets. J'ai tout fait pour correspondre à cette image, et quand Jamie était en vie, je n'y arrivais pas trop mal. Mais après sa mort, je me suis rendu compte que tout cela n'était qu'une farce. » Nettie essuya d'un revers de main les larmes qui mouillaient ses joues. « Alors, quand allez-vous me passer au grill ? »

Andrea déglutit.

« Au grill ?

— Vous enquêtez sur le meurtre de mon mari, n'est-ce pas ?

— Oui, mais...

— Donc, vous devez me considérer comme suspecte. Sinon, ce ne serait pas sérieux. Je suis assez vigoureuse pour l'avoir frappé à la tête et traîné jusqu'à la benne. Par ailleurs, je sais que cette commère de Kate Maschler m'a vue me disputer avec lui le jour de sa mort.

— À quel propos ? demanda Hannah sans prendre de gants.

— Je n'ai pas envie d'en parler. C'est une affaire privée qui n'a rien à voir avec le meurtre.

— OK. »

À son expression butée, Hannah comprit qu'elle n'obtiendrait rien de plus.

« Par conséquent, jusqu'à nouvel ordre, c'est moi la suspecte numéro un. »

Voyant sa sœur la regarder avec insistance, Hannah se mit en devoir de chercher une réponse appropriée. Elle savait par Delores que Nettie ne tournait jamais autour du pot, mais une telle franchise avait de quoi dérouter.

« Vous êtes suspecte, en effet. Mais à mon avis, vous n'êtes pas coupable.

— Pourquoi ?

— Si vous aviez voulu le tuer, vous l'auriez attiré dans un endroit discret, au lieu de le suivre jusqu'au lycée en prenant le risque d'être aperçue. »

Nettie réfléchit un instant.

« Votre raisonnement tient la route, conclut-elle. Mais si ce n'est pas moi, alors qui ?

— Vous pouvez nous aider à le savoir, intervint Andrea. Le shérif Grant avait-il des ennemis ? »

Nettie la fixa longuement puis explosa de rire, une réaction incongrue chez une femme qui pleurait une minute auparavant. Quand elle finit par se calmer, un frisson la parcourut de la tête aux pieds.

« Oui, il en avait, articula-t-elle. Et si je devais les énumérer tous, la nuit n'y suffirait pas. »

Chapitre 9

Le lendemain, Hannah était occupée à servir du café et des cookies aux membres de la congrégation St Jude, quand Andrea fit irruption dans la crypte de l'église St Peter, manquant renverser le père Coultas au passage. Hors d'haleine, elle se planta devant sa sœur avec un grand sourire sur le visage. Deux minutes et quelques gorgées d'eau plus tard, ayant repris son souffle, elle put enfin lui dire :

« Gus York vient de retrouver la quittance de gaz sur laquelle il a noté le nom de la société qui l'a appelé l'autre soir pour lui vendre un appartement en multipropriété. Ça s'appelle "Fun in the Sun", et leurs bureaux sont situés à Fort Lauderdale en Floride.

— J'imagine que tu leur as déjà téléphoné ? dit Hannah en tendant à Bridget Murphy la tasse qu'elle venait de remplir.

— Oui. » Andrea passa derrière le buffet et versa du thé pour Imelda Giese, la gouvernante du père Coultas. « Ces cookies sont très appétissants. Comment s'appellent-ils ?

— Hannah's Bananas, répondit Imelda. Hannah les a faits rien que pour moi. Goûtez-les, ma chère. La banane contient du potassium. C'est excellent pour la santé, surtout celle des F. E. »

Andrea regarda sa sœur qui s'empressa de traduire :

« Femmes enceintes.

— Oh. Je vois, dit Andrea en en prenant un. Alors comme ça, Hannah les a faits rien que pour vous ?

— Tout à fait, ma chère. Le père Coultas adore mon cake à la banane. Je lui en prépare un chaque semaine, mais le four du presbytère est en panne et le nouveau n'a pas encore été livré. Alors, quand Hannah nous a parlé de cookies à la banane, vous imaginez notre joie. »

Andrea mordit dans le cookie et sourit.

« Succulent.

— *Presque* autant que le cake à la banane d'Imelda », répondit Hannah, diplomate.

Visiblement ravie du compliment, la gouvernante lui fit un petit sourire et regagna son siège. Les deux sœurs durent néanmoins attendre que tous les fidèles aient reçu leur dose de sucre pour pouvoir discuter tranquillement.

« Alors, qu'as-tu obtenu de Fun in the Sun ? attaqua Hannah.

— J'ai parlé à la superviseuse. Les enregistrements existent. Elle va les chercher. Ça prendra un peu de temps mais elle a promis de me rappeler sur mon portable demain après-midi au plus tard.

— Beau travail », dit Hannah tout sourire.

Si quelqu'un d'autre lui avait dit qu'une société de télémarketing avait accepté de lui fournir une information aussi confidentielle, elle l'aurait traité de menteur. Mais

Andrea avait le don de faire plier les plus rétifs. Et une fois qu'elle les avait amadoués, ils insistaient presque pour lui rendre service. On ne pouvait donc pas vraiment parler de manipulation.

« Ces cookies sont vraiment bons, Hannah. » Andrea en reprit un sur le plateau posé au centre de la table à tréteaux. « Tu en feras pour Halloween ?

— Non, je cherche un truc un peu plus festif.

— L'année dernière, c'étaient des cookies au chocolat avec glaçage à l'orange. Tu t'en souviens ? »

Hannah hocha la tête.

« Si je ne trouve rien d'autre, je les referai cette année.

— À propos d'Halloween, renchérit Andrea la bouche pleine, Tracey aimerait que tu l'accompagnes à La Cave Hantée et à la fête donnée au centre communautaire.

— Bien sûr. J'y vais tous les ans.

— Très bien. Elle est impatiente de te montrer son costume.

— En quoi sera-t-elle déguisée, cette année ?

— Elle hésite entre princesse et pirate. »

Hannah éclata de rire.

« Ce n'est pas tout à fait la même chose ! Je parie qu'elle choisira princesse.

— Peut-être, mais sur l'épaule du costume de pirate, il y a un perroquet qui parle quand on appuie sur un bouton. Alors que la panoplie de princesse n'a qu'une baguette magique, et qui ne s'allume même pas.

— En effet, le perroquet qui parle représente une sacrée plus-value, dit gravement Hannah en remplissant de café le pichet avec lequel elle comptait faire le tour des tables.

— Bon, tu sers le café, et moi je te suis avec l'eau

chaude et les sachets de thé, proposa Andrea. Ensuite, on se sépare et on distribue les cookies.

— Merci, Andrea », dit Hannah, reconnaissante. Faire le service à deux était plus agréable que toute seule. « Ce perroquet, qu'est-ce qu'il raconte ?

— Des trucs de pirates. Tu sais... *Yo ho ! Et une bouteille de rhum !* Je me souviens aussi d'une histoire de cadavre dans un coffre, ou quelque chose dans ce genre.

— *Nous étions quinze sur le coffre à l'homme mort.*

— Oui, c'est ça. *La boisson et le diable ont emporté les autres !* »

— Quel est ce diable dont vous parlez ? intervint le père Coultas qui s'était approché du buffet peu avant qu'Andrea se mette à déclamer du Stevenson.

— Désolée, père Coultas, dit-elle en rougissant. Je parlais à Hannah du perroquet qui va avec le costume de pirate que Tracey aime bien.

— Ça me dit quelque chose, répondit-il. Le petit-fils d'Imelda a loué ce costume l'année dernière. Il paraît que le perroquet est resté bloqué sur *ho*. Il disait sans arrêt *ho, ho, ho*, comme un Père Noël déglingué. Cette pauvre Imelda a cru devenir folle. Il a fallu que j'enlève les piles. »

Le buffet terminé, Hannah regagna le Cookie Jar. Elle déposait les invendus dans le fournil quand Lisa surgit comme une fusée par la porte de communication. Elle était rouge pivoine.

« Dieu merci, tu es de retour !

— Il y a un problème ? s'inquiéta Hannah.

— Non, tout va bien. C'est juste que j'ai appris une

chose qui pourrait t'intéresser. Attends une seconde. Herb est là. Je vais lui demander de surveiller le comptoir. »

Hannah eut à peine le temps de se verser une tasse de café que Lisa revenait et se perchait sur le tabouret près du sien.

« Tu as parlé d'une chose qui pouvait m'intéresser, fit Hannah, impatiente.

— Oui. Je laissais traîner mes oreilles, comme tu m'as conseillé de le faire, et j'ai entendu que le shérif Grant et sa femme s'étaient pris le bec lundi dernier, à la pause déjeuner. »

Hannah écarquilla les yeux. Il s'agissait sûrement de la dispute sur laquelle Nettie avait refusé de s'étendre.

« J'ai rendu visite à Nettie hier soir, avec Andrea. Elle nous a parlé d'une altercation entre elle et son mari, mais sans entrer dans les détails. Qui t'a mise au courant, Lisa ?

— Kate Maschler. Elle discutait de cela avec Becky Summers.

— Donc, le truc de la serveuse invisible fonctionne toujours aussi bien.

— Impeccable. Je servais les clients de la table à côté de la leur. Elles ne m'ont même pas remarquée. Kate disait que Nettie Grant avait suivi le shérif jusqu'à sa voiture et qu'elle semblait hors d'elle. Elle ne l'avait jamais vue comme ça. Kate a ouvert sa fenêtre et l'a entendue crier qu'elle avait le droit de louer à qui elle voulait, que cette maison lui appartenait en propre puisqu'elle en avait hérité avant leur mariage.

— En effet, ce n'était pas une simple chamaillerie, constata Hannah. Qu'est-ce que le shérif Grant a répondu ?

— Qu'il en avait marre de l'entendre rabâcher cela et qu'il refusait de les accueillir sous son toit.

— De qui parlait-il ?

— Je l'ignore. À ce moment-là, Kate et Becky se sont levées et elles sont parties. Tu penses que c'est utile, Hannah ?

— Possible. Imaginons que Nettie ait promis à quelqu'un de lui louer l'autre partie de la maison, et que le shérif Grant soit allé dire à cette personne qu'il s'opposait à son installation. Je pourrais comprendre que le locataire évincé ait vu rouge au point d'en venir aux mains.

— En partant, Becky a parlé d'une robe qu'elle devait acheter pour le mariage de son neveu. Tu devrais faire un tour chez notre voisine du Beau Monde. Je suppose qu'elles y sont allées en sortant d'ici. »

Hannah fila aussitôt. Rendre visite à son amie Claire Rodgers était toujours un plaisir. En plus, elle avait envie de savoir comment évoluait sa relation avec le révérend Knudson, le pasteur luthérien.

Une rafale de vent glacé l'accueillit dans la ruelle. Heureusement, l'entrée de service du Beau Monde n'était qu'à deux pas. Hannah entendit le cri des oies sauvages volant vers le sud, leva les yeux et eut le temps d'apercevoir la formation en V passer au sommet des grands conifères bordant Third Street. Les oiseaux migrateurs avaient tous plié bagage. Bientôt, il ne resterait plus que les sédentaires, geais bleus, cardinaux rouges, sittelles vert et jaune, pour décorer les branches des sapins.

« Hannah ? » Claire parut à la fois surprise et enchantée de la voir sur le seuil. « Entre. Il fait froid.

— Je sais. Tu es occupée ?

— Non, je n'ai personne. L'après-midi a été calme.

— Je suis désolée de l'apprendre », répondit sincèrement Hannah.

Rien n'était plus aléatoire que la fréquentation d'un petit commerce de prêt-à-porter.

« Oh, ce n'est pas grave. J'ai vendu des tas de choses ce matin. Et Becky Summers vient de passer. Elle m'a pris trois robes.

— Comment va le révérend Knudson ?

— À merveille. » Le sourire de Claire en disait long. « Et il a de la suite dans les idées. Il compte annoncer nos fiançailles le dimanche avant Noël.

— Tu as dit oui ! » s'écria Hannah, ravie pour elle.

Claire sortait d'une histoire compliquée. Mais elle avait fini par trouver un homme digne de son amour et de sa confiance.

« Tu seras là, n'est-ce pas ?

— Je ne manquerais cela pour rien au monde », promit Hannah.

Claire redoutait la réaction des ouailles quand elles apprendraient la nouvelle. À part Hannah, Andrea et Norman, personne en ville n'était censé savoir que Claire avait été la maîtresse du maire Bascomb. Mais tout le monde s'en doutait.

« Si quelqu'un te fait une réflexion, tu me le dis et il sera privé de cookies jusqu'à la fin de ses jours. »

Claire éclata de rire mais retrouva vite son sérieux.

« Tu en serais bien capable. Je sais que tu es une vraie amie, Hannah.

— Je suis une vraie amie qui vient te soutirer des informations. Tu as appris ce qui est arrivé à Bill, n'est-ce pas ?

— Bien sûr. C'est complètement absurde. Tu essaies de le tirer d'affaire ?

— Oui. Quand elles sont passées te voir, Kate et Becky ont-elles fait allusion à une dispute entre le shérif Grant et son épouse ?

— Oui.

— Auraient-elles par hasard prononcé le nom de la ou des personnes auxquelles Nettie comptait louer l'autre partie de sa maison ?

— À mon avis, elles n'en savent rien. Elles ont émis quelques hypothèses pendant que Becky essayait ses robes. Cela dit, d'après Kate, ces gens auraient un enfant.

— Vraiment ? Pourquoi pense-t-elle cela ?

— Parce que juste avant de démarrer, le shérif a baissé sa vitre et a hurlé qu'il ne voulait pas de cet enfant sous son toit. Sauf qu'il n'a pas dit le mot *enfant*.

— Quoi, alors ?

— Je l'ignore, mais ce devait être insultant parce que Kate n'a pas voulu le répéter.

— Selon toi, Claire, qui sont ces locataires problématiques ?

— Peut-être des parents de Nettie. L'année dernière, elle m'a demandé conseil pour un cadeau de Noël qu'elle devait faire à une petite fille. Je lui ai conseillé La Girafe Rose à Anoka et j'ai précisé que leurs jouets n'étaient pas donnés. Elle m'a répondu : “Peu importe, c'est pour un enfant de ma famille et je veux quelque chose de bien.” »

Hannah s'avoua impressionnée. Claire avait établi un lien très pertinent entre deux faits apparemment distincts. Autrement dit, elle lui avait fourni une piste.

« Tu sais ce qu'elle a acheté, finalement ?

— Oui, elle m'en a parlé quand elle est revenue me voir à la boutique. Elle avait trouvé une petite chaise en forme de nounours. La Girafe Rose l'a livrée gratuitement quelques jours avant Noël. »

Hannah remercia Claire pour son aide, ressortit par où elle était entrée, traversa le parking dans l'autre sens et alla se réfugier dans la tiédeur de son fournil. Après s'être lavé les mains et avoir passé le tablier qu'elle mettait pour servir les clients, elle franchit la porte battante et rejoignit Lisa derrière le comptoir.

« Oh, Hannah ! Dieu merci, tu es revenue ! » gémit son associée en la voyant arriver.

Hannah lut la détresse sur son visage.

« Que se passe-t-il ?

— C'est ta mère. Elle a appelé six fois en vingt minutes.

— Non », soupira Hannah. Pas étonnant que Lisa fasse une tête pareille. « Prends ta pause. Je te remplace.

— Je n'ai pas besoin de pause. Dépêche-toi plutôt de la retrouver au Grenier de Mamie, sinon elle va continuer. Elle n'a pas eu l'air de me croire quand je lui ai dit que tu étais sortie. Elle doit penser que je te cache dans le garde-manger.

— OK. J'y vais. »

Hannah suspendit son tablier et sortit par devant. La boutique d'antiquités se trouvait juste à côté du Cookie Jar. Quand elle poussa la porte vitrée, un carillon retentit au-dessus de sa tête. Sa mère leva les yeux et s'extirpa de derrière un large comptoir à l'ancienne.

« Hannah ! Eh bien, il était temps ! Suis-moi. »

Avant de pouvoir dire ouf, Hannah sentit la main de

Delores se refermer sur son poignet et l'entraîner dans l'arrière-boutique.

« Assieds-toi. J'exige une explication !

— À propos de quoi ? bredouilla Hannah.

— Pourquoi ne m'as-tu rien dit hier, quand nous nous sommes vues à la bibliothèque ? Une mère devrait être informée avant tout le monde ! »

Hannah réfléchit. Delores était donc au courant pour la mise à pied de Bill.

« Je te l'aurais bien dit mais ce n'était pas à moi de le faire. Je savais qu'Andrea voulait t'en informer personnellement.

— Ah, dans ce cas... » Le regard cinglant de Delores s'adoucit quelque peu. « J'aurais apprécié qu'Andrea m'en parle avant, mais j'imagine que la malheureuse voulait m'épargner.

— Certainement, parvint à articuler Hannah.

— Pauvre Bill ! soupira Delores en branlant du chef. Et pauvre Andrea ! Dans son état ! Tu ne pourrais pas persuader Mike de revenir sur sa décision ? Ne me dis pas qu'il pense vraiment que Bill est un meurtrier !

— J'ai tenté de lui faire entendre raison, maman. Pas plus tard qu'hier. Mais rien n'y a fait. Il est têtu comme un âne.

— Eh bien... je me félicite que tu t'en rendes compte. Imagine que tu l'aies épousé sans le savoir.

— De toute façon, je ne risque pas de l'épouser, marmonna Hannah.

— Que dis-tu, ma chérie ?

— Rien, maman. Je réfléchissais tout haut.

— Au moins, comme ça, tu connais sa vraie nature. Une femme avertie...

— Certes.

— Andrea dit que tu vas enquêter. Je tiens à participer, ma chérie. Que veux-tu que je fasse ? »

Hannah allait répondre qu'elle y réfléchirait quand elle trouva une mission à lui confier : découvrir à qui était destinée la chaise en peluche livrée par La Girafe Rose. Sa mère était la personne idéale pour ce genre d'affaire.

« Qu'y a-t-il, ma chérie ? Tu as pensé à quelque chose, n'est-ce pas ?

— Oui. Je t'explique la situation. »

Quelques minutes plus tard, Delores savait que le couple Grant s'était disputé le jour du drame, que Nettie avait voulu louer une partie de leur maison à une famille et qu'elle avait acheté à La Girafe Rose un cadeau de Noël destiné à un jeune enfant, sans doute une petite fille.

« Peux-tu t'arranger pour savoir qui a reçu ce cadeau ?

— Bien sûr ! se rengorgea Delores. Mais le plus simple serait de demander à Nettie.

— Elle ne répondra pas. Quand j'ai voulu connaître la raison de leur dispute, elle s'est refermée comme une huître.

— Dans ce cas, tu es grillée. Quand Nettie a décidé quelque chose, rien au monde ne peut lui faire changer d'avis. Mais rassure-toi, je trouverai le renseignement que tu cherches. Ils me connaissent bien, à La Girafe Rose. C'est à eux que je m'adresse quand je cherche un cadeau pour Tracey.

— Tu pourrais les appeler tout de suite ?

— Oui, mais non. Il vaut mieux que j'y aille en personne. C'est plus difficile de dire non à une cliente qui se tient devant vous.

— Tu as raison. Cet après-midi peut-être ?

— Oui, mais non, répéta Delores. Le mercredi, ils n'ouvrent qu'à dix-neuf heures. Et malheureusement, ce soir, je ne peux pas.

— Pourquoi ?

— Parce que j'ai... des projets.

— Oh ? fit Hannah en espérant une explication qui ne vint pas. Quel genre de projets, maman ?

— Le genre personnel. »

Hannah digéra cette réponse laconique et se mit à remplir les blancs avec des suppositions.

« Tu as des soucis, maman ?

— Pourquoi cette question, ma chérie ?

— Je ne sais pas... Dans tes projets personnels, il n'y aurait pas un rendez-vous chez le Dr Knight, par hasard ?

— Bien sûr que non ! s'esclaffa Delores. Si j'étais malade, tu serais la première à le savoir. Non, c'est une affaire... personnelle. Je ne veux pas en parler. »

Hannah connaissait ce regard. Sa mère ne dirait rien de plus, même sous la torture. Sur ce point, elle était exactement comme Nettie. Hannah choisit donc de contourner l'obstacle.

« Dois-je en conclure que tu y passeras demain ?

— Oui. J'irai prendre Tracey à la sortie de l'école et nous irons ensemble.

— Vraiment, tu es sûre ? répondit Hannah en souriant jusqu'aux oreilles. Ça risque d'être dangereux, maman.

— Comment cela ? Qu'y a-t-il de dangereux dans un magasin de jouets ?

— Oh, je ne m'inquiète ni pour toi ni pour ma nièce. En revanche, le simple fait d'emmener Tracey dans un endroit de ce genre pourrait avoir de graves conséquences sur ton compte en banque. »

Delores éclata de rire.

« Tu as raison, ma chérie. Mais vois-tu, Le Grenier de Mamie dégage de copieux bénéfices. Et j'ai bien le droit de gâter un peu mon unique petite-fille. Claire t'a dit ce que Nettie avait acheté ?

— Oui, une petite chaise d'enfant en forme de nounours. Et elle a demandé à ce qu'ils la livrent avant Noël.

— Je suis sûre que... » Un grand bruit retentit à l'extérieur. « Qu'est-ce que c'est ?

— Aucune idée. Ça venait de derrière la porte. Comme si quelqu'un avait laissé tomber un truc sur le trottoir... »

« Désolée. » Luanne Hanks, l'assistante de Carrie et de Delores, entrouvrit la porte et passa la tête. « Je transportais un porte-parapluies en cuivre et j'ai trébuché. Pas d'inquiétude. Il est intact. J'ai vérifié. »

Delores s'approcha d'elle et la prit par les épaules.

« Je me fiche de ce porte-parapluies. C'est vous qui m'inquiétez. Vous tremblez, Luanne, et vous êtes pâle comme un linge. Vous vous êtes fait mal ?

— Non, ça va. J'ai eu peur, c'est tout. Heureusement, il n'y a pas eu de casse.

— Ne dites pas de bêtises ! Ce machin en cuivre ne vaut pas plus de vingt dollars. Et encore, nous aurons de la chance s'il part à ce prix. »

Hannah s'approcha à son tour, examina le trottoir mais ne vit aucun obstacle.

« Oh, je me suis juste mélangé les pieds, précisa Luanne qui avait suivi son regard.

— Bon, si tout va bien, je vous laisse », dit Hannah en sortant.

Pour autant qu'elle s'en souvienne, Luanne avait fait partie de l'équipe féminine de gymnastique avant d'arrêter ses études. Comment une femme ayant le pied aussi sûr qu'une chèvre des montagnes pouvait-elle trébucher sur un trottoir plat ? Non, il y avait une autre explication. Quand Luanne avait passé la tête par la porte, c'était de la terreur que Hannah avait vue sur son visage, pas la crainte d'avoir cabossé un méchant porte-parapluies. Mais qu'est-ce qui lui faisait si peur ? Et cette chose avait-elle un rapport avec la mort du shérif Grant ?

Hannah's Bananas

Ne pas préchauffer le four
– la pâte doit passer au frigo avant la cuisson.

1½ tasse de beurre fondu (trois plaquettes)
2 tasses de sucre en poudre
¾ tasse de bananes écrasées (2 moyennes ou 3 petites bien mûres)
4 cuillerées à thé de bicarbonate de soude
1 cuillerée à thé de sel
2 œufs battus (à la fourchette)
4 tasses de farine (inutile de tamiser)
2 tasses de noix ou de noix de pécan hachées (mesurer APRÈS les avoir hachées)
½ tasse de sucre en poudre (pour plus tard)

Faire fondre le beurre au micro-ondes dans un grand bol. Incorporer le sucre, les œufs battus, le bicarbonate de soude et le sel. Ajouter les bananes réduites en purée (avec un mixer ou à la fourchette). Mélanger avec soin. Verser la farine puis les noix de pécan. Couvrir le bol et mettre au frigo pendant quatre heures (toute la nuit, c'est encore mieux).

Préchauffer le four à 175°, la grille en position médiane.

Confectionner des boules de pâte de la taille d'une noix. Les rouler avec les mains (si la pâte colle, deux solutions : mettre des gants en plastique ou s'humecter légèrement les doigts). Verser ½ tasse de sucre blanc dans un petit récipient et y faire rouler les boules de pâte avant de les déposer sur une plaque à pâtisserie préalablement graissée, 12 par plaque. Les écraser délicatement pour qu'elles restent bien en place, et remettre le bol de pâte au frigo pour la fournée suivante.

Faire cuire 10 à 12 minutes à 175°, ou jusqu'à ce que les cookies soient dorés. Ils s'aplatiront d'eux-mêmes. Les laisser reposer 2 minutes puis les transférer sur une grille de l'échelle pâtissière pour qu'ils refroidissent complètement.

Ces cookies se conservent bien au congélateur. Les envelopper d'un film alimentaire puis les glisser dans un sac congélation. Vous pourrez les garder trois mois, s'ils ne disparaissent pas avant.

Rendement : environ 10 douzaines, selon la taille des cookies.

Beth, la cousine de Lisa, conseille de les déguster avec une tasse de chocolat chaud.

Carrie Rhodes les adore. Elle dit que les femmes d'âge moyen devraient manger des bananes chaque jour pour leur apport en potassium. (Je me demande ce qu'elle entend par « âge moyen » ; elle a cinquante-cinq ans et je doute qu'elle vive jusqu'à cent dix !)

Chapitre 10

Le jeudi matin, quand Hannah se gara sur sa place attitrée derrière le Cookie Jar, Moshe occupait encore toutes ses pensées. Elle avait fait un saut chez le vétérinaire en venant, et Sue, l'assistante du Dr Bob, lui avait remis une nouvelle fiche conseil en lui promettant que si elle s'y conformait scrupuleusement, son chat finirait par trouver les aliments senior à son goût. Mais Hannah, qui le connaissait par cœur, savait qu'il pouvait se montrer aussi entêté qu'un autre individu mâle ayant fait partie de sa vie jusqu'à une date récente, à savoir Mike Kingston.

« Salut, Lisa, lança-t-elle assez fort pour que son associée l'entende depuis la boutique. Désolée pour le retard.

— Pas grave. Je m'attendais à pire. » Lisa avait dû guetter son arrivée car deux secondes plus tard elle franchissait la porte battante, une tasse fumante dans la main. « As-tu résolu ton problème ?

— Non. J'ai juste eu droit à d'autres conseils. Mais les gens qui rédigent ces fiches n'ont jamais rencontré Moshe.

— Et si tu mettais un peu d'herbe à chat finement ciselée sur ses nouvelles croquettes ?

— C'était le conseil numéro sept. » Hannah lui tendit la fiche. « Le numéro huit remplace l'herbe à chat par le jus d'une boîte de thon au naturel. J'avoue que je n'ai pas grand espoir.

— Ces méthodes sont peut-être trop grossières pour un chat si intelligent, fit Lisa, pensive. Il a besoin qu'on lui dise que c'est pour son bien. As-tu essayé de t'entretenir avec lui en tête à tête ?

— Évidemment. J'ai poussé le ridicule jusqu'à me mettre à quatre pattes. Et je pense qu'il a compris. Je l'ai vu à son expression. Mais quand je me suis relevée, il a enjambé sa gamelle et l'a renversée d'un coup de patte.

— Mazette ! Là, tu as un vrai souci... » Lisa s'interrompit en voyant Andrea s'encadrer sur le seuil du fournil. « Bonjour, Andrea. Entre donc.

— Merci, c'est bien agréable d'être chez vous, répondit l'interpellée avant d'aller s'asseoir sur l'un des tabourets entourant l'îlot central.

— Du café ? proposa Hannah.

— Volontiers ! Je n'ai pas encore dépassé mon quota. Et le tien est nettement meilleur que mon instantané. »

Hannah souleva la verseuse en reniflant avec délice l'arôme du vrai café fraîchement moulu.

« Voilà pour toi, dit-elle avant de déposer un mug devant sa sœur. Qu'est-ce qui nous vaut le plaisir de ta visite à une heure aussi matinale ?

— La superviseuse de Fun in the Sun m'a téléphoné. Elle a vérifié les listes d'appel.

— Attends une seconde, que je note, fit Hannah en attrapant son bloc.

— Bill a reçu leur coup de fil à vingt heures vingt. La conversation a duré une minute.

— Génial.

— Le problème c'est qu'on n'est pas plus avancés. J'ai tenté l'expérience moi-même : de chez nous jusqu'au lycée, on met vingt minutes en voiture. Je ne dis pas qu'il l'a fait, mais Bill aurait très bien pu tuer le shérif Grant à vingt heures et rentrer à la maison à temps pour répondre à l'appel du démarcheur de Fun in the Sun.

— Non, impossible, répliqua Hannah en tournant les pages vers le début. J'étais avec Mike sur le parking pendant qu'il recherchait les traces de sang. Il en a trouvé un grand nombre près du véhicule de la victime. D'après lui, c'est à cet endroit précis que le shérif a été tué. Et comme la voiture se trouvait à dix mètres de la benne, l'assassin a dû mettre au moins deux minutes pour transporter le corps et le hisser à l'intérieur.

— Donc, si Bill avait fait cela, il aurait raté l'appel de Fun in the Sun de deux ou trois minutes ?

— Absolument.

— Merci, Hannah, soupira Andrea, soulagée. Et pour le deuxième appel ? Celui passé par le rénovateur de toiture ? À quelle heure Bill aurait-il dû le recevoir pour être lavé de tout soupçon ?

— Tu m'as dit que tu étais rentrée avec Tracey à vingt et une heures quarante-cinq, n'est-ce pas ?

— Tout à fait. J'ai regardé ma montre en descendant de voiture. Je me sentais un peu coupable parce que Tracey avait veillé tard et qu'on était un jour de semaine.

Je lui ai dit d'aller embrasser son père et de monter se coucher. »

Hannah trouva une page vierge et posa son opération.

« Pour innocenter Bill, il faut que ce deuxième appel soit arrivé aux environs de vingt et une heures dix. La fenêtre est étroite, mais ça pourrait suffire.

— Magnifique ! Je retourne prospecter. Cette société de rénovation a forcément un chantier en cours dans le secteur. Je trouverai, et Bill aura son alibi.

— Emporte ton café, lui conseilla Hannah en versant le contenu de son mug dans un gobelet en carton.

— Merci. Je te tiens au courant. »

Hannah passa quelques secondes à expliquer à son associée le calcul qui lui avait permis d'estimer la durée de la fameuse fenêtre.

« J'appelle Herb immédiatement, dit Lisa quand elle eut compris.

— Pour savoir s'il a reçu le même genre d'appel ?

— Non. Il raccroche dès qu'il entend un vendeur lui demander comment il va. En revanche, comme il fait sa ronde toutes les heures, si le camion d'un couvreur passe dans le coin, il le verra sans doute. »

Hannah sortait du four une dernière plaque de bouchées à la noix de pécan lorsque la sonnerie du téléphone retentit. Elle attendit un peu et, supposant que Lisa était occupée avec un client, finit par aller décrocher.

« Le Cookie Jar, Hannah, j'écoute.

— Je suis contente de t'avoir, ma chérie.

— Bonjour, maman », dit Hannah. Delores était légèrement essoufflée. « Tu m'appelles d'où ?

— D'une cabine téléphonique devant La Girafe Rose. Tu ne devineras jamais à qui était destinée la chaise en peluche ! »

Hannah leva les yeux au ciel.

« Écoute, maman, le shérif Grant a été tué, Bill est le suspect numéro un, Norman est peut-être en train de jouer au dentiste avec son ex-fiancée à Seattle et, entre Mike et moi, c'est la grande glaciation. Alors, je n'ai pas très envie de répondre à tes devinettes.

— Excuse-moi, ma chérie. C'est juste que je n'en reviens pas. Mais bon, je reformule ma phrase : la patronne de La Girafe Rose affirme que la chaise en peluche a été livrée à Suzy Hanks !

— La fille de Luanne ?

— Oui. Qu'est-ce que ça veut dire ? »

Hannah cligna les yeux une fois puis recommença.

« Je n'en sais rien, mais je le découvrirai. N'en parle à personne pour l'instant, d'accord ?

— Mais... mais... mais... » fit Delores comme un moteur ayant du mal à démarrer.

Hannah vint à son secours.

« Du calme, maman. Il y a sans doute une explication toute simple.

— Laquelle ? »

Hannah dit la première chose qui lui vint à l'esprit.

« Nettie est inscrite dans plusieurs associations caritatives, n'est-ce pas ?

— Oui, c'est exact.

— L'une de ces associations a peut-être décidé d'offrir un très beau cadeau de Noël à un enfant nécessiteux. Suzy Hanks est dans ce cas, après tout.

— En effet, marmonna Delores, pensive. Mais alors, pourquoi Nettie a-t-elle dit à Claire qu'elle cherchait un cadeau pour quelqu'un de sa famille ?

— Peut-être y avait-il d'autres clients dans la boutique. Nettie a voulu protéger l'identité de l'enfant. Tu sais combien Luanne est susceptible. »

Il y eut un long silence, signe que sa mère réfléchissait.

« Ta remarque est pertinente, Hannah, dit-elle enfin. Nettie la connaît assez pour savoir que cette chaise lui serait revenue aussi sec si Luanne avait cru qu'on lui faisait la charité. Mais tu penses vraiment que les choses se sont passées ainsi ? Ce n'est pas un peu tiré par les cheveux ?

— Oui, mais rien n'est impossible, répondit Hannah avec une conviction qu'elle ne ressentait pas. En tout cas, ne dis rien avant que je te rappelle. Je te retrouve au Grenier de Mamie et nous parlerons de tout cela avec Luanne. Les yeux dans les yeux.

— Luanne est à la ferme Ferguson. Pour une vente aux enchères. Ils proposent quelques objets que je rêve d'acquérir, dont une splendide machine à coudre à pédale et une vieille baratte en chêne. Ils ont également de la vaisselle en verre de lait. Tu sais que ça revient à la mode. Promets-moi de ne pas la déranger, Hannah. Elle doit se concentrer.

— Je ne la dérangerai pas mais j'ai besoin d'en avoir le cœur net. Je te préviens dès que j'ai du nouveau. »

Delores produisit un petit gémissement.

« Tu n'imagines pas combien ce sera difficile pour moi de ne rien dire à mes amies...

— Je te l'interdis ! gronda Hannah.

— D'accord. Je serai muette, mais, je t'en prie, ne me fais pas attendre trop longtemps ! »

Ayant mis Lisa au courant de ses projets, Hannah monta dans son break pour se rendre chez les Ferguson. Comme la ferme se trouvait à moins de deux kilomètres de la future maison de Norman et que les ouvriers ne travaillaient pas ce jour-là, elle fit un crochet pour voir où en était le chantier.

« Pas mal ! dit-elle au quiscale pourpre qui martelait le tronc d'un mélèze au fond du jardin. Ça commence à prendre forme. »

Les fondations étaient terminées, le coffrage également et les cloisons en passe de l'être. Ne restait plus que le toit, les fenêtres, les portes intérieures, et tout serait fin prêt pour les premiers frimas.

Norman l'avait invitée plusieurs fois à suivre l'avancée des travaux, mais en ouvrant la porte, elle eut quand même l'impression de pénétrer chez lui par effraction. Cela dit, elle aurait pu entrer par ailleurs, les portes-fenêtres n'étant pas encore posées. Il y avait pourtant quelque chose d'exaltant dans le fait de passer le seuil de la « maison idéale » qu'ils avaient conçue ensemble lors d'un concours ouvert aux amateurs.

« Très joli », dit Hannah avant de traverser le vestibule, le regard posé sur l'escalier menant à la mezzanine.

Elle monta au premier et longea le couloir des chambres. Ce n'étaient pour l'instant que des boîtes vides, mais Hannah ne pouvait s'empêcher d'imaginer une chambre de garçon avec des maquettes d'avions suspendues au plafond, une chambre de fille avec un rebord de fenêtre assez large pour s'y asseoir et rêver, une chambre d'amis pouvant servir de bureau ou d'atelier et enfin... tout au bout, la chambre conjugale.

Hannah retint son souffle au moment d'y pénétrer. Cette pièce était exactement comme elle l'avait dessinée. En fermant les yeux, elle aurait pu voir un couple d'amoureux déjeuner sur la terrasse dominant le lac. Il y avait aussi une cheminée en pierre de rivière, qui apportait une touche romantique tout en pourvoyant à des besoins plus pratiques, comme maintenir une température agréable même en plein hiver.

Subitement, Hannah sentit sa gorge se nouer. Norman finirait sans doute par la demander en mariage, se dit-elle. Il suffisait de l'encourager un peu. Et ainsi, cette merveilleuse maison qu'elle avait imaginée avec un homme dont elle savait qu'il ferait un bon mari, deviendrait enfin la sienne. Mais comment pouvait-elle encourager Norman à lui avouer son amour alors qu'elle-même n'était pas sûre de vouloir renoncer à sa relation avec Mike ?

De quelle relation tu parles ? se reprit Hannah en songeant à leur dernière dispute en date. Pourtant, malgré leurs désaccords, Mike lui plaisait énormément. D'où le dilemme qui la poursuivait depuis des mois et l'empêchait de prendre pleinement possession de sa maison idéale.

Hannah regarda autour d'elle une dernière fois avant de redescendre. Elle avait suffisamment de choses en tête en ce moment. Et si elle voulait interroger Luanne, il était temps pour elle de rejoindre la ferme des Ferguson. Le claquement de la porte se refermant derrière elle lui fit l'effet d'un point final. Sa vie amoureuse, ou plutôt son absence de vie amoureuse, commençait à lui peser, pensa-t-elle.

Mais elle s'occuperait de cela plus tard. Norman attendrait. Mike attendrait. Pour l'instant, elle n'avait qu'un seul objectif : prouver l'innocence de Bill en résolvant le meurtre du shérif Grant.

Chapitre 11

La ferme des Ferguson était un solide édifice planté au milieu de plusieurs hectares de terre. Hannah se gara devant puis suivit les pancartes jusqu'à la grange où se déroulait la vente aux enchères. Elle entendait de loin la voix de Chuck Ganz, le commissaire-priseur, mais ne comprenait pas ce qu'il disait tant il parlait vite. Si elle en croyait Chuck, pour réussir dans ce métier, il fallait la mémoire des chiffres, une langue assez agile pour pouvoir débiter les sommes sans bafouiller, et le courage de le faire devant tout le monde au mépris du ridicule.

Hannah s'arrêta sur le seuil pour profiter du spectacle. Perché sur une estrade au fond de la grange, Chuck déblatérait en gesticulant. Il portait sa tenue habituelle : un costume noir rehaussé d'une cravate du plus beau jaune. Son rayon de soleil par mauvais temps, avait-il coutume de dire au début de chaque séance. Cette boutade n'amusait que lui, mais comme les gens l'aimaient bien, ils riaient pour lui faire plaisir.

« Vendu pour quatre-vingt-trois dollars à ce monsieur en veste de chasse, claironna Chuck en abattant son marteau sur le pupitre. On règle à la caisse en sortant. »

Hannah repéra Luanne assise au milieu de la foule. Il y avait une chaise libre à côté d'elle. Plusieurs personnes s'étaient levées pour se dégourdir les jambes avant la vente suivante. Pendant ce temps, Chuck, qui n'oubliait jamais d'emporter avec lui une grosse bouteille thermos, sirotait du café pour recharger ses batteries. Hannah s'engagea dans l'allée centrale vers la rangée de Luanne et se faufila entre les genoux et les dossiers jusqu'à la chaise vide.

« Tiens, bonjour, Hannah ! s'écria Luanne, surprise. Tu es venue acheter quelque chose ? »

Avant de lui répondre, Hannah se massa le tibia. Un type portant des bottes à bouts ferrés avait eu la mauvaise idée de croiser les jambes au moment où elle était passée devant lui.

« Non, te parler.

— Attends une seconde. »

Luanne consulta le catalogue posé sur ses cuisses. « Il y a un objet qui m'intéresse dans le prochain lot. »

À peine Chuck eut-il lancé la mise à prix que Luanne leva la petite pancarte marquée d'un chiffre qu'elle tenait en main. Chuck la montra du doigt et se mit à psalmodier. Luanne leva de nouveau son panneau, et là, Chuck se contenta de hocher la tête avant de faire monter les enchères. Hannah regarda autour d'elle les nombreuses personnes qui s'étaient manifestées en brandissant leur propre pancarte. L'objet mis aux enchères devait être très intéressant, se dit-elle. Les offres s'espacèrent, reprirent, ralentirent une nouvelle fois. Pour le peu qu'elle pût en juger, Luanne n'avait qu'un seul concurrent sérieux : un monsieur aux cheveux blancs vêtu d'un costume gris. Hannah l'examina à la dérobée. Sa tête ne lui disait rien. C'était peut-être un « rat des granges », comme Chuck appelait les gens qui sillonnaient les campagnes à la recherche d'objets anciens qu'ils achetaient à vil prix pour les revendre très cher aux citadins en manque d'authenticité.

Chuck venait d'annoncer « deux fois » quand Luanne renchérit. Puis elle se tourna vers l'homme aux cheveux blancs en haussant les épaules d'un air blasé comme pour dire : « Ce truc ne m'intéresse pas plus que cela, mais j'irai jusqu'au bout. » Le type fronça les sourcils, lui répondit avec la même gestuelle et s'abstint.

« Adjugé vendu ! À la jolie petite dame au pull vert, déclara Chuck.

— Génial ! s'écria Luanne avec un sourire triomphal. Ta mère va adorer ce vieux rouet. »

Hannah lui retourna son sourire. Elle avait raison. Delores adorait les vieux rouets. Mais elle n'avait pas fait tout ce chemin pour discuter arts et traditions populaires.

« Il faut vraiment que je te parle, Luanne.

— Entendu. Je regarde juste quel est le lot suivant. »

Hannah vit Chuck regagner son pupitre et demander le silence dans la salle à grands coups de marteau.

« Lot numéro 269, mesdames et messieurs. Il s'agit d'un ensemble d'objets liés au sport. Six canards peints à la main faisant fonction de leurres, une tête d'élan empaillée en très bon état, deux boules de bowling, une canne à pêche avec moulinet à restaurer et une boîte de mouches. »

Luanne se tourna vers Hannah.

« C'est bon, on peut parler. Il n'y aura rien de passionnant jusqu'à ce qu'on en arrive aux meubles que tu vois là-haut. Carrie a repéré un lit bateau ayant appartenu à la belle-mère de Mme Ferguson, et Delores une commode 1950 qu'elle compte revendre à un décorateur cherchant des meubles rétro pour l'un de ses clients.

— Je ne raffole pas du rétro. Sauf quand je suis en voiture.

— Pourtant, c'est très à la mode en ce moment... » Luanne s'interrompit en remarquant le petit sourire de Hannah. « Désolée. Tu trouves que je parle à tort et à travers.

— Pas du tout. C'est bien d'être passionné par ce qu'on fait. »

Hannah respira profondément. Le lieu ne se prêtait guère aux confidences, mais personne ne les regardait et elle avait besoin d'une réponse rapide.

Luanne dut voir son hésitation car elle prit un air intrigué.

« Qu'y a-t-il, Hannah ? Tu sembles contrariée.

— Je le suis. J'ai besoin de savoir pourquoi Nettie Grant a acheté une chaise en peluche à Suzy pour Noël.

— Oh ! »

De stupeur, Luanne leva les mains vers ses joues. Un geste automatique que Chuck traduisit comme une intention d'enchérir. Il pointa le doigt, fit un tour de salle au cas où d'autres amateurs se signaleraient et, n'en trouvant pas, lui attribua le lot.

« Désolée, Luanne, fit Hannah en jetant un coup d'œil sur les boules de bowling et les articles de pêche antédiluviens.

— Pas grave. Ils sont partis à dix dollars au-dessus de la mise à prix.

— Ce qui fait ? demanda Hannah, déjà prête à la rembourser de sa poche.

— Quarante. La tête d'élan en vaut au moins cent et les leurres se revendront à dix dollars pièce, minimum.

— Donc, tout va bien ? »

Hannah soupira de soulagement quand Luanne confirma d'un signe de tête. « OK. Sortons d'ici avant que je ne te fasse tout acheter. »

Après avoir dit *pardon pardon* à chaque personne assise dans leur rangée, les deux femmes quittèrent la grange et s'engagèrent sur le petit chemin menant à la maison des Ferguson. Elles entrèrent. Les pièces étaient vides, mais Hannah trouva aussitôt l'emplacement de la cuisine.

« Où sont passées les chaises ? s'étonna-t-elle.

— Parties avec la table, dit Luanne en s'asseyant sur le plan de travail, près de l'évier. Je suis bien placée pour le savoir, c'est moi qui ai raflé le lot.

— Eh bien... je vais faire comme toi, répondit Hannah avant de se percher de l'autre côté de l'évier.

Luanne se tourna et plongea ses yeux dans les siens.

« Nettie a offert cette chaise à Suzie parce que c'est sa petite-fille. Jamie Grant était son père.

— Je l'ignorais.

— Personne n'est au courant, même pas ma mère. »

Luanne soupira. « À présent, je suppose que je vais devoir le lui dire. »

Hannah regrettait presque son indiscrétion. Mais elle n'avait pas eu le choix.

« Pardonne-moi, Luanne. Je sais que ça ne me regarde pas mais...

— ... tu as besoin de savoir, termina Luanne à sa place. Ne t'inquiète pas. Je te fais confiance. Je suis sûre que tu n'en parleras pas à n'importe qui. En plus... si j'ai gardé le secret jusqu'à maintenant... c'est surtout à cause de... Enfin, je veux dire, plus personne ne m'y contraint désormais.

— Tu fais allusion au shérif Grant ?

— Oui. Il m'avait promis des tas d'ennuis si jamais la nouvelle se répandait. »

Puis, sans se faire prier, Luanne lui raconta comment elle en était arrivée là. L'été ayant précédé son entrée en classe de terminale, Luanne avait aidé sa mère à faire le ménage dans les bureaux du shérif. C'était là qu'elle avait rencontré Jamie qui revenait de la fac. Les deux jeunes gens s'étaient retrouvés presque chaque soir sur Old Bailey Road. Quand ils avaient envie de sortir, ils se rendaient au centre commercial pour voir un film ou sur les rives du lac pour prendre un bain de minuit. Et quand ils voulaient être seuls, Jamie achetait des packs de bière et ils se garaient quelque part sur la vieille route forestière menant à Eden Lake. Luanne n'en revenait pas qu'un étudiant s'intéresse à elle. Leur aventure avait duré le temps des vacances universitaires, c'est-à-dire deux semaines environ.

« J'étais stupide, reconnut Luanne.

— Comme la plupart des filles de seize ans, répondit Hannah qui se souvenait de ses copines de première, tout émoustillées quand un « ancien » du lycée Jordan rentrait de la fac en fin de semestre et proposait à l'une d'elles d'aller au cinéma avec lui. Quand as-tu découvert que tu étais enceinte ?

— Peu après son départ. Je lui ai écrit pour lui dire que j'avais l'intention de garder le bébé. Je ne voulais pas l'obliger à m'épouser, mais j'espérais qu'il m'aiderait à l'élever. Hélas, le lendemain du jour où j'ai posté la lettre, Jamie est mort dans un accident de voiture. Il n'a jamais pu la lire.

— Qu'est-elle devenue ?

— Son camarade de chambre a mis toutes ses affaires dans une boîte, y compris l'enveloppe encore cachetée, et a tout envoyé à ses parents.

— Ils ont lu la lettre ?

— Oui, tous les deux. Le shérif Grant a fait promettre à Nettie qu'elle n'en parlerait jamais et ne chercherait pas à voir l'enfant.

— Mais pourquoi ? fit Hannah, révoltée.

— Parce que je suis une traînée... *dixit* le shérif Grant. »

Luanne respira à fond et se redressa. « D'après lui, je m'étais fait engrosser pour piéger son fils et l'obliger à m'épouser. Il est allé jusqu'à m'accuser de l'avoir séduit. »

Hannah ricana malgré elle.

« *Primo*, tu n'es pas une traînée. *Secundo*, il faut être deux pour danser le tango.

— Je sais bien. Et le shérif Grant le savait aussi mais il refusait de l'admettre. Il est venu à la maison et il a déclaré que si jamais je disais à quiconque que mon enfant était celui de Jamie, j'aurais de gros ennuis.

— C'est plutôt cruel, commenta Hannah.

— Le shérif *était* un homme cruel. Il a ajouté qu'il m'empêcherait de souiller le nom et la mémoire de son fils. Puis il a dit que j'étais une fille intelligente et que si je la fermais, il n'y aurait pas de licenciement au poste de police.

— Qu'entendait-il par là ?

— Ma mère faisait le ménage dans les locaux trois fois par semaine. C'était notre principale source de revenus.

— Donc, pour s'assurer de ton silence, il a menacé de virer ta mère ? s'écria Hannah, écœurée.

— Menacé, pas vraiment. Il ne l'a pas formulé comme ça mais j'ai compris qu'il n'hésiterait pas à le faire.

— Je comprends que tu n'aies jamais dit qui était le père de Suzie.

— Ce n'est pas uniquement pour cela. J'estimais que mon histoire avec Jamie ne regardait personne. Et comme il est mort...

— Le shérif Grant aussi, l'interrompit Hannah en plissant les yeux. Tu dois te sentir délivrée. »

Luanne déglutit.

« Pas vraiment. Tu te rappelles, l'autre jour, quand j'ai fait tomber ce porte-parapluies ? C'est la peur qui m'a fait lâcher prise. Si cette histoire sort au grand jour...

— Ton histoire avec Jamie, tu veux dire ?

— Pas seulement. Quand les gens apprendront que le shérif Grant me faisait chanter, ils penseront que c'est moi qui l'ai tué.

— Tu l'as tué ? demanda Hannah du tac au tac.

— Non ! Bien sûr que non !

— Alors, cesse de te tourmenter.

— Impossible. Je serai considérée comme suspecte dès qu'on apprendra que je me suis disputée avec lui.

— Tu t'es disputée avec lui ? rebondit Hannah. Quand ? Où ? À propos de quoi ? »

Luanne inspira profondément.

« Quand : lundi soir. Où : sur le parking du lycée. À propos de quoi : parce que Nettie m'avait appelée pour me proposer d'occuper l'autre partie de leur maison. Le shérif Grant a eu vent de la chose, et quand je suis arrivée au lycée, il m'attendait.

— Je vois, dit Hannah en se rappelant l'altercation entre Nettie et son mari. Tu avais accepté ?

— Non. J'aurais bien aimé mais je redoutais la réaction du shérif Grant. Donc j'ai répondu à Nettie que ce serait avec plaisir, mais à la seule condition que son mari soit d'accord. »

Hannah connaissait la fin de l'histoire : Nettie avait posé la question et le shérif s'était mis dans une colère noire.

« Dis-moi ce qui s'est passé sur le parking, et dans les moindres détails, lui ordonna-t-elle.

— Je voulais partir à temps pour assister à ton cours de cuisine, mais un client s'est présenté au moment où je fermais la boutique. Je l'ai expédié, j'ai sauté dans ma voiture et j'ai roulé jusqu'au lycée. Dès que le shérif Grant m'a vue, il m'a fait signe de le rejoindre. Il était derrière son volant, une trentaine de mètres plus loin, et il fulminait.

— Comment tu peux dire ça ? À cette distance et à travers un pare-brise ?

— Eh bien... il était cramoisi et il bougeait bizarrement, comme il fait toujours quand il s'énerve. Tu sais... des gestes saccadés. Je n'avais pas envie de lui parler mais je ne pouvais pas l'ignorer non plus.

— Je comprends, dit Hannah. Continue.

— Je me suis avancée vers lui. Il mangeait un truc...

un cupcake, je crois... Il l'a posé sur un sachet près de lui et il m'a dit qu'il était au courant pour la proposition de Nettie.

— Qu'as-tu répondu ?

— Que j'avais refusé. Mais je n'ai pas eu le temps de poursuivre. Il a commencé à hurler. Il m'a reproché de profiter du désarroi de sa femme. Et après, il a dit qu'à son avis, Jamie n'était même pas le père de mon enfant. Et quand il a traité Suzie de... de...

— Peu importe, intervint Hannah. J'imagine vaguement. Comment as-tu réagi ?

— Je suis restée sans voix. C'était tellement ignoble. J'ai senti les larmes monter et, comme je ne voulais pas me donner en spectacle, j'ai fait demi-tour et je suis partie.

— Pour aller où ?

— Je suis retournée à la boutique et j'y suis restée un bon moment. Je ne voulais pas que ma mère me voie dans cet état.

— À quelle heure es-tu rentrée chez toi ?

— Un peu avant vingt et une heures. J'ai regardé la pendule en entrant dans la cuisine.

— Et quand tu as quitté le parking du lycée, le shérif Grant était en vie ?

— Oh, que oui ! fit Luanne en frissonnant. Je l'ai vu dans mon rétro. Il était descendu de voiture et il gesticulait en montrant le poing.

— Quelle heure était-il ?

— Je ne peux rien affirmer. Quand j'ai pénétré sur le parking, je sais qu'il était vingt heures cinq parce qu'à ce moment-là, je me suis dit que je n'avais que cinq minutes de retard. Ma conversation avec le shérif Grant n'a pas duré plus de deux minutes. Donc, il devait être vingt heures dix quand je l'ai quitté.

— C'est court, dit Hannah en se promettant d'inscrire cette information sur son calepin. Quelqu'un t'a-t-il vue parler au shérif ? »

Luanne fronça les sourcils.

« Je ne pense pas. Dans le cas contraire, j'imagine qu'il ou elle se serait déjà manifesté, non ? Le parking était encombré mais je n'ai vu personne.

— Bon, c'est tout ce dont j'ai besoin pour l'instant. » Hannah descendit de son perchoir. « Merci pour ta franchise, Luanne.

— Est-ce que... euh... tu es vraiment obligée de parler du père de Suzie ?

— Non. Mais je crois que ma mère a deviné.

— C'est ce que je craignais, gémit Luanne. Je savais qu'elle irait se renseigner à La Girafe Rose. Ta mère ferait parler une pierre et la pierre ne s'en apercevrait même pas.

— Ce n'est pas faux. »

Effectivement, Delores était capable de soutirer des renseignements à n'importe qui, et sans le moindre effort. Andrea avait hérité de ce don et Hannah aurait bien aimé l'avoir, elle aussi.

« Tu crois qu'elle tiendra sa langue ?

— Ma mère ? »

Hannah fixa Luanne d'un regard incrédule.

« Laisse tomber. J'ai compris. Ça veut dire que toute la ville sera bientôt au courant.

— Je lui ai demandé de garder le secret jusqu'à ce que je la rappelle. Ce qui nous laisse deux petites heures, à vue de nez. Si j'étais toi, je lui téléphonerais sans tarder et je lui dirais tout. Pour calmer le jeu.

— Tu as raison. C'est ce qu'il y a de mieux à faire. Tu crois qu'elle et Carrie me mettront à la porte quand elles sauront qui est le père de Suzie ? »

Hannah la considéra d'un air stupéfait.

« Elles t'ont embauchée sans savoir qui il était. Je ne vois pas ce que ça changerait.

— Donc, d'après toi, elles s'en moquent ?

— Non, pas du tout. Je pense même qu'elles vont te harceler jusqu'à ce que tu acceptes de t'installer chez Nettie.

— Pour lui tenir compagnie maintenant qu'elle est seule ? fit Luanne avec un petit sourire triste.

— Pas vraiment. Elles le feront dans leur propre intérêt. Réfléchis ! Si tu habites en centre-ville, tu pourras venir travailler plus tôt et partir plus tard. »

Chapitre 12

Le lendemain matin, Hannah fut réveillée par un ronronnement bienheureux. Le bruit monta *crescendo* jusqu'à ce qu'elle ouvre les paupières et voie un œil jaune fixé sur elle.

« D'accord, je me lève », gémit Hannah en s'asseyant pour couper l'alarme du réveil avant qu'elle se déclenche.

Moshe avait pris l'habitude d'interrompre son sommeil juste avant la sonnerie, ce dont elle lui savait gré car cela lui évitait de sursauter. Elle chaussa les mocassins fourrés qui l'attendaient au pied du lit et mit le cap sur la cuisine.

« Viens, Moshe. Ce matin, je n'ai pas le courage de me battre. Tu peux choisir ton menu. »

La veille au soir, Hannah avait rempli sa gamelle de croquettes standard. Elle savait qu'elle n'aurait pas dû, mais il fallait bien qu'il mange, après tout. Le conseil numéro huit sur la liste remise par le vétérinaire pour tenter de convertir Moshe à la nourriture senior n'avait pas mieux fonctionné que les autres. Pour son dîner, Hannah avait versé le jus d'une boîte de thon au naturel sur les croquettes honnies et, dans un premier temps, l'astuce avait marché. Attiré par l'odeur, Moshe s'était précipité sur son bol Garfield pour en lécher le contenu. Malheureusement, il s'en était tenu à cela. Après vérification, Hannah avait dû se rendre à l'évidence. Les croquettes étaient sèches mais il n'en manquait pas une.

Le café était prêt. Hannah s'en versa une tasse, prit une gorgée et alla puiser dans le sac remisé au fond du cagibi. Quand Moshe fut servi, elle s'offrit une deuxième tasse et fila sous la douche.

Hannah était capable de se préparer en deux temps trois mouvements, même à moitié endormie. Ce matin-là, elle faillit battre son propre record. Quand elle revint dans la cuisine, vêtue d'un jean et d'un sweat à manches longues portant l'inscription *Croquez la vie comme un carré de chocolat*, elle marchait droit et les yeux grand ouverts.

Moshe avait mangé. Hannah le resservit puis s'assit à la table avec son troisième café et un bloc sténo, son « cahier noir » comme elle l'appelait, même si ses lignes étaient vertes. Hannah en avait toujours un sur elle, où qu'elle aille. On en trouvait dans toutes les pièces de l'appartement, et au Cookie Jar également, disséminés entre le fournil, la boutique et les étagères du garde-manger. C'était une habitude qu'elle avait prise à l'université quand elle passait son temps à prendre des notes. Ne pas avoir un carnet et un stylo sous la main en permanence était pour elle aussi inadmissible que remplacer le beurre par de la margarine dans une recette de cookies.

Qu'avait-elle appris depuis lundi sur le meurtre du shérif Grant ? Hannah compulsa ses notes. Selon le rapport d'autopsie, le shérif était mort entre vingt heures et vingt et une heures trente d'un coup porté à la tête par un instrument contondant. Au moment de l'agression, il se tenait à côté de son véhicule. Son forfait accompli, l'assassin l'avait traîné sur une bonne dizaine de mètres avant de le hisser dans la benne à ordures du lycée.

Hannah suspendit sa lecture. Cela ne faisait peut-être aucune différence, mais elle aurait voulu savoir si le décès était survenu avant ou après son transport vers la benne. Andrea pourrait sans doute obtenir cette information. Il lui suffirait d'appeler le Dr Knight sous un prétexte quelconque, et au fil de la conversation...

Hannah rajouta *Benne – mort ou vif ?* sur sa liste, referma son bloc d'un coup sec et attrapa son blouson. Elle enfilait la manche gauche quand le téléphone sonna.

« Maman », murmura Hannah.

Moshe l'entendit et grogna. Delores Swensen ne figurait pas parmi ses humains préférés. Autrement dit, il ne pouvait pas la sentir. Hannah laissa tomber le blouson et sauta sur le téléphone.

« Bonjour, maman.

— Non, c'est moi, fit la voix d'Andrea. Mais c'est à son sujet que je t'appelle. Tu peux me dire ce qui cloche chez elle ?

— J'en aurais pour la journée. Mais vois-tu, c'est notre mère et nous l'aimons comme elle est, fit Hannah en souriant.

— Je ne plaisante pas, Hannah ! Je suis sûre qu'elle a des problèmes en ce moment. Elle n'est pas comme d'habitude. Je me fais tellement de soucis que je n'ai pas fermé l'œil de la nuit. C'est pour ça que je t'appelle si tôt.

— Ne t'énerve pas, Andrea. Ce n'est pas bon pour

le bébé. Que veux-tu dire par “elle n’est pas comme d’habitude” ?

— Tu sais qu’elle adore Tracey, n’est-ce pas ?

— Absolument.

— Et qu’elle aime passer du temps avec elle ?

— Oui.

— Eh bien, je l’ai appelée hier soir pour lui proposer d’aller à la bibliothèque avec nous samedi prochain. Ils organisent un après-midi intergénérationnel, avec spectacle à la clé.

— Le genre d’activité dont elle raffole.

— Je le croyais moi aussi, soupira Andrea, mais ça ne l’a pas vraiment emballée. Et quand je lui ai suggéré de prendre Tracey chez elle pour la nuit, elle m’a répondu qu’elle avait peut-être d’autres projets. »

Hannah fronça les sourcils. En effet, un tel comportement n’était pas dans les habitudes de Delores qui faisait passer sa petite-fille avant toute autre chose et ne refusait jamais de la garder la nuit.

« Quel genre de projets pourrait-elle avoir ? Tu lui as posé la question ?

— Bien sûr, mais elle m’a envoyée sur les roses. Elle a même ajouté qu’elle avait droit à une vie privée et que je ferais bien de m’en souvenir. »

Hannah sentit sa bouche s’ouvrir d’elle-même.

« Notre mère a une vie privée ?

— À l’en croire, oui. Tu penses qu’elle fréquente un homme ?

— Delores ?! Impossible.

— J’aimerais en avoir le cœur net. Tu mèneras ton enquête, n’est-ce pas ? Les enquêtes, ça te connaît.

— J'essaierai, promit Hannah, en inscrivant mentalement une ligne supplémentaire sur sa liste, après « trouver l'assassin du shérif et innocenter Bill », mais avant « faire marcher mon commerce » et « inciter ce cabochard de Moshe à se mettre au régime ». Je te tiens au courant.

— Entendu. En quoi puis-je t'aider ? »

Hannah fut tentée de répondre, *en arrêtant de me rajouter des trucs à faire*, mais elle se ravisa et posa les yeux sur le bloc sténo.

« Tu pourrais appeler le Dr Knight pour lui demander un conseil, n'importe lequel, et t'arranger pour savoir si le shérif Grant était déjà mort quand on l'a balancé dans la benne à ordures.

— Beurk !

— Oui, je sais. Mais je n'ai pas envie de m'adresser à Mike, et pour l'instant Bill est sur la touche. »

Andrea soupira.

« Tu as raison. Je vais l'appeler dès aujourd'hui. Je lui parlerai de mes nausées et il me donnera les résultats de l'autopsie.

— Tu en es sûre ?

— Je suis agent immobilier. J'ai suivi une formation spéciale. »

Hannah remercia sa sœur, raccrocha et alla remettre de l'eau et des croquettes dans les bols de Moshe. Elle rangeait le bloc sténo dans son sac quand la sonnerie du téléphone l'arrêta net.

« Quelle rapidité ! Que t'a dit le docteur ? demanda-t-elle en attrapant le combiné.

— Que me chantes-tu là, ma chérie ? »

Hannah gémit. Cette fois-ci, c'était sa mère.

« Désolée, maman. Je croyais que c'était Andrea. Elle a promis de me rappeler.

— Il y a un problème avec le bébé ?

— Pas que je sache. Pourquoi ?

— Tu as parlé de docteur.

— En effet, fit Hannah en voyant se profiler l'ouverture espérée. Andrea m'a appelée voilà deux minutes à peine.

— Mais il n'est même pas six heures trente !

— Je sais. Elle avait du mal à dormir. Je lui ai dit de téléphoner au Dr Knight pour qu'il lui prescrive un léger sédatif.

— Tu as bien fait. La pauvre chérie doit se faire du souci pour Bill.

— Non, pas pour Bill. » Hannah respira profondément et enfonça le clou. « Andrea se fait du souci pour toi.

— Pour moi ? Je ne vois pas pourquoi.

— Il paraît qu'elle t'a proposé de prendre Tracey chez toi samedi soir et que tu as plus ou moins refusé, au prétexte que tu avais d'autres projets.

— Ah. » Un ange passa. « Eh bien… si cela peut la soulager, je veux bien revoir mon emploi du temps.

— De quels projets s'agit-il, maman ?

— Ça ne te regarde pas, ma chérie. J'ai beau être ta mère, j'ai quand même droit à une vie privée. »

Hannah savait qu'insister n'aurait servi à rien. Delores était aussi cabocharde que Moshe.

« Bon. J'ai compris.

— Tant mieux. De mes deux filles, c'est toi la plus sensée. Sauf en ce qui concerne les hommes, bien entendu. Je n'en reviens pas que tu aies pu fréquenter cet ignoble Mike Kingston ! »

Hannah s'abstint de mordre à l'hameçon. Il était trop tôt pour une dispute.

« Le devoir m'appelle, maman. Tu voulais me dire quelque chose de particulier ?

— Oui. Merci, ma chérie, j'allais oublier. Je voulais t'annoncer que les funérailles du shérif Grant auront lieu dimanche à quatorze heures, au lycée Jordan.

— Au lycée ?

— Oui, dans l'auditorium. C'est la seule salle assez vaste. Il était très aimé et il y aura du monde. Tu viendras, n'est-ce pas ? »

Hannah soupira. Elle détestait les cérémonies funèbres.

« Je ne sais pas.

— Mais il faut absolument que tu viennes. Le tueur assiste toujours aux obsèques de sa victime.

— Pardon ?

— Je m'étonne que tu ne le saches pas. C'est dans tous les films policiers. Au fait, les commerçants fermeront leurs portes samedi à midi, en signe de respect.

— Ah bon ? fit Hannah. Dernière nouvelle !

— Enfin, ils les fermeront quand ils auront lu la notice dans le journal. Nous l'avons rédigée, Carrie et moi. Et Rod a promis de la publier ce matin.

— Merci pour le scoop, maman. »

Si Delores et Carrie étaient à l'origine de cette initiative, ceux qui feraient de la résistance seraient aussitôt mis à l'index.

« Je veux que ta sœur y soit, elle aussi. Bill s'abstiendra puisqu'il est suspect, mais j'estime que notre famille doit faire acte de présence.

— Tu te chargeras d'emmener Andrea, je suppose »,

dit Hannah en jetant un coup d'œil à la pendule en forme de pomme.

Les aiguilles avançaient inexorablement. Si elle voulait avoir terminé la cuisson des cookies avant l'arrivée de Lisa, il fallait qu'elle parte dans cinq minutes, grand maximum.

« Je ne pourrai pas, malheureusement. Le club Regency Romance organise un hommage spécial. Nous arriverons toutes ensemble et nous assiérons derrière Nettie, pour marquer notre soutien.

— C'est une belle idée, maman, fit Hannah, qui sentait venir la suite.

— Donc, je te confie ta sœur. Appelle-la dès que tu arriveras au Cookie Jar et persuade-la de t'accompagner. »

Hannah aurait bien rétorqué qu'elle n'avait encore rien décidé pour elle-même, mais Delores raccrocha avant qu'elle ouvre la bouche.

« Elle a remis ça », dit Hannah en prenant son chat à témoin.

Assis près de sa gamelle, Moshe observait le téléphone d'un œil rond, les oreilles rabattues, comme s'il savait qui venait d'appeler. Delores voulait toujours avoir le dernier mot, et raccrocher au nez de son correspondant était une façon comme une autre d'y parvenir.

Chapitre 13

Le dimanche suivant, Hannah passa le début de la matinée à se demander si Moshe ne cherchait pas à la faire tourner en bourrique. Au cours des derniers jours, elle avait essayé toutes les astuces du Dr Bob sans remporter le moindre succès, et elle commençait à en avoir par-dessus la tête. Après s'être promis de rappeler le vétérinaire dans la journée, elle opta de nouveau pour la facilité et ressortit les anciennes croquettes du cagibi.

Quand il la vit remplir sa gamelle, Moshe produisit un son bizarre qu'elle interpréta comme un miaulement de gratitude. Puis il fit quelque chose d'inhabituel. Au lieu de se jeter sur sa nourriture, il s'approcha d'elle et se frotta contre ses chevilles.

« De rien, dit Hannah en se resservant du café. Vas-y, régale-toi. Je vais m'asseoir à côté, le temps d'émerger. »

Pendant que Moshe engloutissait son repas, Hannah récapitula les éléments factuels dont elle disposait sur l'affaire qui monopolisait ses pensées. Elle n'avait pas obtenu grand-chose jusqu'à présent, mais, grâce à Andrea, elle savait tout de même que le shérif Grant était mort sur le coup. Comme promis, sa sœur avait tenté de se procurer le rapport d'autopsie auprès du Dr Knight, lequel avait refusé tout en consentant à lui donner le renseignement qu'elle cherchait, mais de manière officieuse.

Comme ni Nettie ni Luanne n'avaient pu lui présenter d'alibi valable, Hannah était obligée de les considérer comme suspectes. Pourtant, elle les savait aussi innocentes que Bill, lequel ne figurait même pas sur sa liste. Concernant l'alibi de ce dernier, elle n'était pas plus avancée. Aucune des entreprises de rénovation qu'elle avait réussi à contacter ne pratiquait le démarchage téléphonique. Andrea avait sillonné les environs avec Tracey à la recherche de maisons en travaux, Herb avait fait de même pendant ses rondes, mais apparemment, les toits de Lake Eden étaient tous en bon état.

Hannah prit une dernière gorgée de café, se leva et s'étira en bâillant. Il était temps de se préparer. Le Cookie Jar n'ouvrait pas le dimanche, mais elle s'était promis de dresser l'inventaire des stocks. Comme il s'agissait d'une activité peu salissante et qu'elle espérait en avoir pour deux heures à peine, Hannah décida d'y aller dans sa tenue d'obsèques, quitte à la protéger avec un tablier.

« C'est fermé ! » marmonna Hannah en entendant le téléphone sonner dans le fournil.

Perchée sur un escabeau, elle tenait une boîte de cacao dans une main et un sac de noix de coco râpée dans l'autre. Au bout de trois sonneries, elle déposa le tout sur l'étagère du garde-manger et descendit. Pas question de faire la sourde oreille. Surtout en ce moment. Bill cherchait peut-être à la joindre pour lui annoncer qu'Andrea était en train d'accoucher. Ou alors c'était Norman qui l'appelait de Seattle après avoir essayé chez elle. Ou bien encore Mike qui voulait la prévenir que le meurtrier était sous les verrous et Bill réintégré dans ses fonctions. À moins qu'il s'agisse d'un simple coup de fil commercial, ce qui était nettement plus probable, même un dimanche.

Hannah traversa la pièce en trois enjambées.

« Le Cookie Jar. Hannah, j'écoute.

— Oh, Hannah ! Je suis si contente de t'avoir ! »

Sa main se crispa sur le combiné. C'était Andrea, et sa voix tremblait.

« Ça ne va pas, Andrea ?

— Euh ! Tu veux bien attendre une seconde ? »

Hannah tendit l'oreille. Il y eut un bruit de pas au bout de la ligne, puis celui d'une porte qu'on fermait à clé.

« Andrea ?

— C'est bon. Me revoilà, chuchota sa sœur.

— Où es-tu ?

— Dans la salle de bains.

— Pourquoi tu chuchotes ?

— Parce que Bill est à côté, dans la chambre. Ne quitte pas, Hannah. Il frappe. »

Hannah patienta. Que pouvait-elle faire d'autre ? Elle entendit Andrea parler à son mari, sans doute à travers la porte, puis il y eut un bruit d'eau, comme un robinet qui coulait.

« Andrea !

— Je suis toujours là. J'ai dit à Bill que j'étais au téléphone avec toi et que j'avais eu tout à coup envie de...

Tu vois ce que je veux dire. J'aimerais que tu arrives plus tôt, Hannah. Je t'en prie. »

Hannah se retourna vers le garde-manger resté ouvert. Si elle partait maintenant, elle devrait revenir le lendemain à l'aube pour terminer l'inventaire. Autre solution : aller chercher Andrea, la ramener à la boutique et la faire participer.

« Oui, c'est possible. Mais pourquoi ?

— Bill est en train de vider mon dressing. Je veux bien me montrer compréhensive, mais s'il continue à me dire que j'ai trop d'affaires, je crois que je vais le tuer ! »

Hannah entendit sa sœur prendre une bonne goulée d'air. « C'est terrible, Hannah. Il voudrait que je jette les jolis sabots rouges que j'ai achetés au centre commercial l'été dernier. »

Andrea lui avait parlé de ces sabots. Elle les avait eus en solde pour cinq dollars.

« Mais je croyais qu'ils te faisaient mal aux pieds.

— Il faut juste que je m'y habitue.

— Que tu les assouplisses, tu veux dire.

— Non. Ils sont en bois, donc ils ne s'assoupliront pas. Par contre, mes pieds, si. »

Hannah avait envie de lui répondre que c'étaient les chaussures qui devaient s'adapter aux pieds et non le contraire, que penser autrement était totalement stupide, mais elle s'abstint, redoutant de se montrer trop cruelle envers sa sœur enceinte jusqu'aux yeux.

« Alors ? Tu passes me chercher bientôt ? J'ignore combien de temps je vais pouvoir encore tenir.

— D'accord, dit Hannah, toujours pour éviter de la contrarier. Dans quinze minutes ? Tu seras prête ?

— Je peux l'être avant. Dépêche-toi, Hannah. Il me

rend dingue. J'ai peur de lui dire un truc que je regretterai ensuite. Tu sais que je l'adore.

— Je le sais. »

Hannah raccrocha au son de la chasse d'eau.

« Notre mère est arrivée », dit Andrea en donnant un petit coup de coude à sa sœur.

Elles avaient une demi-heure d'avance, mais le club Regency Romance au grand complet était déjà rassemblé dans le hall de l'auditorium.

Hannah suivit son regard et vit Delores leur faire de grands signes.

« Zut ! Elle veut qu'on approche.

— On ferait mieux d'y aller, soupira Andrea en se mettant en mouvement. Elle va probablement critiquer ta tenue. »

Hannah baissa les yeux sur sa robe bleu marine et ses chaussures assorties.

« Qu'est-ce qu'elle a, ma tenue ?

— Rien. Mais ne t'inquiète pas, elle trouvera. Veux-tu que je désamorce la situation ?

— Je ne dis pas non. Tu crois que c'est possible ?

— Bien sûr. Reste ici, dit Andrea en s'éloignant. Et regarde. »

Hannah vit sa sœur s'arrêter devant leur mère et lui glisser un mot à l'oreille. Delores prit d'abord un air surpris puis son visage s'éclaira d'un sourire radieux, attitude pour le moins insolite étant donné les circonstances. Après un bref conciliabule, Andrea effectua un demi-tour sur elle-même et revint sur ses pas.

« Il y a une telle bousculade ! se plaignit-elle en retrouvant sa sœur. J'ai cru que je n'arriverais jamais jusqu'à toi. Tu as le bonjour de Delores. Filons avant qu'elle se souvienne de ce qu'elle voulait nous dire. »

Hannah survola la foule du regard et aperçut Beatrice Koester.

« Je vois Beatrice et son mari. J'ai une question à poser à Ted au sujet des cupcakes de sa mère.

— Ceux avec l'ingrédient mystère ?

— Tout juste. Colle-toi derrière moi, j'ouvre la marche. »

Hannah traversa le hall bondé, sa sœur sur les talons. Toujours élégante, Beatrice avait beaucoup d'allure dans sa robe gris anthracite rehaussée d'un joli col blanc. En revanche, Ted ne semblait guère à son aise dans son costume du dimanche. À la manière dont il tirait sur les manches, on devinait qu'il aurait payé cher pour être ailleurs, par exemple au volant de sa remorqueuse, vêtu de sa vieille combinaison de travail en coton.

« Je suis contente de vous voir, Ted, dit Hannah après avoir salué Beatrice et attendu qu'Andrea engage la conversation avec elle.

— Pourquoi cela ? » fit Ted en fronçant les sourcils.

Il les avait si épais qu'ils se rejoignaient presque.

« J'ai tenté de réaliser les cupcakes de votre mère.

— Beatrice aussi. Elle en a fait des cargaisons, aussi mauvais les uns que les autres. Et il a fallu que je les goûte tous. À la fin, je n'en pouvais plus.

— Oh », fit Hannah en dissimulant un petit sourire.

Beatrice mesurait à peine un mètre cinquante, mais son mari était un grand gaillard capable d'avaler un bœuf entier au petit déjeuner.

« Je me disais que vous pourriez peut-être m'aider.

Décrivez-moi les sensations gustatives qu'ils vous procuraient.

— D'abord, on avait le bon goût du caramel. Et quand on mordait dedans, ils n'étaient pas pleins d'air. Vous voyez ce que je veux dire ?

— Je crois, oui. Ils étaient lourds ?

— Pour sûr ! » répondit-il avec un sourire béat.

Hannah vit briller sa couronne en métal argenté. Elle savait que Norman aurait aimé la remplacer par une neuve, plus discrète.

« La boîte où ma mère les rangeait pesait autant qu'un filtre à air », précisa-t-il.

Pour réprimer son envie de rire, Hannah embraya sur la question suivante.

« De quoi d'autre vous souvenez-vous ?

— Du glaçage. Le meilleur que j'aie jamais goûté. Ma mère était une sacrée pâtissière !

— Je n'en doute pas une seconde, répondit Hannah en se demandant si un jour ses enfants en diraient autant à son sujet. Je pensais plutôt à quelque chose de particulier, qui les différenciait des autres cupcakes. »

Ted réfléchit un instant puis hocha vigoureusement la tête.

« Ouais. Elle les mettait dans des caissettes en papier doré qu'elle se faisait livrer de Chicago. »

Avant que Hannah trouve à lui répondre, les portes de l'auditorium s'ouvrirent et la foule se mit en branle. Tandis que les Koester s'inséraient dans la file principale, Andrea prit sa sœur par la main et l'entraîna vers une autre entrée, moins fréquentée.

Quand la musique démarra, Hannah reconnut « Largo »,

le morceau à l'orgue qui avait accompagné son père vers sa dernière demeure et en conclut que Digger Gibson, l'entrepreneur des pompes funèbres, n'avait pas changé de répertoire depuis.

« Je déteste les enterrements, marmonna-t-elle.

— Moi pareil. » Andrea lui indiqua la rangée du fond à gauche. « Tu prends le deuxième fauteuil et moi celui du bout. Comme ça, on sera tranquilles.

— Jusqu'à ce que quelqu'un nous demande de nous lever pour passer, répondit-elle en s'asseyant.

— Ça n'arrivera pas. »

Andrea s'installa à son tour et lui montra le siège devant elle. Il ne restait que cinq centimètres entre le dossier et son ventre. « Je suis si grosse que personne ne pourra se faufiler. Quant à me demander de me lever, il faudrait un sacré culot ! »

Hannah sourit discrètement et posa son sac sur le fauteuil libre à sa droite en se disant que la grossesse comportait tout de même quelques avantages. Elle allait faire part de ses réflexions à Andrea quand Sean et Don, les jumeaux qui tenaient l'épicerie-station-service sur la grand-route, entrèrent par la porte latérale et s'installèrent juste devant elles.

« Bonjour, Andrea. Bonjour, Hannah », dit Sean, ou bien Don.

Quand ils ne portaient pas leurs chemises Quick Stop brodée à leurs prénoms, il était impossible de les distinguer l'un de l'autre.

« Bonjour, Sean, tenta Hannah, partant du principe qu'elle avait une chance sur deux de se tromper.

— Je suis Don. Sean, c'est lui.

— J'aurai essayé, murmura Hannah. Désolée, les garçons. Vous savez que j'ai toujours un mal fou à vous différencier. Qui garde la boutique ?

— On a fermé, répondit l'autre jumeau, à savoir Sean. On s'est dit qu'il fallait faire acte de présence. Ne serait-ce que pour montrer qu'on ne lui en veut pas.

— Qu'est-ce qu'il vous a fait ? lui renvoya Hannah, soudain très intéressée.

— Tu te rappelles nos petits chocolats à la liqueur ? fit Don en branlant du chef. Eh bien, le shérif Grant nous avait interdit de les commercialiser. Sean a eu beau lui dire qu'on n'en vendait pas aux enfants, il n'a rien voulu savoir. À l'en croire, pour des chocolats à la liqueur, nous avions besoin d'une licence de débit de boissons.

— Et c'était l'article de confiserie qui marchait le mieux, insista Sean.

— Non seulement cela, mais au lieu de nous laisser faire, renchérit Don, il est allé les prendre sur l'étagère et les a fourrés dans une caisse en disant qu'il les confisquait.

— Alors qu'on aurait pu les renvoyer chez le fabricant et nous faire rembourser, compléta Sean.

— C'est légal, à ton avis ? demanda Hannah à sa sœur.

— Je n'en sais rien, dit Andrea avant d'ajouter en plissant les yeux : J'imagine que vous étiez très en colère.

— Fous furieux, tu veux dire, répondit Don sans s'apercevoir que par cette affirmation, il se plaçait de lui-même sur la liste des suspects, et son frère aussi par la même occasion.

— Oui, absolument, renchérit Sean d'un air penaud. J'ai voulu aller les récupérer au poste de police mais Don m'en a dissuadé.

— Il valait mieux ne pas se le mettre à dos, expliqua Don. Et quand on a appris son meurtre, je me suis dit que j'avais eu raison de le faire.

— Et moi, de t'avoir écouté », dit Sean en se levant pour laisser passer un groupe de gens.

Profitant de la diversion, Andrea donna un coup de coude à sa sœur.

« Tu as entendu ça ?

— Oui. C'est un mobile... enfin, je crois. Je me demande lequel des deux était de service lundi soir. Et ce que l'autre faisait pendant ce temps.

— Je vais me renseigner, promit Andrea. Je connais deux ou trois personnes capables de les distinguer.

— Très bien. Au fait, qu'as-tu dit à notre mère pour qu'elle me laisse tranquille ?

— Oh, fit Andrea avec un haussement d'épaules. Que si le bébé était une fille, nous lui donnerions son prénom. »

Hannah écarquilla les yeux.

« Mais tu as promis la même chose à la mère de Bill.

— Oui, en effet.

— Alors... »

Hannah s'interrompit et soupira. « OK. Je sais que pour toi, ce sera un garçon, mais imagine que tu te trompes ! Comment feras-tu ? Delores et Regina voudront toutes les deux que leur prénom vienne en premier. »

Andrea secoua la tête.

« Détends-toi, Hannah. J'attends un garçon. C'est confirmé mais personne n'est au courant. Alors, motus et bouche cousue, d'accord ? Bill est de la vieille école. Il veut avoir la surprise. »

La cérémonie s'éternisait et Hannah commençait à se trémousser sur son siège. Elle n'en pouvait plus de voir défiler tous ces gens attristés, d'entendre tous ces concerts de louanges. Et dire que la pauvre Nettie était obligée de rester sagement assise à sa place et de répondre un mot aimable à chacun, songea-t-elle. Pourquoi leurs concitoyens se croyaient-ils obligés de rapporter des anecdotes aussi insignifiantes devant tout le monde ? Pour sa part, Hannah se fichait éperdument que le shérif Grant ait aidé Lydia Gradin à sortir sa voiture du fossé pendant une tempête de neige.

« Heureusement, le cercueil est fermé, murmura Andrea en se penchant vers sa sœur. Quand ce n'est pas le cas, j'ai toujours l'impression que le défunt va se réveiller et se dresser sur son séant. »

Hannah préféra ne pas lui dire pourquoi une cérémonie avec cercueil ouvert aurait été inenvisageable. Elle qui avait vu le shérif Grant peu après sa mort savait que malgré tout son talent, Digger n'aurait pu lui rendre son aspect d'antan.

Une demi-douzaine d'éloges funèbres plus tard, Hannah jeta un coup d'œil à sa montre et constata que quatre-vingt-dix minutes s'étaient écoulées depuis leur arrivée. Et il y avait encore la queue devant l'estrade. Elle allait suggérer à Andrea de simuler les premières contractions pour qu'elles puissent s'éclipser, quand Digger passa derrière le pupitre.

« Le shérif Grant était aimé de tous et je vois que vous êtes encore nombreux à vouloir exprimer votre chagrin, mais par courtoisie envers sa veuve, je vous demanderai de regagner vos places pour que nous puissions conclure. »

Après la dernière oraison, Hannah poussa un grand ouf, se leva et, pour éviter de rester coincée au milieu de la foule, poussa Andrea vers la sortie, direction le parking.

« Tu vas bien ? lui demanda-t-elle en l'aidant à monter dans le break.

— Oui, très bien. Mais je ne veux pas aller au cimetière. Les cimetières me fichent le bourdon et je viens de lire dans un article que pendant la grossesse, les émotions passent de la mère à l'enfant.

— Entendu, dit Hannah en démarrant. Je te ramène chez toi. Mais moi, il faut que j'y aille.

— Pour quelle raison ?

— Parce que le tueur se montrera peut-être.

— Tu crois ?

— C'est une idée de Delores. Elle a vu ça dans un film. »

Andrea haussa les épaules.

« Après tout, pourquoi pas ? Bon, d'accord, je t'accompagne. Je resterai dans la voiture et je surveillerai les gens qui entrent et sortent du cimetière.

— Merci, Andrea. » Hannah quitta le parking. « Deux paires d'yeux valent mieux qu'une.

— Mais ça va te coûter cher.

— Je m'en doute, répondit Hannah en lui désignant la banquette arrière. J'ai là deux douzaines de cookies qui n'attendent que toi.

— Lesquels ?

— Des cookies surprises. Une création de Lisa. Ce sont les restes du buffet d'hier.

— Et la surprise, qu'est-ce que c'est ?

— Si je te le dis, ce n'en sera plus une. »

Hannah attrapa l'un des sacs et le posa sur les genoux d'Andrea. « Goûte, tu me donneras ton avis. »

Andrea croqua un bout et sourit.

« Délicieux. Et ce truc moelleux au milieu ? C'est un raisin sec enrobé de chocolat ?

— Possible. Tu as droit à un autre essai. Lisa les a fourrés avec six ingrédients surprises différents.

— Mmmm, fit Andrea en mordant dans un deuxième cookie. Celui-ci a un goût de nougat. Je les adore, Hannah. C'est tellement drôle de ne pas savoir ce qu'on va trouver dedans. Comment choisissez-vous les surprises ?

— Bridge mix.

— Quoi ?

— Bridge mix. Mais si, tu ne connais que ça. Les fruits secs enrobés qu'on trouve chez Red Owl !

— Je vois exactement de quoi tu parles.

— Quand ils n'en ont pas, Lisa les remplace par les minibarres chocolatées qu'ils vendent pour Halloween. Il faut juste les découper en petits morceaux.

— Excellente idée, dit Andrea en se resservant. Tu as décidé pour tes cookies, Hannah ?

— Quels cookies ? »

Le portail du cimetière Brookside se rapprochait. Elles s'arrêtèrent près de la grille en fer forgé. Hannah vit au loin la tombe censée accueillir la dépouille du shérif Grant. Il n'y avait encore personne autour.

« Ceux que tu apporteras à la fête d'Halloween.

— Non, pas encore, dit Hannah en ajoutant une ligne sur sa liste des choses à faire. Tu es sûre de vouloir rester seule ?

— Certaine. » Andrea s'agrippa au sachet de cookies.

« D'ici, je verrai parfaitement l'arrière de la foule. Si tu te mets de l'autre côté, à nous deux, nous couvririons la totalité du champ.

— Pas bête. Autre chose ?

— Oui. Penses-tu pouvoir t'esquiver avant la fin ? Je ne veux pas être ici quand ils descendront le cercueil. Je déteste ça.

— Moi pareil », répondit Hannah en la serrant sur son cœur.

Les deux sœurs gardaient en mémoire le jour funeste où leur père avait été inhumé.

Cookies surprises

Ne PAS préchauffer le four
– la pâte doit passer au frigo avant la cuisson.

1 tasse de beurre fondu (2 plaquettes)
1 tasse de sucre blanc
½ tasse de sucre roux
2 œufs battus (à la fourchette)
1 cuillerée à thé de bicarbonate de soude
½ cuillerée à thé de sel
1 cuillerée à thé d'extrait de vanille
2 cuillerées à soupe d'eau (ou de café, s'il vous en reste du petit déjeuner)
3 tasses de farine (inutile de tamiser)
1 paquet de bonbons au chocolat Bridge mix*
4 à 5 douzaines de cerneaux de noix (ou de noix de pécan)

* Si je ne trouve pas de Bridge mix au supermarché, je remplace par des minigaufrettes au cacao ou des chocolats miniatures Hershey's que je coupe en quatre.

Faire fondre le beurre. Verser les sucres. Mélanger. Ajouter les œufs battus, le bicarbonate de soude, le sel, la vanille et l'eau (ou le café).

Incorporer la farine en mélangeant soigneusement. Mettre la pâte au frigo et la laisser au moins une heure (toute la nuit, c'est encore mieux).

Préchauffer le four à 190°, la grille en position médiane.

Prélever une cuillerée à soupe de pâte et en enrober une minigaufrette au cacao (ou un bonbon Bridge mix ou un quart de miniature Hershey's). Garnir avec un cerneau de noix (ou une moitié de noix de pécan) et déposer le tout sur une plaque de cuisson préalablement graissée, 12 cookies pour une plaque standard.

Cuire à 190° pendant 10 à 12 minutes, ou jusqu'à obtenir une jolie couleur dorée. Laisser reposer sur la plaque pendant 2 minutes puis transférer les cookies sur l'échelle pâtissière.

Rendement : 8 à 10 douzaines, en fonction de la taille des cookies.

J'en fais souvent quand Tracey invite des amies à goûter. Pendant qu'elles devinent quelles friandises se cachent à l'intérieur, les adultes ont le temps de souffler.

Chapitre 14

Hannah ne repéra aucun comportement suspect parmi les endeuillés. Sauf peut-être celui de Bertie Straub qui passa de longues minutes à fixer le cercueil sans cligner des yeux une seule fois. Mais, connaissant Bertie, elle devait être occupée à calculer la somme que Nettie avait déboursée pour les funérailles. Comme de son côté Andrea ne vit pas d'individu louche franchir le portail du cimetière durant tout le trajet de retour, Hannah se reprocha d'avoir pris au sérieux le conseil de sa mère.

« Salut, Moshe », lança-t-elle en poussant la porte de son appartement, les bras tendus pour recevoir la boule de fourrure orange et blanche qui ne manqua pas de lui sauter au cou.

Elle porta le matou jusqu'à la cuisine, le déposa près de sa gamelle, remplit cette dernière avec ses croquettes préférées puis fila dans sa chambre pour mettre une tenue de maison.

Cinq minutes plus tard, vêtue d'un jean et d'un vieux pull déformé, Hannah s'écroula sur le canapé et passa aussitôt en mode végétatif. Elle avait un peu faim, mais rien d'urgent. Elle commencerait par se vider la tête devant un documentaire inintéressant puis irait s'allonger sur son lit pour tenter de rattraper un peu du sommeil qui la fuyait depuis la mort du shérif Grant.

La sonnerie du téléphone la réveilla en sursaut. À la télé, un commentateur à la voix nasillarde décrivait les mœurs sexuelles du bousier. Hannah se leva, décrocha, dit allô et réalisa une seconde trop tard qu'elle aurait pu laisser faire le répondeur.

« Oh, Hannah ! Je suis si contente de te trouver chez toi ! »

En reconnaissant la voix d'Andrea, Hannah faillit pousser un gémissement. Elle n'était franchement pas d'humeur à jouer les conseillères conjugales, ce soir-là. Mais la solidarité sororale passait avant certains impératifs vitaux comme dormir, manger ou comater devant la télé.

« Qu'y a-t-il, Andrea ?

— Pendant que nous assistions aux obsèques du shérif Grant, Bill a nettoyé le frigo et il a jeté mes vernis à ongles ! »

Hannah crut un instant que son audition avait baissé. Ou peut-être dormait-elle encore et faisait-elle un de ces rêves totalement farfelus dont on s'amuse au réveil. Pourtant, non, elle ne dormait pas et Andrea avait bien dit *vernis à ongles*.

« Bill a jeté quoi ? demanda-t-elle par précaution.

— Mes vernis à ongles. »

Pas besoin de contrôle auditif, finalement, songea-t-elle, soulagée. Mais la réponse de sa sœur n'en était pas moins absconse.

« Pourquoi mets-tu ton vernis à ongles au frigo ?

— Pour qu'il dure plus longtemps. Une fois le flacon débouché, le vernis a tendance à s'épaissir et à coller. Tu sais bien.

— Non, je ne sais pas. »

Andrea soupira bruyamment.

« Tu le saurais si tu en mettais. Et tu devrais en mettre, Hannah. Tes ongles sont une horreur. J'en parlais l'autre jour avec Delores et...

— Pas avec le métier que je fais, l'interrompit Hannah. Il s'écaillerait en l'espace de cinq secondes.

— Tu as raison. Bref... conserver du vernis à ongles au frigo lui évite de sécher. J'ai lu cela dans un magazine de beauté, j'ai essayé et je t'assure, ça marche. Je pose les miens dans les petites coupelles rondes qu'il y a en haut de la porte.

— Là où on range les œufs ?

— Ah, ça sert à ça ! Avant, je les mettais dans le tiroir à viande mais ils basculaient dès qu'on ouvrait.

— Donc, Bill les a jetés à la poubelle ?

— Eh bien... non. Pas à la poubelle, mais ça revient au même. Il les a sortis du frigo pour les transférer dans une boîte tupperware. Et maintenant, il est incapable de me dire où est cette boîte. Quand il la retrouvera, s'il la retrouve, le vernis sera fichu. Voilà pourquoi je t'appelle, Hannah. Il faut que je sorte d'ici, que je me calme, sinon je vais faire un malheur. Et il y a encore autre chose.

— Quoi ? demanda Hannah en s'enfonçant dans le canapé pour écouter la suite plus confortablement.

— Bill veut profiter que Tracey n'est pas là pour débarrasser le grenier.

— Où est Tracey ?

— Chez notre mère. Elle a appelé tout à l'heure pour l'inviter à passer la nuit chez elle. Je suppose qu'elle culpabilise pour l'autre jour. »

Hannah produisit un reniflement ironique.

« Notre mère connaît-elle seulement le mot culpabiliser ?

— Tu as raison. Je m'illusionne. Mais il n'en demeure pas moins que Bill va me demander de monter au grenier avec lui, qu'il voudra jeter des tas de choses que moi je veux garder et que ça finira en dispute. C'est sûr.

— Alors que si tu n'es pas disponible pour l'aider, il oubliera peut-être cette histoire de grenier et choisira un passe-temps moins sujet à controverse, comme regarder un match à la télé. Je me trompe ?

— Pas du tout. À quelle heure peux-tu venir me chercher ? »

Hannah secoua la tête pour s'éclaircir les idées puis jeta un œil à sa montre. Il était déjà vingt heures quinze.

« Dans quarante-cinq minutes ?

— Parfait. Je trouverai une excuse. Donne un coup de klaxon en arrivant, je me tiendrai prête. »

« J'ai pris avec moi la liste des suspects selon Nettie, dit Andrea tandis que Hannah sortait de l'allée en marche arrière. Nous pourrions l'étudier ensemble et voir si l'une de ces personnes était présente aux funérailles.

— Bonne idée. Où allons-nous ?

— Chez Bertanelli. J'ai envie d'une bonne pizza.

— Tu n'as pas dîné ?

— Bien sûr que si, mais je n'ai presque rien avalé. Bill a fait du poulet et ce n'était franchement pas terrible. Bon, tu conduis et moi, pendant ce temps, je passe un ou deux appels. »

Hannah regarda sa montre.

« Il est vingt et une heures quinze. Ce n'est pas un peu tard pour téléphoner aux gens ?

— Aux gens d'ici, oui. Mais je cherche à joindre Ivan Hill. Il vit en Californie, et chez lui, il n'est que dix-neuf heures quinze. »

Hannah s'engagea sur la route menant au restaurant Bertanelli. Si Andrea avait envie d'une pizza, elles mangeraient une pizza.

« Qui est Ivan Hill ?

— Le père du garçon qui était avec Jamie dans la voiture, le jour de l'accident.

— Très bien », dit Hannah en appuyant sur le champignon.

Si Nettie avait dit vrai, Ivan Hill pouvait très bien être l'assassin. Le shérif Grant l'avait harcelé au téléphone et remué ciel et terre pour tenter de prouver que c'était son fils qui tenait le volant et qu'il avait bu, même si le rapport de police attestait du contraire. Les résultats des analyses avaient eu beau confirmer que Jamie roulait avec un taux d'alcool dans le sang trois fois supérieur à la limite légale, le shérif Grant refusait d'admettre que la faute lui incombait entièrement. L'autre soir, après leur avoir rapporté cette histoire, Nettie avait ajouté que M. Hill avait peut-être fini par craquer et décidé de mettre fin aux ignobles manœuvres que le shérif exerçait contre lui.

Les yeux posés sur la route, Hannah tendait l'oreille pour tenter de suivre la conversation. Mais il n'y avait pas grand-chose à écouter car, après avoir annoncé la mort du shérif Grant à l'épouse d'Ivan Hill, Andrea s'enferma dans un silence inhabituel, se contentant de réponses laconiques comme : « Oh, c'est bien triste », ou : « Je suis vraiment désolée. »

« Un coup pour rien, annonça Andrea en rempochant son portable. Ivan a fait une crise cardiaque la veille de l'assassinat.

— Il est mort ?

— Non, il va s'en sortir. Mais il a subi un triple pontage et il est toujours branché à des tas d'appareils. Donc, ce n'est pas lui. Il n'a pas pu s'envoler pour le Minnesota au lendemain de son opération, briser le crâne du shérif Grant et regagner son lit d'hôpital.

— Ça paraît difficile, en effet », confirma Hannah avant de pénétrer sur le parking de leur pizzeria favorite.

Les propriétaires de l'établissement se nommaient Bertram et Ellie Kuehn, et pas une goutte de sang italien ne coulait dans leurs veines. Pour obtenir le nom Bertanelli, à consonance éminemment latine, ils avaient juste accolé leurs deux prénoms.

« J'ai trop faim, dit Andrea en dégrafant sa ceinture de sécurité pour s'extraire au plus vite de son siège. Je passerai les autres coups de fil en attendant qu'on nous serve. Je partagerais bien une spéciale Ellie avec toi. Tu veux bien ?

— Ça me va. Anchois ou pas anchois ? » demanda Hannah en courant pour la rattraper.

Andrea se plaignait de problèmes d'équilibre, mais dès qu'il y avait un bon repas en perspective, elle filait comme une flèche.

« Attends un peu. Laisse-moi vérifier. »

Andrea interrompit son dandinement et baissa les yeux pour regarder ses chevilles. À la lumière de l'enseigne au néon « La meilleure pizza du comté de Winnetka », Hannah vit qu'elles étaient enflées.

« Tu ferais mieux de t'abstenir, lui conseilla-t-elle. Tes jambes ressemblent à des saucisses.

— Je sais. Il faudrait que je mange plus sainement. Mais c'est trop dur.

— Faisons un compromis, proposa Hannah. Prenons une médium pour deux, et comme ça tu passeras ton envie sans te goinfrer pour autant. »

Andrea lui adressa un sourire matois et poussa la porte. Une délicieuse odeur de pizza en train de cuire les enveloppa aussitôt.

« Tu crois que ça suffira ? »

Cinq minutes plus tard, elles attendaient leur commande, assises à une table au fond de la salle, avec devant elles deux grands Coca Zero, un flacon verseur contenant du parmesan râpé, un moulin à poivre et un petit récipient garni de lingettes rafraîchissantes.

« J'adore ce resto, dit Andrea en lançant des regards ravis autour d'elle. Leurs pizzas sont à tomber et je les trouve si...

— Qu'y a-t-il ? » demanda Hannah, étonnée par cette brusque interruption.

Andrea prit une goulée d'air et répondit d'une voix tremblante :

« C'est lui !

— Qui ça, *lui* ?

— Mike, fit Andrea avec une grimace de dégoût. Il est assis dans un box avec une personne que je ne connais pas. Comme elle porte une veste d'uniforme, ça doit vouloir dire que Mike l'a embauchée pour... » Andrea déglutit. « ... remplacer Bill. »

Hannah tendit le cou, et, soudain, son estomac dégringola dans ses orteils. Mike était si beau qu'elle dut se retenir pour ne pas courir vers lui. Il était là, à cinq mètres d'elle, et elle n'avait le droit ni de lui sourire, ni de lui prendre la main... comme la nouvelle adjointe ne se gênait pas pour le faire. Hannah poussa un petit cri de surprise.

« Qu'y a-t-il ? demanda Andrea à son tour. Ton visage a pris une drôle de couleur.

— Verte, je suppose.

— Pardon ?

— Peu importe. La femme qui dîne avec Mike n'est pas une nouvelle recrue.

— Ouf, je préfère ça ! Qui est-ce, alors ? »

Moins soulagée que sa sœur, Hannah répondit :

« Shawna Lee Quinn.

— Quel nom étrange ! On dirait celui d'une actrice, d'une chanteuse... »

Ou d'une danseuse du ventre, compléta Hannah dans son for intérieur.

« Le shérif Grant l'a embauchée à la place d'une secrétaire qui prenait sa retraite.

— Quand l'as-tu appris ?

— La dernière fois que je suis passée voir Mike, à l'époque où je lui adressais encore la parole. Il me l'a présentée.

— Oh. Qu'est-ce qu'elle fabrique avec lui ? »

Hannah soupira.

« Des tas de choses, j'imagine.

— Comme quoi ?

— Va savoir. Mike l'a peut-être invitée à dîner pour la remercier d'avoir fait des heures supplémentaires. En tant que shérif par intérim, il peut prendre ce genre d'initiative.

— Elle est très séduisante, commenta Andrea tandis que Shawna Lee retirait sa veste d'uniforme. Et elle sait s'habiller. Ce pull doit coûter les yeux de la tête. »

Ouais, dommage qu'ils n'aient pas trouvé sa taille ! songea Hannah comme une lycéenne à propos d'une rivale plus sexy qu'elle.

« Ah, chouette. Voilà notre pizza. » Andrea accueillit la serveuse avec un sourire radieux. « On fait moitié-moitié ?

— D'accord », s'obligea à répondre Hannah.

Elle n'avait déjà pas très faim en arrivant, mais la vision de Shawna Lee exposant son anatomie parfaite lui avait totalement coupé l'appétit. Quand Mike les avait présentées l'une à l'autre, elle l'avait trouvée jolie mais sans ressentir de jalousie. Sans doute parce qu'elle ne l'avait pas vue en action, hors de son lieu de travail. Mais ce soir, c'était différent. Ce soir, Shawna Lee se comportait comme si elle sortait avec Mike. Elle battait des cils, lui touchait le bras au moindre prétexte. Peut-être qu'elle sortait vraiment avec lui. C'était possible, après tout. Mike était libre, et la dernière fois qu'ils s'étaient parlé, Hannah ne lui avait-elle pas clairement signifié qu'elle ne voulait plus le voir ?

« Mange un morceau, Hannah, dit Andrea pour l'obliger à réagir. Qu'est-ce que ça peut bien faire ? C'est un pauvre type et il a trahi Bill.

— Certes.

— En plus, je trouve qu'ils vont bien ensemble, ces deux-là. Tout à l'heure, pendant que Mike lisait le menu, je l'ai vue qui aguichait le type sur la banquette d'à côté. Question loyauté, ils se valent.

— Certes.

— Par conséquent, mange et oublie-le. Tu es bien mieux sans lui. Que ferais-tu d'un homme incapable de respecter… »

Andrea s'interrompit, plongea la main au fond de son sac, sortit son portable et dit : « Allô ? », pendant que Hannah se servait une part de pizza. Pas question de gâcher une telle merveille pour un salaud pareil !

« Bonsoir, docteur. Je croyais que les médecins ne travaillaient pas le dimanche. »

Tout en mâchant, Hannah écoutait d'une oreille distraite. C'était sans doute le Dr Knight qui appelait pour répondre à une question qu'Andrea lui avait posée.

« J'ai deux minutes à vous consacrer si vous acceptez que je vous parle en mangeant. Hannah et moi venons de commander une pizza. »

Hannah prit une autre bouchée et fronça les sourcils. Cette pizza n'était pas aussi bonne que la fois précédente. Cela dit, ce jour-là, elle était avec Mike. Et ils s'étaient assis dans le box qu'il occupait actuellement avec Shawna Lee.

« Oh, non ! » gémit Andrea. Le ton de sa voix sortit Hannah de ses cogitations. « Vous me connaissez, docteur. Je n'ai jamais fait d'anémie. Vous plaisantez, n'est-ce pas ? »

Hannah tourna toute son attention vers sa sœur, laquelle commençait à s'énerver.

« Très bien, puisqu'il le faut, conclut Andrea dans un

soupir. Mais j'espère que vous prenez la mesure du sacrifice que vous m'imposez. »

Lorsque Andrea eut raccroché, l'expression sur le visage de Hannah était passée d'inquiète à catastrophée.

« Qu'est-ce qu'il a dit ? Il y a un problème ?

— Non, à condition que je suive ses recommandations.

— C'est-à-dire ? demanda Hannah, un peu rassérénée.

— Je fais de l'anémie et de la rétention d'eau. Deux choses qui peuvent nuire au bébé. Je vais devoir prendre deux fois plus de vitamines, dormir au moins neuf heures par nuit et arrêter le sel.

— Oups, souffla Hannah en lorgnant la pizza.

— Tu vas la rapporter chez toi. J'ai interdiction d'en manger, articula Andrea, au bord des larmes.

— Je comprends que tu sois contrariée, dit Hannah en faisant signe à la serveuse de lui emballer les parts restantes.

— Non, tu ne comprends pas. Il m'a interdit des tas d'autres trucs, et si je n'obéis pas il m'enverra à l'hôpital et j'y resterai jusqu'à l'accouchement.

— Quels trucs ?

— Je n'ai pas le droit de rester debout plus de quatre heures par jour !

— Non ! » s'écria Hannah, sincèrement désolée.

Pour une personne hyperactive comme Andrea, cette contrainte risquait de tourner au calvaire. « Prends les choses du bon côté, Andrea. C'est l'affaire de deux semaines, pas plus. »

Andrea lui jeta un regard cinglant et ouvrit la bouche. Hannah s'attendait à recevoir une gigantesque soufflante quand le portable se remit à sonner, la sauvant *in extremis* des foudres sororales.

« Ouf, il s'en est fallu de peu, murmura-t-elle pendant qu'Andrea prenait la communication.

— Oui, mon cœur », dit cette dernière sur un ton subitement enjôleur.

La personne au bout du fil ne pouvait être que Bill ou Tracey. « Harry Wilcox ? Bien sûr que je me souviens de lui ! Comment va-t-il ? »

C'était Bill. Tout en faisant disparaître la pizza dans la boîte que la serveuse lui avait apportée, Hannah essaya de comprendre ce dont il était question. Elle en fut pour ses frais car Andrea se contenta de répondre cinq fois oui à ce que lui disait son mari.

« Allez, on y va, fit Andrea en laissant tomber son téléphone au fond de son sac. Bill a reçu un appel de Harry Wilcox. Il nous demande de le rejoindre immédiatement. »

Hannah savait que Harry Wilcox, ancien adjoint du shérif du comté de Winnetka, avait été le mentor de Bill quand celui-ci s'était engagé dans la police. Ils avaient travaillé ensemble pendant un an en tant que coéquipiers, jusqu'à ce que Harry prenne sa retraite.

« Harry et sa femme vont bien, j'espère ?

— Oui, très bien. C'est juste qu'il a appris la mort du shérif Grant et qu'il voulait en parler avec Bill. Il croit savoir pourquoi le shérif a été tué.

— Allons-y. »

Hannah attrapa la boîte à pizza et se leva. Elle allait sortir du box quand sa sœur la saisit par le bras.

« Nous allons passer devant la table de Mike en sortant. Et quand il nous saluera, nous lui tournerons le dos.

— Tu es sérieuse ? répondit Hannah sur un ton faussement outré. Ce n'est pas un peu puéril ? »

Andrea réfléchit un instant puis hocha la tête.

« Oui, tu as raison, c'est puéril. Je ne t'en voudrais pas si tu refuses.

— Ai-je dit que je refusais ? répliqua Hannah. Nous allons faire comme s'il n'existait pas. Ça lui servira de leçon. »

Bras dessus, bras dessous, le regard braqué devant elles, un sourire évanescent sur le visage, les deux sœurs Swensen se dirigèrent vers la sortie en effectuant un petit détour par le box de Mike. Quand elle fut à sa hauteur, Hannah ne put toutefois s'empêcher de jeter un coup d'œil sur le côté. Son faux sourire s'écroula subitement. Mike était si fasciné par sa voisine de table qu'il ne les avait même pas remarquées.

Hannah passa sans se retourner, ouvrit la porte, et, tandis qu'elle entraînait sa sœur à l'extérieur, se promit de réserver à Mike un châtiment à la mesure de sa trahison.

Chapitre 15

Quand Andrea arriva devant chez elle, un soupir d'exaspération s'échappa d'entre ses lèvres.

« Il a recommencé !

— De quoi parles-tu ?

— Bill a encore bloqué l'allée avec les poubelles. Tu veux que j'aille les déplacer ?

— Non, ce n'est pas grave. Je vais me garer au bord du trottoir derrière la voiture de Bill. Il y a de la place. »

Ce problème résolu, les deux sœurs descendirent du break, Andrea en tête.

« J'espère que Harry a appelé au bon moment.

— De quel bon moment parles-tu ?

— Pendant que Bill nettoyait le grenier. Avec un peu de chance, il n'aura pas remarqué la grosse boîte près du conduit de cheminée et je ne serai pas obligée de lui expliquer pourquoi je conserve tous ces vieux magazines de mode.

— Coucou, mon cœur ! J'arrive ! lança Bill dès qu'elles

entrèrent dans la maison. Emmène Hannah dans la cuisine. Je lui ai fait du café. »

Hannah suivit Andrea et s'installa avec elle à la table de la cuisine. Elle prit son mug à deux mains, renifla et sourit.

« Ça, c'est du vrai café !

— Je l'ai broyé moi-même, l'informa Bill en les rejoignant. Au fait, Andrea, le Dr Knight a appelé. Il voulait ton numéro de portable. Rien de grave, j'espère ? »

Andrea soupira.

« Rien qu'un peu de repos ne saurait guérir. Je fais de l'anémie et de la rétention d'eau.

— Je craignais quelque chose dans ce genre. Heureusement que je ne travaille pas en ce moment. Je vais pouvoir prendre soin de toi. Le docteur t'a donné des instructions, je suppose ?

— Oui, en effet. »

Andrea profita que Bill avait le dos tourné pour lever les yeux au ciel. Hannah se retint de pouffer de rire.

« Nous verrons cela plus tard. Dis-nous plutôt ce que Harry t'a raconté. Hannah est un peu pressée.

— D'accord, mais d'abord, va t'asseoir sur le canapé et mets tes jambes en hauteur. Je trouve tes chevilles un peu enflées. Viens, Hannah. Prends ton mug et suis-nous dans le salon. »

Une fois Andrea confortablement installée, Bill leur résuma sa conversation avec Harry.

« Le shérif Grant lui avait donné à choisir entre prendre sa retraite avant l'heure mais à taux plein et être rétrogradé. Tout cela à cause d'une affaire sur laquelle il travaillait.

— Quelle affaire ? demanda Andrea.

— Celle de l'auberge Dew Drop.

— Ah, celle-là ! s'exclama Andrea en se redressant légèrement. Tu t'en souviens, Hannah ?

— Non. En revanche, je sais que l'auberge Dew Drop occupait le bâtiment qui abrite aujourd'hui le Quick Stop de Sean et Don.

— Tu devais être à l'université quand ça s'est passé, supposa Andrea. Cette histoire a fait la une des journaux. Le shérif Grant avait ordonné la fermeture du Dew Drop après avoir découvert lors d'une perquisition que les gérants organisaient des jeux illégaux et vendaient de l'alcool en dehors des horaires autorisés.

— C'était peu avant les dernières élections, expliqua Bill. Ce coup d'éclat abondamment commenté dans la presse l'a sûrement aidé à rafler la majorité des suffrages.

— C'est ce que tout le monde disait, à l'époque, rebondit Andrea. Mais je ne me souviens pas avoir vu le nom de Harry Wilcox dans les articles relatant l'affaire Dew Drop.

— Normal, il n'y était pas. Le jour de la perquisition, le shérif Grant avait déjà repris l'enquête à son compte, ce qui lui a permis de s'arroger tout le mérite. Et quand Harry s'en est plaint, il l'a accusé d'insubordination et l'a obligé à prendre sa retraite. »

La bouche d'Andrea s'ouvrit d'elle-même.

« Mais c'est horrible ! Je n'arrive pas à croire que le shérif Grant ait eu le culot de faire une chose pareille !

— Pourtant, c'est le cas. D'après Harry, si nous creusions un peu dans les vieux dossiers, nous trouverions d'autres exemples similaires. Il dit qu'il n'était pas le premier à se faire avoir. Pour lui, le shérif Grant procédait de la même manière avant chaque élection.

— C'est très possible, dit Hannah en sortant son calepin. Un mobile en or. »

Andrea leva les sourcils.

« Qu'entends-tu par là ?

— Harry devait être furieux qu'il lui ait retiré l'affaire Dew Drop. N'est-ce pas, Bill ?

— C'est peu de le dire ! C'était la plus importante de toute sa carrière. En plus, il n'a rien pu faire contre. Sinon, il perdait sa pension.

— La plus importante affaire de toute sa carrière, répéta Hannah. Une telle injustice doit vous rester en travers du gosier. Même aujourd'hui, des années plus tard. La vengeance est un plat qui se mange froid.

— C'est n'importe quoi, s'indigna Bill. Harry vit en Arizona. Je le vois mal faire trois mille kilomètres en avion pour tuer le shérif Grant ! »

Hannah reprit une gorgée de café. Il était vraiment très bon.

« Je ne parlais pas forcément de Harry. Un autre adjoint a pu se trouver dans la même situation que lui et décider de mettre fin aux pratiques déloyales de son supérieur.

— On l'aurait tué pour l'empêcher de recommencer ? intervint Andrea avec une moue écœurée.

— Exactement. Qui pourrait nous renseigner sur ces vieux dossiers, Bill ?

— Tout est conservé dans les archives, répondit Bill en haussant les épaules. Mais il faudrait des mois pour les compulser.

— Ce ne sera pas nécessaire, fit Andrea d'un air satisfait.

— Ah bon ? s'étonna Hannah.

— Nous irons chercher l'information à la source.

— Mais le shérif Grant est mort, fit remarquer Hannah.

— Je pensais à une autre source, dit Andrea. Son secrétariat. Plus exactement, Barbara Donnelly. Elle a été son assistante pendant des années. Au poste de police, rien ne se passe sans qu'elle soit au courant.

— Évidemment, tu as raison. Barbara pourra certainement nous éclairer sur les élections passées, mais je doute qu'elle soit capable de nous dire ce que le shérif Grant avait l'intention de faire cette fois-ci. Il faudrait savoir si l'un des adjoints était sur le point de résoudre une affaire importante, une affaire dont le shérif Grant aurait pu s'attribuer le mérite et ainsi coiffer Bill sur le poteau. »

Bill poussa un soupir déchirant.

« Cette mise à pied me rend dingue ! Si au moins je pouvais aller sur place discuter avec mes collègues, je résoudrais ce problème en deux coups de cuillère à pot. Mais cela m'est interdit.

— Tout va s'arranger, mon cœur, dit gentiment Andrea, touchée par la détresse de son mari. Tu nous aides beaucoup.

— Si tu le dis... Je regrette surtout de ne pouvoir faire plus. Au moins, le fait d'être coincé ici me laisse du temps pour être avec toi, veiller à ce que tu te reposes et te nourrisses correctement. Et pour m'occuper de la maison aussi. À ce propos, je suis tombé sur une boîte remplie de vieux magazines de mode, dans le grenier. Tu avais dû les stocker là-haut en attendant de les jeter. Bon, c'est fait, tu n'as plus à t'en inquiéter.

— Tu as tout déblayé ? s'enquit Andrea d'une voix si

bizarre que Hannah se demanda aussitôt ce qu'il y avait d'autre dans ce grenier.

— Absolument. J'avoue que le plus dur ç'a été de descendre les sacs de vieux vêtements. »

Andrea étouffa un cri d'angoisse.

« Je les gardais pour Tracey. Tu sais qu'elle adore se déguiser !

— Il y en avait des douzaines. Elle n'aurait jamais pu les mettre tous. J'ai appelé mon père pour qu'il les emporte. Maman en fera des couvre-lits en patchwork. »

Andrea leva la tête et se mit à fixer le plafond. Supposant que sa sœur demandait au Tout-Puissant d'intervenir pour l'empêcher d'assassiner son mari, Hannah jugea préférable de prendre congé.

« Bon, ben, j'y vais, dit-elle. Je dois me lever tôt demain matin.

— Moi aussi, lui renvoya Bill. J'ai prévu de repeindre le salon.

— C'est vrai ? fit Hannah, car Andrea semblait avoir perdu l'usage de la parole.

— Oui, papa doit passer demain à la quincaillerie. Je lui ai commandé de la peinture. Un beau jaune tournesol pour mettre un peu de lumière dans cette pièce. De la laque. Ce sera mieux quand on voudra nettoyer les murs. »

Hannah regarda sa sœur à la dérobée. Andrea semblait prête à commettre l'irréparable. Aussi décida-t-elle de jouer le tout pour le tout.

« Tu ne peux pas peindre cette semaine, Bill.

— Pourquoi ?

— Parce que M. Météo a annoncé de la pluie, et tout le

monde sait que la laque ne sèche pas correctement quand le taux d'humidité est élevé.

— Vraiment ? fit Bill en fronçant les sourcils. C'est la première fois que j'entends dire ça.

— Ça n'en est pas moins vrai. Si tu ne me crois pas, viens donc au Cookie Jar et touche le rebord de la fenêtre du fournil. J'ai fait l'erreur de le repeindre avant un orage il y a deux ans, et il est toujours légèrement collant. »

Andrea lui adressa un regard éperdu de gratitude puis se tourna vers Bill.

« Va donc chercher ta veste et raccompagne Hannah jusqu'à son break. Avec un tueur en liberté, il ne faut prendre aucun risque. »

Quand Bill s'éloigna pour enfiler sa veste, Andrea fit signe à sa sœur d'approcher.

« Merci, Hannah. Cette histoire de laque qui ne sèche pas est un coup de génie.

— Merci. Et en plus, c'est vrai.

— Peu m'importe. Tout ce qui compte c'est que Bill soit rapidement mis hors de cause. Je trouve déjà très pénible de rester à la maison sans bouger avec les pieds en hauteur. Si en plus j'ai Bill sur le dos vingt-quatre heures sur vingt-quatre, je te jure, il y aura un autre meurtre. »

Hannah prit l'avertissement très au sérieux. Bill venait d'échapper de justesse à une mort atroce, mais s'il continuait à traiter sa femme comme un bébé et à se prendre pour un homme d'intérieur, la prochaine fois il risquait d'y passer.

Hannah remercia son beau-frère de l'avoir raccompagnée à sa voiture, s'assit au volant et démarra son moteur.

Quand elle alluma les phares, une chose apparut dans le faisceau lumineux qu'elle n'avait pas remarquée plus tôt.

« Bill ? fit-elle en baissant sa vitre.

— Oui, Hannah ?

— Ton feu arrière est cassé depuis quand ?

— Oh, ça ! dit Bill avec un haussement d'épaules. Je ne sais pas trop. Je crois que ça s'est passé lundi soir, mais je ne m'en suis aperçu que mardi matin en arrivant au travail, quand je suis passé par le contrôle technique.

— Le bureau du shérif possède son propre poste de contrôle ? fit Hannah, surprise.

— Absolument. En ce moment, nous formons les civils qui souhaitent apprendre les bases. Ce qui, à terme, permettra aux agents assermentés de dégager du temps pour d'autres tâches. Le poste de contrôle est situé à l'entrée du parking. Les stagiaires sont censés inspecter tous les véhicules qui passent devant eux dans un sens comme dans l'autre. »

Hannah hocha la tête et attendit que l'idée germe dans le cerveau de Bill.

« Attends un peu ! s'écria-t-il avec un temps de retard. Je suis passé par le poste de contrôle lundi soir en partant. Ils ne m'ont pas arrêté, ce qui veut dire qu'à ce moment-là, mon feu arrière était intact. Il a donc été brisé entre le lundi dix-huit heures et le mardi sept heures.

— Exactement, confirma Hannah avec le sourire d'une mère constatant les progrès de son enfant.

— Andrea m'a parlé de tes calculs pour le soir du meurtre. Si je découvre qui a brisé mon feu arrière lundi dernier et si l'incident s'est produit au bon moment, je serai tiré d'affaire !

— C'est possible. » Hannah descendit pour constater les dégâts. « Où étais-tu garé lundi soir ?

— Ici même, à deux mètres près. J'avais laissé un peu de place derrière moi pour qu'un autre véhicule puisse stationner sans pour autant bloquer notre allée.

— Tu attendais de la visite ?

— Comme Andrea devait sortir avec Tracey, je prévoyais d'appeler mon père pour qu'il vienne regarder le match avec moi.

— Mais il n'a pas pu, conclut Hannah en songeant que, si Bill avait passé la soirée avec son père, il ne serait pas dans une telle panade à présent.

— Malheureusement. Maman avait invité les voisins à dîner. »

L'une des fenêtres du salon s'ouvrit. Andrea passa la tête.

« Il y a un problème ?

— Non, c'est plutôt le contraire, dit Hannah en échangeant un sourire de connivence avec son beau-frère. Quelqu'un a heurté la voiture de Bill lundi soir. Si nous découvrons ce qui s'est réellement passé et qui est l'auteur de l'accrochage, ce sera peut-être la fin de ses ennuis.

— De quelle couleur était cette voiture ? Vous le savez ? »

La plaque de plastique rouge translucide était fendillée et à moitié décrochée. En se penchant, Hannah nota un fragment de peinture collé dessus.

« Jaune moutarde.

— Je l'ai aperçue lundi soir, répondit Andrea assez fort pour qu'on l'entende depuis la rue. Revenez, je vous expliquerai. Je me gèle. »

Hannah sourit en voyant sa sœur refermer la fenêtre et tirer les rideaux d'un geste impatient. Il faisait relativement doux et le vent était tombé. Andrea n'avait pas froid. C'était juste qu'elle ne supportait pas d'être laissée à l'écart.

Comme il fallait s'y attendre, ce qu'Andrea leur révéla tenait en quelques mots et aurait pu être dit par la fenêtre. Le lundi soir, quand elle était rentrée avec Tracey, les voitures dans la rue étaient garées les unes derrière les autres. Elle avait dû manœuvrer pour pénétrer dans leur allée parce qu'une Mercedes jaune moutarde en bloquait presque l'accès.

« Jaune moutarde ? Tu en es sûre ? insista Bill.

— Certaine. Je me suis même dit que si j'avais eu les moyens de m'offrir une Mercedes flambant neuve, je ne l'aurait pas prise jaune comme un vieux frigo. »

Hannah éclata de rire. Sa sœur était allergique à certaines couleurs. Et dans le cas du jaune moutarde, on ne pouvait l'en blâmer. Entre la fin des années 1960 et le début des années 1970, les fabricants d'électroménager américains ne connaissaient que trois teintes en dehors du blanc : le vert avocat, le bronze et le jaune moutarde. Cette insulte au bon goût avait durablement marqué toute une génération.

« Saurais-tu par hasard à qui elle appartient ? demanda-t-elle.

— Non, mais Lorna Kusak pourra peut-être nous le dire. Elle organisait une soirée Firelight Candle chez elle. D'où ces voitures garées dans notre rue. Si je n'avais pas eu d'autres projets, j'y serais allée. Ils ont sorti une nouvelle bougie parfumée à la framboise. J'en aurais bien acheté une pour mettre sur le rebord de la baignoire. Comme nos serviettes éponge sont dans la même gamme de couleur...

— Comment sais-tu que cette Mercedes était neuve ? l'interrompit Hannah que la décoration des salles de bains passionnait moyennement.

— Elle avait des plaques provisoires. Une voiture neuve... Vous voyez ce que ça implique ? »

Un sourire éclaira le visage de Bill.

« Oui, parfaitement. Attends-nous ici, mon cœur. Hannah et moi allons faire un saut chez Lorna, histoire d'en avoir le cœur net.

— Je te suis », dit Hannah en le rattrapant.

Dans une petite ville comme Lake Eden, une voiture neuve avait peu de chance de passer inaperçue, les heureux propriétaires ayant tendance à se vanter de leur achat auprès de leurs voisins et connaissances. Lorna saurait probablement qui avait fait l'acquisition de cette Mercedes jaune moutarde.

« On n'en a pas pour longtemps, ajouta-t-elle à l'intention de sa sœur. Et si Lorna n'a pas vendu toutes ses bougies à la framboise, je t'en rapporterai une. »

Cinq minutes plus tard, Bill discutait au téléphone avec Betty Jackson. Comme il avait mis le haut-parleur, les deux sœurs suivaient la conversation, en reniflant sa nouvelle bougie pour l'une et en buvant du café réchauffé pour l'autre.

« Excuse-moi de te déranger à une heure aussi tardive, Betty, mais j'ai une question importante à te poser.

— Tu ne me déranges pas, Bill, répondit aimablement Betty. Je suis en congé demain et je comptais passer la soirée devant la télé. Tu sais que j'ai une nouvelle antenne satellite ? Elle capte plus de quatre cents chaînes.

— Des chaînes de sport ? demanda Bill avec un air de convoitise.

— Oui, j'en ai vingt-cinq, concernant tous les sports possibles et imaginables. » Betty égrena un petit rire. « Y compris les épreuves de curling retransmises depuis la patinoire de Bemidji. Tu imagines ?

— Waouh ! » s'exclama Bill avant qu'Andrea le fasse redescendre sur terre d'un petit coup de pied.

Il lui jeta un regard surpris puis se souvint de la raison de son appel.

« J'ai obtenu une promotion, enchaîna Betty. Maintenant, je suis l'assistante personnelle du cousin de Max à la laiterie. Cosy Cow se porte à merveille. Ils vont même embaucher deux secrétaires pour occuper mon ancien poste. Mais j'imagine que tu n'appelles pas pour ça mais pour que je te donne les coordonnées de ma compagnie d'assurances. J'ai oublié de les noter sur le petit mot que j'ai laissé sous ton essuie-glace lundi soir. »

Hannah et Andrea se claquèrent dans la main. Mais Bill n'était pas encore tiré d'affaire.

« Il n'y avait rien sous mon essuie-glace, Betty. Je suppose que ton papier a été emporté par le vent.

— Vraiment ? Alors, comment as-tu su que c'était... » Betty s'arrêta et produisit un petit rire gêné. « Peu importe. Après tout, les enquêtes c'est ton truc. Je ne suis pas fière de moi, tu sais ? D'habitude, je m'y prends mieux. Mais cette Mercedes est tellement grosse, comparée à ma vieille Volkswagen...

— Ce n'est pas grave. Je comprends.

— Dieu merci ! fit Betty, soulagée. Ne quitte pas, je vais chercher le numéro pour que tu te mettes en contact avec...

— Inutile, se dépêcha de dire Bill avant qu'elle ne pose le combiné.

— Mais je suis très bien assurée. Ils s'occuperont de tout. Tu n'auras qu'à remplir le formul...

— Non merci, Betty, l'interrompit Bill. J'irai chercher la pièce chez Ted Koester et ferai la réparation moi-même.

— Vraiment ?

— C'est mieux ainsi. Si je remplis une déclaration, tes primes d'assurance augmenteront, et franchement, ça ne vaut pas le coup.

— Entendu. C'est toi qui sais. Je te rembourserai. Tu me diras combien je te dois.

— D'accord. Maintenant, écoute-moi bien, Betty. À quelle heure as-tu heurté ma voiture ? Réfléchis, c'est important.

— Je peux te le dire très précisément. Il était vingt et une heures dix. Je suis sortie de chez Lorna à cinq. Je voulais rentrer chez moi à temps pour nourrir mes chats, mettre du linge à laver et regarder les informations de vingt-deux heures.

— Tu en es sûre ?

— Oui, j'ai regardé ma montre en m'asseyant au volant. Tu ne veux vraiment pas faire un constat, Bill ?

— Non, Betty. Et la prochaine fois qu'on se verra, rappelle-moi de t'embrasser.

— Tu veux m'embrasser parce que j'ai endommagé ta voiture ? balbutia Betty.

— Non, pour t'être souvenue de l'heure à laquelle ça

s'est passé. Je n'aurais jamais cru qu'un accident puisse me rendre aussi heureux. »

Il y eut un silence sur la ligne, puis on entendit Betty répondre d'une voix blanche.

« Si tu le dis.

— Ça t'ennuie si Mike Kingston t'appelle ce soir ?

— Non... fit Betty, dubitative. Tu ne vas pas... porter plainte contre moi, n'est-ce pas ?

— L'idée ne m'a même pas effleuré. Je veux juste que tu dises à Mike que ma voiture était garée devant chez moi au moment où l'incident s'est produit.

— Dans le cas contraire, je n'aurais pas pu la heurter, répliqua Betty, perplexe. Bon, d'accord, je lui dirai. »

On sentait qu'elle avait d'autres questions, mais elle s'abstint de les poser. « Mon film commence dans vingt minutes. Tu peux lui demander d'appeler avant ? »

À peine Bill eut-il raccroché qu'il composait le numéro de Mike. Après que ce dernier eut promis de le tenir au courant, il reposa le combiné sur son socle, s'approcha des deux sœurs et les serra dans ses bras.

« Merci pour votre aide. Ça va me faire un bien fou de retourner au boulot !

— Je n'en doute pas, répondit Andrea, rayonnante.

— Mike nous invite à la Corner Tavern demain matin pour fêter ça, annonça Bill. Je partirai tôt pour rattraper le travail en retard. On peut se retrouver sur place à sept heures trente ? »

Le visage d'Andrea s'éclaira d'un sourire.

« Oh oui, avec plaisir ! J'adore leurs pancakes.

— Pas toi, mon cœur. Tu dois te reposer. Hannah te rapportera quelque chose. D'accord, Hannah ? »

Hannah ne put s'empêcher de noter la déception dans le regard de sa sœur. Déception toute relative, au demeurant, puisque son problème numéro un était à présent réglé : Bill ne traînerait plus à la maison et elle ne serait pas obligée de le regarder repeindre le salon en jaune tournesol.

« Prends les choses du bon côté, Andrea. Si Bill retourne au boulot, tu pourras refaire des grasses matinées.

— Tu as raison, dit Andrea, ragaillardie. Demain, je mettrai mon réveil à huit heures trente. Comme ça, je serai levée quand tu m'apporteras mon petit déjeuner. Je peux te passer commande tout de suite ?

— Bien sûr. »

Hannah prit son bloc et l'ouvrit sur une page vierge.

« Je veux des pancakes, du sirop de myrtille, deux œufs brouillés, du bacon et...

— Pas de sel, lui rappela Hannah.

— OK. Oublie le bacon, alors. Je prendrai des frites, des tranches de pain complet et, pour remplacer le beurre, de la gelée de groseille. À la place du bacon, je veux bien des tomates rôties saupoudrées de sucre. »

Hannah fit la grimace. Andrea et Michelle tenaient de Delores l'habitude de mettre du sucre sur les tomates. Pour sa part, Hannah les préférait salées, comme son père.

« Et en boisson ?

— Un milk-shake au chocolat.

— C'est curieux, marmonna Bill.

— Boire un milk-shake au chocolat pour le petit déjeuner, tu veux dire ?

— Hein, quoi ? » bredouilla Bill en fixant Hannah d'un regard vide.

Visiblement, il ne suivait plus la conversation, et ce depuis un certain temps.

« Qu'y a-t-il de curieux ? » répéta-t-elle en attrapant son blouson.

Il était vingt-trois heures passées, et si elle ne regagnait pas ses pénates immédiatement, autant ne pas se coucher.

« Quand Mike a décroché, j'ai entendu de la musique dans le fond. Or, je sais que sa chaîne est cassée. »

Hannah et Andrea échangèrent un regard entendu. De toute évidence, après l'avoir emmenée dîner chez Bertanelli, Mike avait raccompagné Shawna Lee à son appartement. Ce qui signifiait, entre autres choses, que sa brouille avec l'aînée des sœurs Swensen ne l'affectait pas outre mesure.

Chapitre 16

Pour Hannah, le lundi matin arriva plus vite que prévu. Il était quatre heures trente quand, se retournant dans son lit, elle sentit des petits cailloux lui mordre la peau du dos. Moshe n'avait rien trouvé de mieux que lui apporter des croquettes durant la nuit.

« D'accord, je renonce », soupira Hannah avant de se dresser sur son séant.

Elle alluma la lampe de chevet, enfila ses chaussons et partit vers la cuisine en pilotage automatique. Le message était on ne peut plus clair. Moshe exigeait qu'on lui rende ses anciennes croquettes. Tout compte fait, il avait bien fait de la réveiller, songea-t-elle en s'efforçant de positiver. Si elle se sentait capable de prendre le volant, elle partirait vers cinq heures et, avec un peu de chance, aurait fini la cuisson des cookies avant le petit déjeuner à la Corner Tavern.

Hannah donna à son chat la nourriture qu'il réclamait, s'accorda une deuxième tasse de ce café corsé que sa grand-mère avait nommé plasma suédois et regagna sa chambre pour faire disparaître les croquettes senior qui jonchaient son lit. Au lieu de les remettre dans leur paquet, Hannah ouvrit la fenêtre de la salle de bains, retira prudemment le drap du dessous et le secoua à l'extérieur en se disant que les chats errants ne seraient pas aussi difficiles que son colocataire domestique.

« Dites-moi ce qui vous ferait plaisir, Hannah ? » demanda Mike en lui tendant le menu.

Que vous m'expliquiez ce qu'il y a entre vous et Shawna Lee, songea-t-elle avant de répondre :

« Pancakes, sirop d'érable, œufs au plat.

— Du café ? proposa la serveuse avec un sourire aimable.

— Oui, s'il vous plaît. Deux ou trois litres, pas moins. Je n'ai quasiment pas fermé l'œil de la nuit.

— Moi non plus », dit Mike.

Hannah s'abstint de tout commentaire. Elle ne s'abaisserait pas à lui demander pourquoi.

« Eh bien moi, j'ai dormi comme un bébé, déclara Bill. J'étais tellement tendu, ces derniers temps ! C'est horrible de devoir prouver qu'on n'a rien fait de mal.

— Félicite-toi de vivre dans un pays où les suspects bénéficient de la présomption d'innocence », répondit Mike.

Hannah se garda d'ouvrir la bouche. Il lui avait pourtant semblé que la police du comté de Winnetka n'appliquait pas ce principe. Après tout, Bill avait été suspendu avant que sa culpabilité soit établie.

Vingt minutes plus tard, après s'être copieusement restauré, Bill alla commander les plats destinés à Andrea en laissant ses deux compagnons de table devant leurs assiettes vides.

Mike leva les yeux vers Hannah, lui sourit et posa sa main sur la sienne.

« Vous m'avez beaucoup manqué ces deux derniers jours. »

Deux jours ? Ça faisait une semaine qu'ils ne s'adressaient plus la parole, pensa Hannah en tâchant de rester impassible. Quant à prétendre qu'elle lui avait manqué, c'était un peu culotté de la part d'un homme qui avait dîné en amoureux avec Shawna Lee Quinn la veille.

« J'aurais eu bien besoin de votre aide, hier soir, poursuivit Mike.

— Ah bon ? » fit Hannah en levant très haut les sourcils. Vu de sa table, il ne lui avait pas semblé en situation de détresse. « Pour quoi faire ?

— Vous vous souvenez de la secrétaire que je vous ai présentée l'autre jour, au poste de police ? »

Hannah fit semblant de réfléchir.

« La nouvelle, vous voulez dire ? Sharon Lee, ou un truc comme ça ?

— Shawna Lee. Avant de venir ici, elle travaillait pour la police de Minneapolis. Nous étions collègues. »

Hannah prit un air poliment intéressé.

« Oui, vous avez dû m'en parler.

— Ça fait seulement un mois qu'elle est installée à Lake Eden et elle ne connaît personne. Elle aurait besoin d'une amie. »

Et d'une ennemie, elle n'en a pas besoin ? Je pourrais lui arranger ça, songea Hannah mais sans rien laisser paraître.

La jalousie était un défaut qui enlaidissait ceux qu'elle possédait.

« Je suis sûre qu'elle en trouvera. Les gens sont très accueillants, par chez nous.

— C'est vrai. Je ne vous demanderai pas de la prendre sous votre aile, mais peut-être pourriez-vous la présenter à quelqu'un qui...

— Ronni, le coupa Hannah.

— Pardon ?

— Ronni Ward. » Ronni avait été élue Miss Bikini trois années de suite. « C'est bien elle qui donne des cours d'aérobic dans vos locaux, n'est-ce pas ?

— Oui, en effet. D'ailleurs, la plupart des adjoints y vont.

— Ça ne m'étonne guère. Eh bien voilà, Shawna Lee pourrait s'y inscrire. Je suis sûre qu'elle et Ronni auraient des tas de choses à se raconter. En plus, elles sont du même âge.

— Merci, Hannah, dit Mike avec le genre de sourire qui la faisait fondre et en même temps grimper sa tension artérielle. Je savais que je pouvais compter sur votre aide. Vous êtes la personne la plus gentille du monde et vous trouvez des solutions à tout. »

Hannah se demanda si en additionnant deux bimbos on obtenait un résultat nul. Elle en était là de ses calculs fort peu mathématiques quand elle vit Bill revenir vers eux. C'était incroyable ce qu'il avait changé en l'espace de quelques heures ! Depuis qu'il avait un alibi, il se tenait plus droit, se déplaçait avec plus d'assurance, souriait plus facilement.

« Le petit déjeuner d'Andrea sera prêt dans dix minutes, Hannah. La serveuse te l'apportera. Mike et moi devons partir. Nous avons une journée chargée.

— Je suis vraiment content d'avoir retrouvé grâce à vos yeux, Hannah », dit Mike.

Sans transition, il contourna la table, se glissa à côté de Hannah sur la banquette et lui fit la bise. Elle aurait bien tourné la tête pour que leurs lèvres se rencontrent, mais ne voulait pas se donner en spectacle devant Bill.

« Vous devez être soulagée, ajouta-t-il.

— Pourquoi serais-je soulagée ?

— Parce que vous allez pouvoir passer à autre chose. Maintenant que Bill est blanchi, vous n'êtes plus obligée d'enquêter sur la mort du shérif Grant.

— En effet, confirma Bill tout sourire. Nous te sommes vraiment reconnaissants pour ce que tu as accompli, mais il est temps de faire un pas de côté et de laisser agir les professionnels. »

Hannah sentit sa bouche s'ouvrir d'elle-même. Elle la referma dans un claquement.

« Vous... euh... tu veux que je fasse un pas de côté ?

— Oui. »

Bill remonta la fermeture éclair de sa parka. « Ne t'inquiète pas, Hannah. Nous formons une équipe, Mike et moi. Tu peux être sûre que rien n'échappera à notre sagacité. »

Venant d'un homme qui comptait repeindre son salon avec de la laque jaune tournesol, cette belle déclaration a de quoi laisser songeur, se dit Hannah.

Mike remarqua son air dubitatif.

« J'espère sincèrement que vous n'interférerez pas dans cette enquête, dit-il en fronçant les sourcils. Vous allez laisser tomber, n'est-ce pas ? »

Hannah le regarda fixement. Il n'avait pas l'air de

plaisanter. Pourtant, il aurait dû savoir que pour une femme comme elle, renoncer à enquêter revenait à sortir un gâteau du four avant la fin de cuisson. Mais au lieu de le remettre à sa place, elle jugea prudent d'endormir l'ennemi.

« Bien sûr que je vais laisser tomber. »

« Franchement, je les croyais plus malins que ça, dit Andrea en plantant sa fourchette dans les pancakes empilés devant elle. Ils pensent vraiment qu'on va lâcher l'affaire ?

— C'est ce que j'ai compris, et ce que j'ai promis de faire.

— Non ! » La fourchette lui échappa et retomba bruyamment dans l'assiette. « Tu as menti, rassure-moi !

— Ce n'était pas tout à fait un mensonge, plutôt une demi-vérité. En fait, j'ai promis de laisser tomber l'enquête mais je n'ai pas dit quand.

— Je préfère ça, souffla Andrea, soulagée. Alors, qu'est-ce qu'on fait maintenant ?

— Comme il faut que tu restes assise, je te propose de tenir notre permanence.

— Nous avons une permanence ? fit Andrea avec un petit rire.

— Oui, c'est tout récent.

— D'accord, je veux bien tenir la permanence. Dois-je appeler les autres personnes inscrites sur la liste de Nettie pour vérifier leurs alibis ?

— Ce serait bien. Tu es tellement douée pour soutirer des informations par téléphone.

— Normal, je travaille dans l'immobilier. Et toi, qu'est-ce que tu feras pendant ce temps-là ?

— Je passerai au bureau du shérif, et si je vois Barbara

Donnelly, j'essaierai de l'interroger sur les affaires les plus importantes de ces dernières années. Et pendant que j'y serai, je lui demanderai à quoi le shérif Grant a occupé la journée avant sa mort. Où il est allé, qui il a rencontré...

— Pour établir la chronologie des faits, articula Andrea en hochant doctement la tête. C'est ce qu'ils font dans les polars. Mais tu es sûre que ce sera utile ?

— Peut-être, mais je n'y crois pas trop, répondit Hannah en se demandant si tenter d'établir une chronologie des faits n'était pas aussi vain qu'espérer voir le coupable se pointer à l'enterrement du shérif Grant.

— Qui ne tente rien... lança Andrea l'optimiste, avant de croquer dans la barre au sirop d'érable que sa sœur lui avait apportée pour son dessert.

— Bon, j'y vais. »

Hannah tapota les coussins du canapé, rapprocha le téléphone et alla chercher un deuxième stylo au cas où le premier tomberait en rade. Puis elle prit congé d'Andrea et regagna son break. D'abord, elle s'arrêterait au Cookie Jar pour saluer Lisa et lui dire que Herb pouvait cesser de chercher les camions de couvreur. Ensuite, elle ferait un saut chez le vétérinaire et solliciterait d'autres conseils susceptibles de vaincre l'obstination de Moshe. Enfin, après avoir livré ses cookies, elle terminerait par une visite au bureau du shérif. Et si jamais elle croisait Shawna Lee Quinn au détour d'un de leurs horribles couloirs verdâtres, elle entamerait son travail de sape. Mais très gentiment, sans en avoir l'air, le but consistant à étouffer dans l'œuf l'opération séduction dont Mike était la cible.

« Hannah ? C'est vous ? » La bouche de Shawna Lee s'ourla d'un sourire lorsque Hannah pénétra dans le hall. « Mike ne tarit pas d'éloges à votre égard. Nous nous sommes croisées une seule fois, mais j'ai l'impression de vous connaître depuis toujours ! »

Devant ces torrents d'enthousiasme, Hannah se fendit d'un simple sourire. Certains compliments lui faisaient le même effet que la crème au beurre. Et là, elle frisait la crise de foie.

« Bonjour, Shawna Lee. Barbara est en pause ?

— Non. » Aussitôt, Shawna Lee passa dans le registre tragique. « C'est tellement triste, Hannah. Barbara a pris un congé... vous savez, un congé pour convenance personnelle. À durée indéterminée, j'en ai peur.

— Qu'est-ce que ça signifie ?

— Qu'on ignore quand elle reviendra, répondit Shawna Lee sans craindre la paraphrase. Barbara a travaillé pour le shérif Grant pendant de nombreuses années, comme vous le savez. Il paraît qu'elle n'a pas envie de continuer sans lui. Ils formaient une équipe. Vous voyez ce que je veux dire ?

— Je vois. Donc, c'est vous qui la remplacez en attendant ? »

Shawna Lee hocha la tête, geste qui fit rebondir ses boucles blond cendré. Puis elle se pencha vers Hannah et ajouta à mi-voix :

« Entre nous soit dit, je ne crois pas que nous la reverrons. En apprenant la mort du shérif Grant, elle a eu comme une crise. Elle était tellement affectée qu'elle s'est trompée en rangeant des rapports.

— Incroyable ! » s'écria Hannah, sincèrement surprise.

Barbara était une secrétaire hors pair et ce genre d'erreur ne lui ressemblait pas du tout. « Savez-vous ce que contenaient ces rapports ?

— Pas vraiment. Je n'ai pas fait attention. En tout cas, il a fallu que je les reclasse. Ça m'a pris des heures mais je les ai tous retrouvés, sauf un. Dès que j'aurai un peu de temps devant moi, je reprendrai les recherches.

— Pardonnez ma curiosité mais... dit Hannah avec un sourire engageant. Comment savez-vous qu'il manque un rapport ?

— À cause du porte-dossier vide.

— Quel porte-dossier vide ?

— Celui qui est suspendu dans l'armoire métallique.

— Ah ! Et d'après vous, Barbara n'aurait pas pu laisser un porte-dossier vide dans l'armoire métallique ? »

Shawna Lee secoua vigoureusement la tête.

« Non, sûrement pas. Tous les autres sont remplis. Un rapport manque. C'est certain.

— Eh bien, je vous souhaite bonne chance dans vos recherches », dit Hannah en faisant demi-tour.

Ce mystérieux rapport manquant avait peut-être son importance. Mais visiblement, Shawna Lee n'en savait pas davantage. Seule Barbara Donnelly serait en mesure d'éclairer sa lanterne.

« Je suis contente que vous soyez venue, Hannah.

— Vraiment ? dit Hannah avant de se retourner, légèrement intriguée.

— Oui. Je voulais prendre des nouvelles de votre sœur. Elle doit être soulagée que son mari retourne au travail. Elle attend des jumeaux, non ?

— Absolument pas.

— Ah bon ? fit Shawna Lee, surprise. Pourtant, la dernière fois qu'elle est venue ici, son ventre était si gros qu'elle avait du mal à marcher. Je la plains beaucoup. Ça doit être difficile de rester séduisante quand on est enceinte jusqu'aux yeux.

— Andrea y arrive très bien, répliqua Hannah, agacée par les remarques désobligeantes de Shawna Lee.

— Je reconnais que ses tenues de grossesse sont tout à fait charmantes. Mais ce n'est pas drôle de ressembler à un ballon. Je reste persuadée qu'elle sera heureuse de retrouver la ligne. Et Bill sera heureux, lui aussi.

— Pourquoi cela ? demanda Hannah, prête à sortir les griffes pour venger l'honneur de sa sœur.

— Un gros ventre, ce n'est pas très pratique pour faire des câlins. »

Shawna Lee se mit à rire sans voir que Hannah restait de marbre.

« En tout cas, vous lui passerez le bonjour. Et si vous pouviez glisser un petit mot en ma faveur, ce serait sympa. Je suis une bonne assistante et j'aimerais beaucoup travailler avec Bill, surtout qu'il est en passe de remporter les élections. »

Hannah grimaça un sourire.

« Ne vous emballez pas, Shawna Lee. Bill n'a pas encore gagné.

— Comment cela ? Il est pourtant seul en lice maintenant que le shérif Grant est mort.

— Effectivement. Mais le shérif Grant pourrait quand même arriver en tête. Les bulletins sont déjà imprimés et son nom est inscrit dessus. »

La bouche de Shawna Lee forma un rond parfait,

synonyme de perplexité. Puis elle reprit son souffle et dit en fronçant les sourcils :

« Les gens pourraient élire un mort ?

— Il y a eu des précédents, répondit Hannah avec une joie mauvaise. Si le shérif Grant sort victorieux, Mike continuera à assurer l'intérim jusqu'à ce que le conseil de surveillance du comté programme de nouvelles élections. »

Shawna Lee pencha la tête de côté, sans la lâcher du regard.

« Eh bien, ce serait super aussi, dit-elle enfin. En ce moment, je travaille pour Mike et il est trop chou. De vous à moi, c'est lui qui m'a conseillé d'emménager ici et de poser ma candidature. »

« Elle a vraiment dit que je ressemblais à un ballon ? » Les yeux d'Andrea lançaient des étincelles. « Là, c'en est trop. Si elle veut travailler pour Bill, il faudra qu'elle me tue d'abord !

— C'est bien ce que je pensais.

— Et en ce moment, elle bosse avec Mike ?

— C'est ce qu'elle a dit », répondit Hannah d'une voix tremblante.

Andrea perçut la détresse de sa sœur et, n'écoutant que son instinct, répliqua :

« Calme-toi. Je m'occupe d'elle.

— Qu'est-ce que tu vas faire ?

— Qu'est-ce que *nous* allons faire.

— Oui, mais quoi ?

— D'abord, je vais appeler Barbara Donnelly pour lui demander si elle peut te recevoir. Tu y vas et tu la persuades de réintégrer son poste. Si tout se passe comme prévu, cette petite péronnelle retrouvera le sien au service dactylo.

— Elle ne sera plus assistante mais elle rôdera toujours dans les couloirs.

— Pas longtemps, répondit Andrea avec un petit sourire entendu. Je suis sûre qu'elle n'appréciera pas d'être rétrogradée. Elle pourrait même se fâcher tout rouge et donner sa démission.

— Et si elle ne le fait pas ? »

Andrea haussa les épaules.

« Je l'aiderai à décrocher un nouveau boulot. En tant qu'agent immobilier, j'entends souvent parler de postes à pourvoir dans des domaines d'activité passionnants. »

Quinze minutes plus tard, Hannah sortait de la clinique vétérinaire de Lake Eden, un petit sachet blanc à la main. Le contenu de ce sachet lui avait coûté plus que ce que Mike avait déboursé pour les quatre petits déjeuners à la Corner Tavern, le matin même. Mais ça valait le coup d'essayer. Le Dr Bob lui avait vendu des vitamines censées restaurer l'équilibre alimentaire des chats seniors. Ce qui signifiait que s'il consentait à en prendre une dose chaque soir, Moshe aurait de nouveau droit à ses croquettes préférées et sa maîtresse pourrait faire une croix définitive sur les autres.

Hannah s'installa au volant, ouvrit la boîte à gants et glissa le sachet à l'intérieur. Il y avait peu de risques qu'un chat senior force la portière de son break pour s'emparer des précieuses vitamines, mais pourquoi tenter le diable ? Après quoi, elle prit le chemin du Cookie Jar où son associée l'attendait.

« Ta sœur a appelé, lui dit Lisa dès qu'elle mit le pied dans le fournil. Barbara sera au studio de Danielle Watson à quinze heures. Elle accompagne sa petite-fille à son cours de danse.

— Merci, Lisa. Si tu as besoin d'une pause, n'hésite pas. Je tiendrai le comptoir jusqu'à ton retour.

— Non, ça va. Il n'y avait pas foule, ce matin. Juste deux lycéennes qui séchaient le cours de sciences. Elles m'ont demandé de mettre MTV pendant qu'elles mangeaient leurs cookies. Je ne te dis pas la déception quand je leur ai expliqué que nous n'avions pas le câble. Il y a eu une coupure lundi soir, et du coup, elles ont raté le grand concert diffusé sur MTV. Figure-toi qu'il repassait ce matin ! Double manque de bol ! »

Hannah était sur le point de répondre qu'en effet c'était dommage, quand les paroles de Lisa s'imprimèrent dans son esprit.

« Tu es sûre que le câble ne fonctionnait pas lundi soir ?

— Absolument. Comme papa voulait regarder un film, j'ai dû sortir en louer un.

— Et tu crois que la panne concernait l'ensemble de la ville ?

— Dans le message qui passait à l'écran, il était question de *Lake Eden et environs*. D'ailleurs, je compte retirer un jour sur la facture.

— Bonne idée. » Hannah ouvrit sa sacoche, prit son calepin et le feuilleta. « Merci pour l'info, Lisa. Pourtant, il y a quelque chose qui me chiffonne.

— Quoi donc ?

— Je t'explique », dit Hannah en la rejoignant derrière le comptoir. Puis, comme aucun des rares clients attablés ne les regardait, elle ajouta : « Nettie n'a pas d'alibi. Elle était seule dans la pièce qui lui sert d'atelier de couture et elle travaillait la fenêtre ouverte. Quand je lui ai demandé si les Maschler auraient pu l'apercevoir de chez eux, ou entendre le bruit de sa machine à coudre, elle a répondu qu'ils étaient absents ce soir-là mais qu'ils avaient laissé la télé allumée sur un film de kung-fu.

— Quelle heure était-il ?

— Entre dix-neuf et vingt et une heures.

— C'est impossible. Sans le câble, on ne reçoit que quatre chaînes, et lundi soir, aucune d'entre elles ne diffusait de film. Tu peux me croire, j'ai vérifié avant d'aller au vidéoclub.

— Donc... c'était forcément un enregistrement, marmonna Hannah. Mais je ne vois pas Kate mettre une cassette dans le magnétoscope et s'en aller.

— Non, pas elle. Mais elle a un fils, non ? Un adolescent.

— Richie. Quand Mike l'a interrogée, Kate a déclaré que son fils avait passé la soirée dehors, avec des copains.

— Richie a menti. Il était peut-être avec des copains mais ils ne sont pas sortis, et il ne voulait peut-être pas que ses parents le sachent. Il les a invités chez lui, ils ont regardé le film de kung-fu dont Nettie t'a parlé, et les copains ont débarrassé le plancher avant le retour de Kate et Jerry.

— S'il a menti c'est sûrement parce qu'ils ont bu de la bière.

— Tu n'es pas si vieille, finalement, lança Lisa en lui tapotant le dos. Autre possibilité : Richie était avec une fille. Et dans ce cas, je suppose qu'ils n'ont pas vraiment regardé le film.

— Certes. Tu crois que je devrais interroger Richie ?

— Oui. À moins que tu ne confies cette tâche à une personne plus jeune et mieux renseignée sur les mœurs des jeunes d'aujourd'hui. »

Hannah sourit.

« Toi, par exemple ?

— Pourquoi pas ? Il se trouve que l'une des lycéennes de ce matin a oublié son carnet de correspondance chez nous. Je vais appeler l'établissement pour leur dire que nous l'avons trouvé et quand elle viendra le chercher, je lui demanderai laquelle de ses camarades sort avec Richie Maschler. Après quoi, j'irai parler à cette fille et nous saurons ce qui s'est réellement passé lundi soir. »

Chapitre 17

Hannah ouvrit la porte donnant accès au studio de danse aménagé au-dessus du supermarché Red Owl et gravit le long escalier menant au premier étage. Danielle avait changé la moquette recouvrant les marches et accroché aux murs une série de dessins figurant des pas de danse, chaque jeu d'empreintes ayant sa couleur attitrée.

Une musique jazzy joliment entraînante lui fit dresser l'oreille. Faible au début, elle gagna en volume au fur et à mesure de sa progression, si bien qu'en poussant la lourde porte du studio, Hannah eut l'impression de la recevoir de plein fouet.

Hannah resta figée de stupeur, tant la salle était impressionnante. Excepté le mur du fond et l'espace réservé au public aménagé devant, à savoir une large bande de moquette rouge accueillant une rangée de fauteuils comme au théâtre, toutes les surfaces horizontales étaient revêtues d'un parquet verni et les verticales de grands miroirs. Sur la droite, on apercevait la rue depuis les fenêtres étroites et hautes que Danielle avait adorées le jour où Andrea lui avait fait visiter les lieux.

En levant les yeux, Hannah remarqua les rails qui sillonnaient le plafond mais ne comprit leur utilité qu'en voyant les rideaux de velours grenat poussés à l'intérieur de petits renfoncements creusés dans les cloisons. Ces rideaux servaient à délimiter la scène.

« Pas bête », murmura Hannah en suivant du regard le tracé des rails.

Elle n'avait vu ce genre de dispositif que dans les hôpitaux, pour séparer les lits à l'intérieur d'une même chambre afin que chaque patient ait droit à son intimité.

Elle en était là de ses réflexions quand Danielle se précipita pour l'accueillir.

« Quel plaisir de te voir, Hannah ! Tu sais que Tracey est l'une de mes meilleures élèves ?

— Je suis ravie de l'apprendre. »

Danielle avait l'air en pleine forme. Ce n'était plus la même femme. Hannah se souvenait des regards apeurés qu'elle lançait autour d'elle quelques mois auparavant, et du fond de teint dont elle se tartinait le visage pour cacher les marques des coups que lui infligeait son tortionnaire de mari.

« Comment vont les affaires, Danielle ?

— Bien mieux que je ne l'aurais cru. Quand je pense que Boyd se moquait de moi quand je lui parlais d'ouvrir un studio de danse ! À l'entendre, un tel projet n'avait aucune chance d'aboutir à Lake Eden.

— Apparemment, sur ce point, il avait tort », répondit Hannah.

Et sur des tas d'autres aussi, ajouta-t-elle dans son for intérieur.

« Je refuse du monde. Je cherche même une assistante pour pouvoir doubler mes cours du soir. Tu connaîtrais quelqu'un ? »

Hannah fut tentée de prononcer le nom de Shawna Lee Quinn. Avec deux carrières à mener de front, celle-ci n'aurait plus de temps à consacrer à Mike. Mais Danielle était une amie, et entre amies, ce genre de coup bas était proscrit.

« Non, mais je demanderai autour de moi.

— Super. J'ai vraiment envie de développer les danses de salon. Tu n'imagines pas le nombre de gens inscrits sur ma liste d'attente.

— Vraiment ? J'ignorais que les danses de salon intéressaient les jeunes.

— J'ai quelques jeunes gens dans ce cours, mais la plupart de mes élèves sont des personnes d'un certain âge. J'adore travailler avec eux. Comme ils possèdent déjà les bases, ma tâche consiste surtout à rafraîchir leurs connaissances et à leur remettre le pied à l'étrier. Je m'occupe aussi des pom-pom girls du lycée. Quand elles n'ont pas cours, M. Purvis leur permet de sortir de permanence pour venir s'exercer. En ce moment, elles préparent un petit spectacle pour Halloween. C'est très distrayant. Tu restes un peu, n'est-ce pas ?

— Oui, j'ai quelques minutes devant moi. En fait, j'étais venue pour rencontrer Barbara Donnelly. Je dois lui parler.

— Bien sûr, je comprends. Ta mère m'a dit que tu enquêtais et chacun sait qu'une assistante connaît tous les petits secrets de son patron. Barbara est dans le vestiaire. Elle aide les filles à se coiffer. Tu n'as qu'à t'asseoir là, ajouta Danielle en désignant la rangée de sièges. À côté de son manteau et de son sac. »

Dès que Danielle eut rejoint la troupe des pom-pom girls, Hannah s'écroula dans le fauteuil rouge. Il était si moelleux, si confortable, qu'au bout de quelques minutes elle se sentit piquer du nez. À sa décharge, elle avait dormi à peine quatre heures la nuit précédente. Non seulement elle s'était couchée tard, mais son temps de sommeil avait été écourté par la découverte de croquettes senior plantées dans son dos. Quatre heures, c'était notoirement insuffisant. Pour s'en convaincre, elle n'avait qu'à voir son reflet dans le miroir et les cernes qui soulignaient ses yeux.

Hannah se cala les reins et baissa les paupières pour mieux apprécier la musique qui sortait des enceintes. Une musique qui donnait envie de danser. Peut-être devrait-elle s'inscrire au cours de Danielle, songea-t-elle. Surtout qu'elle avait deux cavaliers à sa disposition. Norman se débrouillait beaucoup mieux depuis qu'il avait pris des leçons. Et Mike... eh bien... danser avec Mike c'était comme... Mais il valait mieux ne pas y penser pour l'instant.

Une main tiède se posa sur son bras. Hannah sourit. C'était Mike qui venait l'inviter. Il était en retard mais peut-être avait-il eu un empêchement. Voilà qu'à présent, Mike lui tapotait le bras, l'appelait par son prénom. Elle aurait bien aimé ouvrir les yeux, mais c'était tellement difficile. Au prix d'un effort surhumain, elle finit par comprendre qu'elle s'était assoupie, bercée par la musique, et que ce n'était pas Mike qui...

« Hannah ? Réveillez-vous. »

Non, ce n'était pas lui. La voix appartenait à une femme.

Sa compagne de chambre à la fac ? Non, impossible, elle avait terminé ses études depuis longtemps.

« Hannah ? Allons, Hannah.

— Hein ? »

Elle sursauta. Barbara Donnelly se tenait là, devant elle. Que faisait Barbara Donnelly dans sa chambre ?

« Désolée mais vous commenciez à ronfler, dit Barbara en souriant. Personnellement, je serais incapable de m'endormir avec une musique aussi forte dans les oreilles.

— Je ne dormais pas, répliqua Hannah, outrée qu'on puisse l'accuser d'une telle ignominie. Je reposais mes yeux.

— Bien sûr. »

Hannah examina les indices l'un après l'autre. Elle ressentait le besoin de se frotter les paupières, son avant-bras était insensible d'être resté posé sur l'accoudoir et une pellicule de salive recouvrait ses dents. Continuer à prétendre qu'elle ne dormait pas eût été puéril.

« Vous avez raison. Je le reconnais, je m'étais endormie. En revanche, pour le ronflement, je m'inscris en faux.

— Évidemment. Personne ne ronfle », conclut Barbara en s'asseyant à côté d'elle. Avec sa silhouette souple et longiligne et ses cheveux bruns rassemblés en un petit chignon sur la nuque, elle ressemblait à une danseuse étoile sur le retour. « Vous vouliez me parler du shérif Grant ?

— Précisément.

— Et les garçons ne savent rien de votre démarche ? »

Hannah sourit. Barbara n'était pas stupide.

« L'alibi de Bill a été confirmé hier soir. Il a repris son poste ce matin. Mike nous a offert un petit déjeuner pour fêter ça et vous savez ce qu'il m'a dit ? Que je devais être soulagée de ne plus avoir d'enquête à mener.

— Mike fait preuve d'intelligence dans son métier, mais pour ce qui est des femmes, je trouve qu'il manque de subtilité, commenta Barbara avec un sourire entendu. Cela dit, le shérif Grant était cent fois pire.

— C'est ce que j'ai cru comprendre. Ne pensez-vous pas que Nettie aurait pu… ? »

Hannah ne prit pas la peine de finir sa phrase, sachant que Barbara comprendrait d'elle-même.

« Pas un seul instant, répondit Barbara sur un ton catégorique. Leur couple était loin d'être parfait, mais Nettie aimait son mari. Elle aurait peut-être divorcé, mais le tuer, ça jamais.

— C'est bien ce que je pensais. Vous soupçonnez quelqu'un ? »

Barbara prit le temps de réfléchir et répondit en soupirant :

« Pas vraiment. Il avait beaucoup d'ennemis, mais à mon avis, aucun d'entre eux ne serait allé jusqu'à l'assassiner. »

À cet instant, les épais rideaux frémirent sous leurs rails. Les deux femmes se turent pour ne pas rater l'installation. Trente secondes plus tard, les quatre côtés de la scène étaient tendus de velours rouge. On entendit les pas des jeunes danseuses sortant du vestiaire pour gagner leurs places respectives sur les planches.

« En avant le spectacle ! dit Barbara. J'ai dû le voir trente fois en deux semaines, mais je ne m'en lasse pas. Krista est vraiment douée. Vous allez adorer.

— Je n'en doute pas », répondit Hannah avec un pincement au cœur.

Barbara avait exactement le même sourire que sa grand-mère Ingrid, le jour où elle était allée la voir dans une pièce donnée pour la fête de Thanksgiving à l'école élémentaire Washington. Grand-mère Ingrid connaissait le spectacle par cœur puisqu'elle l'avait aidée à apprendre ses répliques, mais peu importe, elle rayonnait de fierté lorsque sa petite-fille et les autres enfants du cours préparatoire étaient venus saluer sous les applaudissements.

La musique grimpa *crescendo*. Hannah reconnut *Le Lac des cygnes* de Tchaïkovski. C'était un très bon choix pour Halloween, ce morceau ayant servi à illustrer plusieurs grands films d'épouvante. Au bout de quelques mesures, les rideaux s'écartèrent et Hannah faillit pouffer de rire en découvrant les costumes des pom-pom girls.

« Elles sont adorables, hein ? » murmura Barbara.

Pour sa part, Hannah aurait employé un autre adjectif. Dans cette version macabre du *Lac des cygnes*, les ballerines portaient des justaucorps noirs sur les manches desquels étaient cousues des ailes de chauve-souris.

Une danseuse se détacha du groupe pour effectuer un solo au centre de la scène. Elle bougeait avec grâce, plongeait, virevoltait comme une vraie chauve-souris. Quelle souplesse ! se dit Hannah. Quelque chose dans sa physionomie lui paraissait familier. Lorsqu'elle comprit que c'était la jeune Krista, elle se tourna vers sa voisine et lui souffla au creux de l'oreille :

« Je ne me souviens pas de l'avoir vue grandir.

— Moi non plus. C'est arrivé à mon insu. La semaine dernière, je lui lisais encore les aventures de Winnie l'ourson. Et à côté d'elle, c'est Leah Koester.

— La petite-fille de Ted et Beatrice ?

— Oui. C'est bizarre que Beatrice ne soit pas là. Elle n'a manqué aucune répétition jusqu'à ce jour. À part celle de lundi soir.

— Parce qu'elle était à mon cours de cuisine, précisa Hannah.

— Je sais. Quand nous avons réalisé l'une et l'autre que nous avions d'autres engagements pour ce soir-là, nous avons demandé à Ted de venir chercher les filles à la sortie du cours de danse et de les emmener à l'anniversaire d'une camarade de classe. Eh bien, on ne m'y reprendra pas !

— Que s'est-il passé ?

— Ted devait être pressé par le temps ou je ne sais quoi. En tout cas, il a débarqué en combinaison de travail et avec son camion, alors qu'il était censé passer par le lycée pour l'échanger contre la voiture de Beatrice. Résultat, en arrivant chez son amie, Krista avait une tache de rouille sur sa jolie robe blanche.

— Quel dommage !

— Je n'arrive pas à comprendre l'attitude de ma belle-fille. Au lieu de nettoyer la tache, elle a dit à Krista que sa robe était fichue et elles sont allées au centre commercial en acheter une autre !

— Ça me paraît un peu précipité, répondit Hannah en évitant soigneusement de prendre position.

— Heureusement que Krista tient de moi pour ce qui est du bon sens ! Elle a porté sa robe chez Marguerite et Clara Hollenbeck. »

Hannah comprit à mi-mot. Comme Marguerite et Clara s'occupaient du linge de l'église et que ce dernier était toujours d'une blancheur immaculée, Krista avait dû penser qu'elles seraient de bon conseil.

« Elles lui ont dit comment se débarrasser de cette tache ?

— Non. Elles étaient sur le point de partir en voyage. Mais elles ont gardé la robe en lui promettant de s'en occuper dès leur retour, le week-end prochain. »

Quand chaque danseuse eut effectué sa prestation au centre de la scène, les rideaux se refermèrent. Parents et grands-parents venus assister au spectacle applaudirent avec ardeur. Hannah les imita.

« Vous avez aimé ? demanda Barbara.

— C'était formidable. Je suis sûre qu'elles remporteront un grand succès auprès des enfants, à la fête d'Halloween. Auriez-vous encore quelques instants à m'accorder, Barbara ?

— J'ai tout mon temps. L'un des parents se charge de ramener toute la troupe au lycée. Ça me permettra de faire deux ou trois courses avant de rentrer. »

Hannah attrapa son bloc, son stylo, et l'interrogea sur l'emploi du temps du shérif Grant durant la semaine ayant précédé son assassinat. Malheureusement, rien d'extraordinaire ne ressortit des réponses que lui fit Barbara.

« Vraiment, vous n'avez rien noté d'étrange ? Même pas un coup de fil ? Une visite ?

— Non, répéta Barbara. J'y ai beaucoup réfléchi depuis que je suis en congé. Et franchement, je ne vois rien d'inhabituel.

— Vous dites qu'il n'était pas souvent au bureau ?

— Oui, mais ça aussi, c'était courant. Surtout à la veille des élections. Le shérif Grant était un vrai politicien. Dans ces périodes-là, il s'occupait de résoudre de grosses affaires.

— Quel genre de grosses affaires ? demanda Hannah qui connaissait la réponse.

— Du genre susceptible de lui apporter la victoire.

— Et il le faisait à chaque élection ?

— Avant que vous posiez la question, j'ignore sur quoi il travaillait juste avant sa mort. Le shérif Grant ne parlait de ses enquêtes à personne, même pas à moi. Il se réservait pour la presse.

— Bon. Dans ce cas, penchons-nous sur le passé. Parmi les policiers qu'il a privés de leurs enquêtes, lesquels d'après vous auraient pu chercher à se venger ? »

Barbara prit un air étonné puis sourit.

« Bravo ! Vous êtes une bonne détective ! Mais comment avez-vous su ?

— Par Harry Wilcox. Bill l'a eu au téléphone. Harry prétend que la vengeance est sûrement le mobile du meurtre.

— Dans l'absolu, il a raison. Mais pas dans la réalité. Avant de partir en congé, j'ai dressé la liste des adjoints auxquels il s'est attaqué. Aucun d'entre eux ne peut l'avoir tué.

— Qu'est-ce qui vous fait dire cela ?

— Le premier est mort dans un accident l'année dernière, le deuxième était en Europe avec son épouse, le troisième à Chicago pour la naissance de sa petite-fille.

— Et Harry ?

— J'ai appelé sa femme. Au cours de la conversation, elle a parlé d'un dîner auquel ils ont participé l'un et l'autre le soir du meurtre.

— Très bien. Merci beaucoup pour votre aide. »

Barbara ayant accompli le travail à sa place, Hannah se dit qu'il était temps de passer à un autre sujet. « J'ai fait un saut au poste de police, ce matin. Et en discutant avec Shawna Lee, j'ai appris qu'on lui avait demandé de vous remplacer durant votre absence. »

Barbara la regarda, éberluée.

« Vous plaisantez ?

— Nullement. Vous n'approuvez pas ce choix ? »

La question sembla lui causer un certain embarras.

« Ce n'est pas que Shawna Lee soit incompétente. Non, c'est une bonne secrétaire. Mais du point de vue relationnel... eh bien... personnellement, j'aurais pris quelqu'un d'autre. Que faisait-elle quand vous l'avez vue ?

— Elle rangeait des rapports, m'a-t-elle expliqué. Des rapports qui étaient mal classés. »

Barbara fronça les sourcils.

« J'espère qu'elle n'en a parlé à personne d'autre. Elle doit supposer que ce désordre est de mon fait.

— J'ignore si elle en a parlé autour d'elle. En revanche, effectivement, elle pense que c'est vous qui les avez déplacés. Mais elle s'est montrée compréhensive. Sachant que vous étiez une proche collaboratrice du shérif Grant, elle trouve normal que sa mort vous ait affectée.

— Elle a raison, là-dessus, dit Barbara, mais pas en ce qui concerne les rapports. C'est le shérif Grant qui les a déplacés. Il avait l'habitude d'emporter du boulot chez lui, et ensuite, il tenait absolument à remettre les dossiers en place sans passer par moi. Pour que je ne sache pas sur quoi il travaillait. Sauf qu'il les rangeait mal.

— Il était drôlement cachottier !

— Oh, que oui. Il se méfiait de tout le monde, même de moi. On aurait dit un agent secret. D'ailleurs, je l'appelais James Bond. »

Entre le bel espion athlétique et le petit shérif rondouillard, il y avait quelques années-lumière.

« J'imagine qu'il n'était pas au courant, dit Hannah en souriant.

— Bien sûr que si. Je ne me suis pas gênée pour le lui dire. Figurez-vous qu'il l'a pris comme un compliment. Il adorait les films de James Bond. À mon avis, il s'identifiait. » Barbara gloussa à cette évocation. « Il pensait vraiment que je ne voyais pas son petit manège.

— Mais rien ne vous échappait, j'en suis sûre.

— Évidemment ! Comme il ne les remettait jamais à la bonne place, je savais exactement quels rapports il avait consultés et quels jours. »

Hannah se mit à rire, puis une idée lui traversa l'esprit.

« Vous pensez que ces rapports déclassés auraient quelque chose à voir avec la grosse affaire sur laquelle il travaillait avant sa mort ?

— Oh, je ne pense pas. Si le shérif Grant les avait emportés chez lui dans ce but, il les aurait gardés. »

Hannah cessa de respirer. Elle venait de se rappeler ce qu'avait dit Shawna Lee.

« D'après Shawna Lee, il en manque un.

— Pourquoi pense-t-elle cela ?

— L'un des porte-dossiers dans l'armoire de classement est vide.

— Elle a raison. Par principe, je ne laisse jamais de porte-dossier vide.

— Si vous alliez sur place, seriez-vous capable de dire quel est ce rapport manquant ? »

Barbara secoua la tête.

« Désolée, Hannah. Ce serait inutile. Les dossiers suspendus ne portent pas d'étiquettes. »

Plus elle y pensait, plus Hannah estimait que ce rapport avait un lien direct avec le meurtre du shérif Grant. Mais comment mettre la main dessus ?

« Les choses sont plus faciles dans les films que dans la réalité, dit-elle.

— Je vous crois ! Plus faciles, plus excitantes et plus romantiques !

— Pour l'aspect romantique, je ne suis pas tout à fait d'accord, répondit Hannah en repensant aux regards langoureux que Shawna Lee avait décochés à Mike l'autre soir chez Bertanelli. Il paraît que vous songez à démissionner. Ce n'est qu'une rumeur, n'est-ce pas ?

— Eh bien... ça fait un bout de temps que j'occupe ce poste et le salaire n'est pas terrible. J'avais envie de prendre ma retraite de manière anticipée.

— Je vous en prie, ne faites pas cela, la supplia Hannah.

— Pourquoi ?

— La raison tient en deux mots : *Shawna* et *Lee*. Si Bill remporte l'élection et devient shérif, il la prendra comme assistante. Et Andrea tremble à cette idée.

— Je vois. Et si Bill ne gagne pas ?

— Alors, Mike restera shérif par intérim jusqu'à ce que le conseil organise de nouvelles élections. Et il gardera Shawna Lee à son service.

— Et là, c'est vous qui tremblez.

— Vous avez tout compris. Qu'en pensez-vous, Barbara ? Vous n'allez pas nous laisser tomber ?

— Eh bien, voyons... »

Barbara poussa un petit soupir. « Peut-être pourrais-je

revenir quelques semaines, le temps que le nouveau shérif prenne ses marques. »

Hannah lui adressa un sourire radieux.

« Merci, Barbara. Un mois ou deux, ce serait parfait. Andrea est en train d'explorer certaines pistes pour trouver une carrière mieux adaptée aux compétences de Shawna Lee.

— Quel genre de carrière ? fit Barbara, perplexe.

— Le genre qui s'exerce dans un pays étranger, ou mieux, sur une autre planète. »

Chapitre 18

« Je pensais bien t'avoir entendue entrer, fit Lisa en passant la tête par la porte battante.

— On dirait qu'il y a du monde, dit Hannah, étonnée par le bruit qui régnait dans la boutique.

— C'est bondé. J'y retourne. Je venais juste te dire que j'avais du nouveau côté Maschler.

— Ah bon ? »

Hannah suspendit sa veste à la patère près de la porte d'entrée et se dirigea vers l'évier en lançant un regard appuyé à son associée pour qu'elle lui en dise plus.

« Rejoins-moi quand tu seras prête, fit Lisa. Tu sauras tout. Et ne t'inquiète pas, ils sont tellement occupés à parler de Mike qu'ils ne feront même pas attention à nous. En revanche, je te préviens, ils vont te bombarder de questions. »

Hannah, qui était en train de se laver les mains, se retourna vivement.

« Qu'est-ce qui se passe avec Mike ? Quelles questions ?

— Babs Dubinski a vu une jeune femme blonde dans la Jeep de Mike hier soir. La voiture se dirigeait vers l'immeuble de Mike. Ce matin, elle en a parlé à toutes les clientes de son salon de coiffure, et ces dames ont aussitôt rappliqué chez nous.

— Pour quoi faire ? demanda Hannah, bien qu'elle s'en doutât.

— Pour savoir si tu étais au courant et, sinon, être les premières à te l'annoncer.

— Seigneur, donnez-moi la force, murmura Hannah avant d'ajouter, à voix haute : Tu n'as qu'à leur dire que tu m'as informée et que donc, je sais tout. »

Lisa secoua la tête.

« Ça ne suffira pas. Elles ne partiront que si je leur offre un scoop.

— Un scoop... fit Hannah en réfléchissant. Dis-leur que, sauf erreur de ma part, la jeune femme blonde est l'assistante de Mike, Shawna Lee Quinn. Mais que j'ignore ce qu'elle faisait hier soir dans sa Jeep.

— Ça devrait suffire. Du moment qu'elles ont un nom à se mettre sous la dent... Je suis sûre qu'elles vont aussitôt se retrancher dans le salon de coiffure pour reprendre leur conseil de guerre en zone neutre. Donne-moi deux minutes, je reviens quand elles seront parties.

— Merci, Lisa. »

Hannah attendit que Lisa s'éloigne puis se lava les mains une seconde fois en les frottant avec une vigueur inutile. Elle devait absolument savoir ce qu'il y avait entre Mike et Shawna Lee. Et il n'avait pas intérêt à se défiler comme la dernière fois, parce que s'il essayait encore de la gruger, elle se précipiterait chez Bertie Straub et le donnerait en pâture à toutes les commères de Lake Eden !

Lisa mit beaucoup plus de deux minutes à disperser

la foule. Hannah profita de ce répit pour préparer la pâte des croquants à la mélasse qu'elle prévoyait de cuire le lendemain matin. Elle déposait le récipient dans la chambre froide quand Lisa réapparut.

« C'est bon, la place est libre. Tu peux venir. »

Hannah se dépêcha de la retrouver côté boutique. Elle s'en voulait d'être restée terrée dans son fournil en attendant l'accalmie au lieu d'affronter courageusement l'ennemi. Mais dès qu'elle vit les bocaux vides derrière le comptoir, elle oublia ses scrupules pour s'exclamer :

« Elles ont fait une razzia, en plus !

— Oui, presque. Quatre cookies par tête. Fais le calcul.

— Rien de tel que les ragots pour vous mettre en appétit. »

Hannah se versa une tasse de café et rejoignit Lisa perchée sur un tabouret haut, près de la caisse. Ne restaient que quatre clientes qui discutaient autour d'une table au fond de la salle.

« Je remplirai les bocaux après que tu m'auras parlé de Richie Maschler.

— Tu me soudoies, c'est ça ? dit Lisa avec un sourire espiègle.

— Je suis démasquée ! Alors, qu'est-ce que t'a raconté notre ami Richie ?

— Je n'ai pas vu Richie. Ma source s'appelle Cheryl Coombs. »

Hannah marqua un temps d'arrêt.

« Qu'est-ce que Cheryl Coombs vient faire dans cette histoire ?

— Rien de particulier, à part que Richie sort avec sa fille.

— OK, je comprends. Tu as demandé à Cheryl où Amber a passé la soirée de lundi.

— Tout juste. Ce soir-là, Amber était censée réviser son épreuve d'algèbre. Cheryl est partie travailler en croyant que sa fille resterait tranquillement à la maison.

— Sauf qu'en réalité, elle est sortie et que Cheryl s'en est rendu compte.

— Gagné. Son patron lui a permis de rentrer chez elle plus tôt que d'habitude, et quand elle est arrivée, Amber n'était pas là.

— Oups. Il était quelle heure ?

— Vingt et une heures quarante-cinq. Soit quinze minutes avant l'heure où Cheryl était censée revenir du travail.

— Amber lui a avoué qu'elle était avec Richie ?

— Oui. Et qu'ils avaient regardé un film de kung-fu. Pour éviter de se faire disputer, elle a précisé qu'ils n'étaient pas vraiment seuls parce que Nettie était chez elle, dans la maison d'en face, et qu'elle avait laissé la fenêtre de son atelier grande ouverte. Mais Cheryl ne s'est pas laissé attendrir et elle lui a confisqué son téléphone portable.

— C'est une punition ? » s'étonna Hannah.

Pour elle, posséder un téléphone portable aurait été une contrainte plus qu'un avantage. Surtout avec une mère comme la sienne, qui l'appelait déjà pour un oui ou pour un non.

« Eh oui. Pire que d'être privée de sortie, répliqua Lisa, en riant sous cape. Tu sais bien que les filles passent des heures pendues au téléphone.

— Pas que les filles », fit Hannah en soupirant. Sa mère aurait pu rivaliser avec n'importe quelle lycéenne, sur ce plan. « Merci, Lisa. Bon, je vais de ce pas remplir nos bocaux de service.

— OK. Et moi, j'assure la permanence. Si Mike vient, qu'est-ce que je lui dis ?

— Pourquoi viendrait-il ?

— Les commérages. Cette histoire ne va pas tarder à lui revenir aux oreilles. »

Hannah visualisa les divers embranchements de Radio Cancan. Bertie et ses clientes avaient eu le temps d'informer une bonne vingtaine de personnes, à présent. Et Delores figurait bien sûr au sommet de la liste. Dès qu'elle serait au courant, elle se dépêcherait de transmettre la nouvelle à Andrea, laquelle téléphonerait à Bill qui en parlerait à Mike, et Mike...

« Tu as raison, dit Hannah en interrompant le fil de ses propres pensées. Il se peut que Mike vienne ici. Si c'est le cas, fais-le attendre.

— Comment ? »

Hannah haussa les épaules.

« Je ne sais pas, moi. Dis-lui que je suis occupée. Ce qui sera vrai.

— Mais il voudra quand même te rejoindre dans le fournil, comme il le fait d'habitude.

— C'est juste. »

Hannah tourna le problème dans sa tête puis baissa les bras. « Tu trouveras bien quelque chose. Après tout, tu es sortie major de ta promotion. »

En général, une heure avant la fermeture, le Cookie Jar connaissait une forte affluence. Certains s'y arrêtaient pour déguster un dernier cookie avant de rentrer, d'autres venaient en acheter une douzaine pour les ramener à la maison. Ce soir-là ne fit pas exception à la règle, et les deux femmes travaillèrent d'arrache-pied afin de satisfaire tous leurs clients. Pendant que Hannah les servait, Lisa empaquetait la marchandise au bout du comptoir. Puis, comme toujours, le flux se tarit presque subitement. Quand Lisa releva le nez, il ne restait que trois tables encore occupées.

« Je retourne dans le fournil préparer les pâtes pour demain, lui dit Hannah.

— Je peux m'en charger. Ce soir, tu as ton cours de cuisine.

— Ne t'inquiète pas. J'irai m'acheter un truc tout à l'heure et je mangerai dans la voiture. Comme ça, en arrivant chez moi, je n'aurai plus qu'à me changer et à m'occuper de Moshe. Je ne dois pas oublier de lui donner son supplément vitaminé.

— Un supplément vitaminé ? fit Lisa, troublée. Un comprimé ? Je te souhaite bien du courage. Il le recrachera dès que tu auras le dos tourné.

— Non, c'est un liquide qu'on administre avec une pipette. Il suffira de lui ouvrir la bouche et de lui déposer une goutte sur la langue. Ça devrait marcher.

— Je l'espère pour toi », dit Lisa. Elle allait poursuivre quand la porte s'ouvrit sur Beatrice, laquelle s'avança et déposa une caisse sur le comptoir. « Qu'est-ce que c'est que ça ? demanda Lisa en se penchant pour regarder à l'intérieur.

— Le résultat de mes devoirs à la maison. Trois vinaigrettes, des feuilles de laitue et des bols en carton. Je me suis dit que vous pourriez faire goûter mes vinaigrettes à vos clients et leur demander laquelle ils préfèrent.

— Bonne idée, dit Hannah. Et ensuite, nous intégrerons la vinaigrette victorieuse dans le livre de cuisine de Lake Eden.

— Elles ont des noms ? demanda Lisa en secouant les trois petites bouteilles l'une après l'autre.

— Vinaigrette à la russe, vinaigrette au roquefort et vinaigrette à la française. Ted et moi préférons celle à la française, mais les autres sont très bonnes aussi.

— J'aime beaucoup tes flacons, dit Lisa. Ils sont pile de la bonne taille. Où les as-tu trouvés ?

— La mère de Ted en avait des quantités dans sa cave. Je les ai rapportés à la maison. Ted m'a traitée de folle, mais finalement, j'ai eu raison. Ils peuvent contenir toutes sortes de liquides.

— Merci pour ta contribution, Beatrice, dit Hannah. Tu participes à mon cours, ce soir ?

— J'y serai. Et j'apporterai d'autres bouteilles de vinaigrette. Ainsi, tout le monde pourra les goûter.

— Très bien. J'essaierai d'arriver tôt pour continuer à travailler sur tes cupcakes. Tu as trouvé quelque chose de ton côté ?

— Non, pas vraiment, dit Beatrice. Hier soir, j'ai appelé trois vieilles amies de ma défunte belle-mère. Elles n'ont rien pu me dire. Alma était très jalouse de son secret. Il paraît qu'à l'époque où elle est tombée malade, l'une d'entre elles lui a demandé de lui confier la recette pour qu'elle ne se perde pas. Alma a répondu qu'elle l'emporterait avec elle dans la tombe. »

Hannah fut parcourue d'un léger frisson. Elle venait

de penser aux secrets que le shérif Grant avait emportés dans la tombe lui aussi. L'un d'entre eux était à l'origine de sa mort, elle en était à présent convaincue.

« Il y a un problème, Hannah ? s'inquiéta Beatrice. On dirait que tu as vu un fantôme.

— Peut-être bien, fit Hannah en riant pour donner le change.

— Dis-moi, veux-tu que je reste un peu pour expliquer à Lisa comment présenter ma salade ? renchérit Beatrice.

— Ce serait bien, si tu as le temps.

— J'ai le temps. Je ne suis pas censée rentrer avant dix-huit heures trente. Ted travaille tard ce soir. Je compte l'emmener dîner.

— Je croyais qu'il fermait de bonne heure le lundi, dit Hannah en se rappelant la pancarte qu'elle avait aperçue quelque temps auparavant en passant devant le chantier de récupération.

— Oui, c'est ce qu'il faisait avant. Mais depuis que je suis tes cours, il préfère travailler plutôt que de m'attendre à la maison. Il a du boulot par-dessus la tête, mais la casse rapporte bien.

— Tant mieux pour vous, dit Hannah.

— On a même pu s'acheter un nouveau broyeur. Il est beaucoup plus rapide que l'ancien. C'est vraiment hallucinant de le voir avaler une voiture entière et la recracher sous la forme d'un petit cube de métal concassé.

— J'imagine parfaitement », dit Hannah en essayant de trouver une excuse pour s'échapper.

Beatrice n'avait jamais été si bavarde.

« Il faut y avoir assisté au moins une fois. Tu devrais venir, un jour où tu auras le temps.

— Oui, pourquoi pas ? répondit Hannah avant de saisir la perche que Beatrice venait de lui tendre. À propos de temps, j'ai pas mal de choses à faire avant mon cours. On se voit tout à l'heure, d'accord ? »

Chapitre 19

Hannah était sur le point de quitter sa place en marche arrière quand la voiture de Mike s'engagea dans la ruelle, lui bloquant le passage. Dans son rétro extérieur, elle le vit descendre et s'approcher d'elle. Sur le miroir était inscrite la formule d'avertissement suivante : *Les objets reflétés dans le rétroviseur sont plus près qu'ils ne le paraissent.* Mais on aurait plutôt dû écrire : *Les objets reflétés dans le rétroviseur sont plus furieux qu'ils ne le paraissent.* De fait, lorsqu'il ouvrit la portière droite de son break et s'assit sur le siège passager, Mike paraissait non seulement furieux, mais prêt à cracher du feu comme un dragon en uniforme.

« Pourquoi vous racontez à tout le monde que je vous ai laissée tomber pour une blonde ? attaqua-t-il, bille en tête.

— Je n'ai rien dit de tel.

— Vous plaisantez ?

— Ce n'est pas moi. Il se trouve que Babs Dubinski vous a vu rentrer chez vous en voiture avec une jeune femme blonde.

— C'était Shawna Lee. Je la raccompagnais à la maison.

— Shawna Lee vit avec vous ?

— Bien sûr que non ! Elle habite dans mon immeuble, voilà tout. Sa voiture ne voulait pas démarrer et comme elle avait des courses à faire avant de rentrer, nous sommes passés chez Red Owl.

— Ah bon », fit Hannah avec un petit sourire narquois.

Elle songea à lui demander pourquoi ce crochet s'était transformé en dîner chez Bertanelli mais s'en abstint.

« Elle voulait m'inviter chez elle pour me remercier mais comme elle fait très mal la cuisine, nous sommes allés manger une pizza. »

Mike sourit et aussitôt le cœur de Hannah s'emballa. Puis elle repassa ses derniers mots dans sa tête. Comment pouvait-il savoir que Shawna Lee faisait très mal la cuisine ? La réponse était hélas évidente.

« Vous vous demandez comment je sais qu'elle est mauvaise cuisinière, je suppose ? renchérit Mike, fort à propos.

— Eh bien... oui, en effet.

— L'autre jour, nous avons déjeuné entre collègues au bureau. Chacun devait apporter quelque chose. Shawna Lee avait préparé des spaghettis au thon. C'était infect.

— Tiens donc ! » fit Hannah que cette anecdote venait de soulager d'un grand poids.

Ainsi donc, la femme qui, aux dires de Mike, n'était pas sa rivale, n'était même pas capable de réussir des pâtes.

« En revanche, elle s'y connaît en pâtisserie. Ses brownies sont délicieux.

— Quelle chance ! marmonna Hannah en se promettant de ne jamais lui faire de brownies.

— J'ai toujours adoré les brownies ! C'est mon péché

mignon, renchérit Mike sans comprendre qu'il sciait la branche sur laquelle il était assis. Ceux de Shawna Lee ont ceci d'amusant qu'on ne sait jamais ce qu'on va trouver dedans. Jeudi dernier, par exemple, elle y avait mis des petits marshmallows et des noix de pécan. J'avais l'impression de manger de la glace au chocolat fourrée à la guimauve. Vous devriez peut-être essayer d'en vendre, Hannah. Ça marcherait, j'en suis sûr. »

Et de nouveau, il lui fit le genre de sourire qui la rendait toute molle. L'espace d'une fraction de seconde, elle se vit marchant avec lui main dans la main sur une plage en été, échangeant des baisers passionnés sous un grand sapin croulant sous la neige à la montagne... Puis elle rangea le dépliant touristique et revint dans le Minnesota. Mike lui avait ni plus ni moins suggéré de mettre les brownies de Shawna Lee à la carte du Cookie Jar ! Elle lui aurait volontiers balancé une paire de gifles. Mais elle parvint à se maîtriser et à garder ses deux mains sur le volant.

« Donc, tout est clair maintenant ?

— Comment ? » répondit Hannah, prise au dépourvu.

Elle était en train de se demander de combien d'années de prison elle écoperait pour coups et blessures sur la personne d'un shérif par intérim.

« Je vous disais que j'avais emmené Shawna Lee au supermarché puis manger une pizza chez Bertanelli.

— Oui, c'est clair. »

Que pouvait-elle dire d'autre ?

« Bon, maintenant, je crois que je ferais bien de vous raconter la suite, avant que d'autres s'en chargent. Après la pizzeria, je suis monté chez elle pour l'aider à brancher sa chaîne hi-fi.

— Comme tout bon voisin qui se respecte, dit Hannah qui bouillait intérieurement.

— Je crois qu'elle accepterait de vous donner sa recette de brownies si je lui demandais. Ça vous intéresse ? »

Hannah cligna des paupières pour évacuer les taches de sang qui explosaient devant ses yeux.

« Non, merci. Je trouverai par moi-même.

— Vous me direz, je viendrai les goûter et je comparerai avec les siens.

— Entendu, répondit-elle simplement, pour éviter de se rendre coupable du délit d'insultes à shérif par intérim.

— Bill m'attend. Il faut que j'y aille. »

Et avant qu'elle puisse dire ouf, Mike la prit dans ses bras. Quand Hannah sentit le contact de ses lèvres sur les siennes, ce fut plus fort qu'elle, toute résistance l'abandonna. Et bien que consciente d'être esclave de son propre désir, elle se laissa faire. Embrasser Mike c'était comme effleurer la flamme d'une bougie : on avait la chaleur sans la brûlure.

« Vous m'avez tellement manqué, Hannah », murmura-t-il en la serrant plus fort contre lui.

Elle avait un pied coincé sous la pédale de frein et une crampe dans la jambe droite, mais elle n'aurait pas échangé sa place contre tout l'or du monde.

Un siècle de félicité plus tard, Hannah sentit l'étreinte se desserrer. Manquant d'oxygène, elle respira à fond deux ou trois fois de suite.

« Si nous sortions, un de ces soirs ? proposa Mike en ouvrant sa portière.

— Pardon ?

— Voudriez-vous dîner avec moi un soir de cette

semaine ? Je vous appellerai pour vous dire quand je suis libre et nous fixerons une heure.

— D'accord », répondit Hannah.

Puis, se souvenant que Delores l'avait bien éduquée, elle ajouta : « J'en serais ravie, Mike. C'est très aimable à vous. »

Mike lui fit une petite caresse sur la joue et descendit de voiture tout de suite après. Quand la portière se referma, Hannah battit encore des paupières mais cette fois pour revenir sur terre. Comment rester fâchée avec un homme qui n'avait qu'à tendre la main pour faire trembler vos genoux, battre votre cœur et chavirer votre estomac ?

Hannah boucla sa ceinture, mit le contact et vérifia dans le rétro que Bill et Mike ne bloquaient plus la ruelle. Mais elle ne vit rien du tout, car la lunette arrière était couverte de buée. À l'âge de trente ans, elle venait de vivre le genre d'expérience qu'on fait adolescent quand on se bécote dans une voiture et qu'il gèle dehors.

« Allons, Moshe. Le Dr Bob m'a promis que tu adorerais. Il paraît que c'est délicieux. » Hannah tenait son chat d'une main et la pipette de l'autre. « Ce sera bientôt fini. Il suffit que tu ouvres la bouche. »

Moshe lui lança un regard torve mais garda les mâchoires bien serrées. Si bavard d'habitude, il semblait avoir perdu toute envie de miauler dès l'instant où le compte-gouttes était entré dans son champ de vision.

« Je vais être en retard à cause de toi, insista-t-elle en pressant un peu plus fort le bout de la pipette sur ses babines. Avale ça, et après tu pourras manger les croquettes que tu aimes. »

Un grondement monta de la gorge du matou. Visiblement, il ne marchait pas dans la combine. Le grondement alla *crescendo* jusqu'à ce que, vif comme l'éclair, Moshe échappe à son emprise. Il effectua un genre de looping, atterrit sur la moquette et fila se cacher dans la chambre.

« Nooon », gémit Hannah en se précipitant derrière lui.

Comme elle s'y attendait, Moshe s'était retranché sous le lit, dans un endroit trop reculé pour qu'elle puisse l'atteindre.

« Tu sais bien que je ne peux pas t'attraper quand tu te caches ici, dit-elle en se mettant à quatre pattes. Viens prendre ton remède, Moshe. Tous les autres petits chats en raffolent. »

Un miaulement plaintif émana de la zone ténébreuse située près de la tête de lit. Hannah se coucha sur le ventre, tendit le bras le plus loin possible mais ne trouva sous sa main qu'un mouchoir en papier usagé, un stylo-bille et une chaussette poussiéreuse percée au bout. De guerre lasse, elle se releva sous les invectives de son chat toujours invisible.

« OK. C'est bon, j'ai compris. Je constate seulement que pour m'engueuler, tu sais ouvrir la bouche ! »

Quand les cinq groupes d'élèves eurent démarré leurs préparations, Hannah fit signe à Beatrice de la rejoindre près des cupcakes qui refroidissaient à côté du four.

« Goûte-moi ça. Je n'ai pas fait le glaçage, mais tu pourras sans doute me dire si je tiens le bon bout.

— Oui, le glaçage n'est pas l'essentiel », dit Beatrice en dégageant un cupcake de sa caissette en papier. Elle prit une bouchée, mastiqua et secoua la tête d'un air dépité.

« Désolée, Hannah. Ça ne va pas. Cette fois-ci, la pâte est trop lourde. Tu as mis du beurre de cacahuète, non ?

— Si. Je savais que ce serait raté. Mais je ne voulais pas gâcher la pâte, alors je les ai quand même fait cuire.

— Ils n'ont rien à voir avec ceux d'Alma mais ils sont quand même bons, dit Beatrice en en prenant un deuxième. Tu as peut-être inventé une nouvelle recette.

— C'est comme ça que je procède pour créer mes cookies. Je m'appuie sur une recette classique à laquelle j'ajoute ou retire des ingrédients pour me rapprocher de l'idée que j'avais en tête au départ. Parfois, j'aboutis à quelque chose de totalement différent mais si ça me plaît, je garde. Ça me rappelle la fois où j'ai voulu...

— Hannah ? Nous avons un problème. »

Hannah s'interrompit et se tourna vers Winnie Anderson, laquelle lui faisait des appels de détresse. Chose surprenante pour une femme comme Winnie, qui avait survécu à quatre maris, accouché de huit enfants, lesquels lui avaient donné trois douzaines de petits-enfants et d'arrière-petits-enfants, joué dans l'une des premières équipes de base-ball féminines pendant la Seconde Guerre mondiale et possédait encore assez d'énergie pour frapper une balle et l'envoyer dans les tribunes.

« Nous poursuivrons cette conversation plus tard, dit Hannah à Beatrice avant de rejoindre Winnie à son poste de travail. Que vous arrive-t-il ? »

Winnie lui montra son bol à mélanger et y planta une cuillère.

« C'est ce cake à la banane. La pâte sent très bon mais elle est dure comme du caillou. Vas-y, essaie de remuer, tu verras.

— Inutile, ça se voit à l'œil nu, dit Hannah. Votre pâte est sèche. Le cake ne montera jamais à la cuisson. Vous avez correctement mesuré les ingrédients ? »

Geraldine Goetz, qui était la mesureuse de l'équipe, hocha la tête.

« Absolument. Luanne était à côté de moi. On a tout vérifié deux fois.

— Et la farine ? Vous l'avez tamisée ?

— Non, intervint Lolly Kramer. La recette précise "farine non tamisée". Je l'ai versée et j'ai égalisé avec une lame de couteau comme tu nous as dit de le faire.

— Bravo, Lolly, dit Hannah. Donc, si tous les ingrédients ont été correctement mesurés, l'erreur doit résider dans la recette. Qui nous l'a donnée ?

— Regina Todd, annonça Winnie en lui tendant son exemplaire. Elle a dû oublier quelque chose. On devrait peut-être l'appeler.

— Si c'est la recette de Regina, je crois savoir ce qui ne va pas. Patsy, montre-moi les œufs que vous avez mis dans la pâte. »

Patsy Beringer ouvrit le frigo et sortit les œufs qui restaient dans la boîte.

« Les voici. Ils sont bien, non ?

— Oui, sauf qu'il s'agit d'une recette de Regina », répondit Hannah, heureuse d'avoir pu résoudre cette énigme aussi vite.

Elle n'avait accepté la contribution de Regina au livre de cuisine de Lake Eden que pour éviter à Andrea d'avoir à endurer les reproches, voire les représailles, que sa belle-mère n'aurait pas manqué de faire pleuvoir sur elle dans le cas contraire.

« En quoi sa recette serait-elle particulière ? s'étonna Winnie.

— Regina élève des poules pondeuses qui lui donnent des œufs énormes, expliqua Hannah. Ils sont au moins deux fois plus gros que ceux qu'on achète chez Red Owl. Donc, quand elle écrit trois œufs dans sa recette, cela signifie six œufs ordinaires. »

Le regard de Winnie s'illumina.

« Pigé. Les œufs rajoutent du liquide à la pâte. Combien de liquide par œuf, à ton avis ?

— Beaucoup. Retenons de cet incident que si une recette n'indique pas la taille des œufs, on doit les choisir moyens à gros, chacun équivalant à cinq centilitres, soit un quart de tasse.

— Donc, trois œufs font quinze centilitres, dit Winnie.

— Normalement, oui. »

Hannah tendit la boîte d'œufs à Lolly Kramer. « Tentons l'expérience. Je pense qu'avec deux fois plus d'œufs, ce cake à la banane devrait s'améliorer. Vas-y, Lolly, tu en casses trois dans un bol à mesurer puis tu les bats en omelette. Après quoi, nous verrons quel volume cela représente. De toute façon, on doit les battre avant de les incorporer, puisque la pâte est déjà faite. »

Lolly suivit les instructions et, quand elle eut obtenu une belle matière mousseuse jaune pâle, laissa reposer un instant avant de lire la mesure.

« Quinze centilitres, annonça-t-elle en reculant pour que les autres puissent constater par elles-mêmes. Tu mesures toujours tes œufs avant de les utiliser, Hannah ?

— Seulement s'ils sont d'une taille inhabituelle. Mais je ne les mesure qu'une fois battus. Ce qui me permet d'ajuster la quantité, en plus ou en moins, de manière plus précise. »

Winnie, qui était beaucoup plus vigoureuse que son âge et sa petite taille ne le laissaient supposer, versa les œufs battus dans le bol à mélanger et entreprit de les incorporer à la pâte. L'opération prit quelques minutes.

« La consistance me convient mieux, à présent, dit-elle avant de tendre sa cuillère à Hannah. Veux-tu essayer ? »

La pâte était fluide et aérée.

« Ça devrait aller. Remplissez les moules et enfournez. Si le résultat est concluant, nous corrigerons la recette en doublant le nombre d'œufs. »

Hannah passa ensuite d'un groupe à l'autre, distribuant conseils et commentaires. Quelques minutes plus tard, la salle d'économie domestique du lycée Jordan était remplie d'odeurs aussi diverses qu'appétissantes. Un nez exercé aurait pu reconnaître une tarte aux pommes, des muffins aux noix de pécan, un gâteau au citron et aux graines de pavot, des cookies forêt-noire – une recette signée Hannah – et le cake à la banane de la belle-mère d'Andrea. Un vrai bonheur.

Hannah refit un tour de salle pour échanger avec chacune de ses élèves, sans omettre personne. On lui posa d'autres questions, portant cette fois sur les durées et les températures de cuisson. Elle dut faire patienter Donna Lempke qui voulait à tout prix retirer du four son gâteau au citron et aux graines de pavot, de crainte qu'il ne brûle. Puis, enfin, quand toutes les réalisations furent cuites et disposées sur les plans de travail, Hannah monta sur l'estrade, s'installa au bureau et sortit de son sac les recettes que ses élèves auraient pour mission d'expérimenter durant la semaine.

Les participantes avaient beau discuter entre elles en attendant que les fours et les gâteaux refroidissent, le niveau sonore demeurait supportable, comparé au lundi précédent. Hannah s'en étonna puis comprit que la salle voisine était inoccupée. Mike n'enseignait plus les techniques de self-défense. Il avait transmis le flambeau à Rick Murphy, et celui-ci avait emmené ses stagiaires à l'extérieur pour leur montrer comment se comporter la nuit sur un parking désert.

Quand les devoirs eurent été distribués et les pâtisseries partagées équitablement, ces dames regagnèrent leurs pénates. Avant d'en faire autant, Hannah jeta un dernier coup d'œil autour d'elle. Parfait. Rien ne traînait. Il ne restait plus qu'à sortir la poubelle.

Hannah attrapa le sac plastique, ouvrit la porte donnant sur la benne et se figea. Un réflexe stupide, elle le savait, mais comment oublier qu'une semaine auparavant, jour pour jour, heure pour heure, c'était là qu'elle avait trouvé le cadavre du shérif Grant ?

« Hannah ? »

Hannah faillit tout lâcher. Elle pivota sur elle-même et poussa un ouf de soulagement. C'était Rick Murphy.

« Tu m'as fichu une de ces trouilles, Rick !

— Désolé. Je voulais te rejoindre plus tôt, mais l'un de mes élèves avait besoin d'un conseil sur une alarme qu'il compte poser chez lui. Donne-moi cette poubelle, je vais la jeter.

— Pourquoi ? s'étonna Hannah. J'ai encore mes deux bras.

— Oui, mais Mike m'a demandé de passer te voir après le cours et de le faire à ta place. Je suis également chargé de te raccompagner à ta voiture. Comme il ne peut pas être là, il voulait s'assurer que tu ne serais pas seule. »

Cinq minutes plus tard, Hannah rentrait chez elle avec sur le visage un sourire assez lumineux pour éclairer toutes les guirlandes du grand arbre de Noël de Lake Eden. Mike s'était inquiété. Il avait demandé à Rick de l'escorter jusqu'à sa voiture. C'était vraiment adorable de sa part, presque assez adorable pour lui faire oublier la silhouette parfaite de Shawna Lee et ses délicieux brownies... Presque.

Chapitre 20

Debout devant l'évier du Cookie Jar, Hannah enfilait une paire de gants en latex destinée à protéger la blessure que Moshe lui avait faite le matin même en se débattant alors qu'elle tentait de lui administrer son supplément vitaminé. Lisa passa la tête par la porte battante.

« Téléphone, pour toi. C'est Kurt Howe.

— D'accord, je le prends », soupira-t-elle en allant décrocher.

Si la journée se poursuivait comme elle avait démarré, il fallait s'attendre au pire. À cinq heures du matin, Moshe avait décidé d'aller à la pêche dans les toilettes. Depuis qu'ils se connaissaient, c'était la deuxième fois qu'il faisait ce genre de bêtise. La première remontait au tout début de leur cohabitation. Moshe était un chat intelligent. Ayant constaté que sa maîtresse désapprouvait son comportement, il avait vite renoncé à boire l'eau de la cuvette, se contentant désormais de celle qu'on lui versait dans son écuelle. Ce matin, pendant qu'elle épongeait le carrelage trempé, Hannah s'était demandé si Moshe n'avait pas agi sciemment. Peut-être avait-il voulu se venger d'elle à cause de cette histoire de vitamines. Mais après quelques tasses de café, cette idée lui était parue éminemment fantaisiste, voire paranoïaque. Aussi avait-elle refait une tentative, laquelle s'était soldée par un nouvel échec et une profonde griffure à la main.

« Bonjour, Kurt », dit Hannah en grimaçant parce que le latex appuyait sur la plaie.

Kurt travaillait pour la maison d'édition qui lui avait commandé le fameux livre de cuisine.

« Bonjour, Hannah. J'appelais pour savoir où vous en étiez.

— Ça avance. En ce moment, je fais tester les recettes par mes élèves. À raison de cinq par semaine. Quand tout sera au point, nous organiserons un grand repas citoyen lors duquel les habitants de Lake Eden choisiront celles qui méritent de figurer dans le livre.

— Ce dîner est prévu pour quand ? » demanda Kurt.

Sa question l'étonna. C'était la première fois qu'il lui posait ce genre de question. Peut-être avait-il envie de venir goûter les recettes lui aussi ?

« La date n'est pas encore fixée. Après Thanksgiving, je pense. Et vous êtes chaleureusement invité, bien entendu.

— J'essaierai de me libérer. Vous n'aurez qu'à appeler ma secrétaire. J'ai une bonne nouvelle, Hannah. Mon patron accepte de sortir le livre pour les fêtes. Le cadeau idéal.

— Les fêtes… Vous voulez dire Noël ?

— Noël, Hanoukka, Kwanzaa… Elles tombent toutes

en même temps, à peu de chose près. Et vos recettes sont bien adaptées aux grandes réunions de style buffet.

— Eh bien… chez nous, on ne dit pas buffet mais repas citoyen.

— J'aime bien cette expression, à titre personnel. Mais mon patron voudrait un titre comportant les mots *fêtes* et *buffet*. J'espère que vous n'y verrez pas d'inconvénient.

— Euh…

— Il dit que cela conviendra mieux au public citadin. Les lecteurs qui habitent New York, Los Angeles, etc. »

Les sourcils de Hannah bondirent vers le plafond. Le jour où Kurt avait lancé l'idée d'un livre de cuisine, elle s'était imaginé un ouvrage réservé à un public restreint. Au mieux, quelques milliers d'exemplaires diffusés dans la région.

« Hannah ? Je sais que vous avez tous voté pour le titre *Gelée verte ou la tradition des repas citoyens à Lake Eden*. Mais mon patron craint que ça ne fasse un peu trop provincial. Il préférerait *Buffets pour les fêtes*. Cela dit, si vous êtes contre, j'essaierai de plaider votre cause.

— Non, réussit à articuler Hannah. Il est sûrement mieux placé pour décider de cela. Après tout, buffet signifie repas citoyen en plus chic. Mais dites-moi, mes recettes ne sont pas trop… simples… pour ce public-là ?

— Donnez-moi un exemple.

— Eh bien… au hasard, la purée de pommes de terre façon Edna. Edna en fait à chaque repas cit… buffet que nous organisons. Ou bien le rôti de porc hawaïen de ma mère. Et notre célèbre ragoût à la saucisse. Je compte en présenter deux versions avec deux sortes de haricots.

— Je trouve ça très bien. Vous m'avez donné faim, Hannah.

— Je vois ce que vous voulez dire. » Elle-même commençait à avoir un petit creux. « Mais puisque votre patron veut un titre plus chic, pourquoi ne pas modifier les noms des recettes aussi ?

— Par exemple ?

— Voyons... Le ragoût à la saucisse pourrait s'appeler le cassoulet du Minnesota ?

— Non, *ragoût* c'est mieux. Ça fait grand repas de famille autour d'une table de ferme. Non, ne touchez pas aux noms des plats, Hannah. Si l'un d'entre eux pose problème, nous y réfléchirons ensemble.

— La date de remise est toujours la même ? »

Kurt eut un rire gêné.

« Malheureusement non. C'est la raison de mon appel. Attendez-vous à un choc, Hannah.

— Ne me dites pas que... »

Hannah retint son souffle.

« Si. Le délai a été raccourci. Il nous faut le manuscrit dans trois semaines.

— Trois semaines !? » Hannah faillit lâcher le combiné. « Mais nous étions convenus de trois mois !

— Je sais. Mais l'occasion est trop belle, Hannah. Mon patron mettra tout en œuvre pour que votre livre soit un immense succès de librairie. Je mesure la somme de travail que cela nécessitera, mais songez à la fierté de vos voisins quand ils verront leurs recettes préférées diffusées dans le pays tout entier.

— Attendez, je réfléchis ».

C'était un sacré défi, mais avec un peu d'aide, elle y parviendrait peut-être.

« Je peux transmettre votre accord à ma hiérarchie ? »

Hannah inspira, expira et prononça les mots qui allaient rajouter du pain sur sa planche déjà bien garnie :

« Oui, Kurt. Vous pouvez. »

Une heure plus tard, Hannah entrait dans le drugstore central de Lake Eden. Lisa avait réussi à la convaincre d'aller acheter une crème antibiotique, sa plaie ayant pris un aspect inquiétant.

« Bonjour, Hannah. Qu'est-ce que tu t'es fait à la main ? demanda Jon Walker, le pharmacien, en la voyant s'avancer vers le comptoir.

— Moi, rien. C'est mon chat, dit-elle. J'ai besoin d'une pommade. Enfin, d'après Lisa.

— Elle a parfaitement raison. Ce type de blessure peut avoir de graves conséquences. Tu n'as jamais entendu parler de la maladie des griffes de chat ?

— Non, mais ça me rappelle un vieux rock que mon père écoutait dans son garage. Sur le même disque, il y avait une chanson qui parlait de sumac vénéneux.

— Je ne plaisante pas, Hannah. On peut se retrouver à l'hôpital avec une infection généralisée. Mais bon, pas de panique, tu es venue à temps. Je vais te donner une crème à appliquer trois fois par jour et des antibiotiques en comprimés. Pour les comprimés, tu devras patienter un peu. Je te les apporterai en début d'après-midi, pendant ma pause.

— Mais je n'ai pas d'ordonnance.

— J'appellerai le Dr Knight. Il t'en rédigera une. Tiens, voilà déjà ta crème. Rappelle-toi : matin, midi et soir. Et surtout, pas d'eau sur la plaie. »

Cinq minutes plus tard, Hannah franchissait la porte

du Cookie Jar dans l'autre sens. Lisa, qui parlait avec quelqu'un au téléphone, lui fit signe d'approcher.

« C'est Andrea, dit-elle en posant la main sur le micro. Va dans le fournil, je te la passe. Elle a des infos pour toi au sujet de tu sais quoi. J'attendrai que tu décroches. »

Hannah prit le temps d'appliquer une bonne couche de crème antibiotique sur la griffure avant de prendre la communication.

« C'est bon, tu peux me la passer. Merci, Lisa.

— Bonjour, Hannah, dit Andrea. Sean et Don ont un alibi en béton pour le soir du crime. Un bus s'est présenté au Quick Stop peu avant huit heures avec un pneu crevé. Le chauffeur et Sean ont procédé à la réparation pendant que Don servait un en-cas aux passagers.

— Parfait. Je les raie.

— Et j'ai appelé les personnes figurant sur la liste de Nettie.

— Toutes ?... Mais il y en avait beaucoup ! s'exclama Hannah quand elle fut revenue de sa surprise.

— Pas tant que ça, une fois éliminés les adjoints du shérif, dont Mike et Bill ont décidé de s'occuper.

— Oui, tu as raison, dit Hannah. Inutile de faire deux fois la même chose. Donc, si je comprends bien, il ne reste qu'à vérifier leurs alibis.

— C'est fait.

— Déjà ? Comment est-ce possible ?

— Quand j'étudiais pour devenir agent immobilier, j'ai appris un truc infaillible. Tu te rappelles cette vieille pub pour Arpège ? Leur slogan était : *Promettez, promettez mais... offrez Arpège* ?

— J'avoue que non.

— Normal, tu ne mets jamais de parfum. Eh bien, j'ai appliqué cette méthode... avec quelques variantes.

— Entendu, dit Hannah, renonçant à prolonger une digression qui suscitait plus de questions qu'elle n'en résolvait.

— Donne-moi autre chose à faire, s'il te plaît, rebondit Andrea. Je suis enchaînée à ce canapé et je m'ennuie à mourir. Je t'en prie, sauve-moi.

— Je ne vois rien de particul... »

Le remède à l'ennui d'Andrea venait de lui apparaître comme une évidence. Avec le recul, la promesse qu'elle avait faite à Kurt de lui remettre le manuscrit dans un délai de trois semaines lui semblait impossible à tenir, car non seulement elle n'avait pas une minute à elle, mais taper à la machine n'avait jamais été son fort. Sa sœur, en revanche, avait suivi une formation de dactylo.

« Continue, dit Andrea. Je sais que tu as une idée derrière la tête.

— Oui. Est-ce que ton ordinateur est à côté de toi ?

— Oui, sur la table basse. Pourquoi ?

— Que dirais-tu de taper des textes pour moi ? C'est vraiment important.

— Quels textes ?

— Les recettes du livre de cuisine de Lake Eden. Sauf que ça va s'appeler autrement que prévu. Ils veulent mettre *fête* et *buffet*. Heureusement, ils gardent le nom des plats. »

Andrea laissa passer un moment avant de répondre d'une voix inquiète :

« Et si tu reprenais depuis le début, Hannah ? Pour quelqu'un qui a étudié la logique à la fac, je te trouve bien incohérente. »

Au bout d'une ou deux minutes d'explications, Andrea finit par connaître les grandes lignes de la conversation entre sa sœur et Kurt Howe.

« Tu dis que ce bouquin va sortir pour les fêtes ?

— C'est ce qu'ils souhaitent.

— Dans ce cas, je serai heureuse de t'aider. Apporte-moi tes recettes, que je m'y mette rapidement. »

Hannah jeta un œil sur la pendule.

« Je passerai vers onze heures et je rapporterai de quoi déjeuner, par la même occasion. Qu'est-ce qui te ferait plaisir ?

— Une pizza. Mais je n'y ai pas droit. Trop salé.

— Dis-moi plutôt ce qui t'est autorisé.

— Attends, je regarde. »

Hannah discerna un bruit de papier froissé. « Voyons, voyons... Eh bien, j'ai le droit de manger tout ce que je n'aime pas. » Hannah éclata de rire. Andrea faisait parfois de l'humour involontaire.

« Que penses-tu d'une salade César avec la vinaigrette à part ? proposa-t-elle. J'irai la prendre à la brasserie.

— Oui, ça me va. Et pour le dessert ? Tu m'offres des cookies ?

— Volontiers, mais lesquels ?

— J'en veux avec du chocolat et des noix de pécan. Je rêve de manger des noix de pécan. Mais tu n'as pas le temps d'en faire spécialement pour moi, j'imagine.

— Bien sûr que si », répondit Hannah en réfléchissant déjà aux ingrédients dont elle aurait besoin pour réaliser ces cookies sur mesure.

Délices d'Andrea

Préchauffer le four à 175°,
la grille en position médiane.

2 tasses de beurre fondu (4 plaquettes, 1 livre)
3 tasses de sucre blanc
1½ tasse de sucre roux
4 cuillerées à thé d'extrait de vanille
4 cuillerées à thé de bicarbonate de soude
2 cuillerées à thé de sel
4 œufs battus
5 tasses de farine (inutile de tamiser)
3 tasses de pépites de chocolat
4 tasses de noix de pécan hachées

Faire fondre le beurre (3 minutes au micro-ondes, ou dans une casserole à feu doux). Verser les deux sucres. Ajouter la vanille, le bicarbonate de soude. Mélanger. Ajouter les œufs. Mélanger. Incorporer tout doucement la moitié de la farine, les pépites de chocolat et les noix de pécan hachées. Puis sans arrêter de tourner, verser peu à peu le reste de la farine.

Prélever des boules de pâte avec une petite cuillère et

les déposer sur la plaque préalablement enduite de matière grasse. 12 cookies pour une plaque de taille standard. Si la pâte est trop collante, la mettre au frigo quelques minutes et réessayer. Cuire à 175° pendant 10 à 12 minutes ou jusqu'à ce que les cookies prennent une jolie couleur dorée.

Laisser reposer 2 minutes sur la plaque puis transférer sur une grille pour qu'ils refroidissent complètement.

Rendement : environ 10 douzaines.

Andrea dit que ces cookies lui ont redonné goût à la vie.

Chapitre 21

Perchée sur un tabouret de bar derrière la caisse enregistreuse, Hannah contemplait la salle du Cookie Jar avec le sentiment du devoir accompli. Toutes les tables étaient occupées. Les clients se régalaient, papotaient, prenaient du bon temps. Les bocaux de service, les sucriers, les petits pots de crème étaient pleins à ras bord. Le comptoir brillait comme un sou neuf. Hannah était passée chez Andrea lui porter les recettes à dactylographier ainsi qu'une superbe salade César, préparée par Rose en personne. Elle n'avait donc plus rien à faire, sinon attendre que Lisa rentre de sa pause déjeuner.

« Coucou, Hannah ! lança Jon Walker, qui venait d'arriver avec un petit sachet blanc dans la main. J'ai tes antibiotiques. Le Dr Knight te recommande d'en prendre un tout de suite et un autre ce soir, au coucher. À partir de demain, ce sera trois fois par jour.

— Merci, Jon. »

Hannah posa le sachet près de la caisse et alla chercher trois croustillants aux raisins et aux flocons d'avoine, les cookies préférés de son ami pharmacien. Elle les lui présenta sur une serviette en papier, accompagnés d'une grande tasse de café noir bien chaud.

« Cadeau de la maison. Et merci pour la livraison à domicile.

— De rien. Ces antibiotiques ne sont pas donnés, mais ils devraient être efficaces. Comme je sais que ton assurance ne couvre pas les médicaments, je t'ai fait une ristourne.

— C'est combien ? » demanda-t-elle, la gorge serrée.

Sans être vraiment à sec, elle ne roulait pas sur l'or, ce mois-ci. Les vaccins de Moshe et les visites chez le vétérinaire avaient lourdement grevé son budget, sans parler des vitamines qui pour les chats coûtaient nettement plus cher que pour les humains.

« La facture est dans le sachet. »

Hannah la sortit et faillit s'étouffer en lisant la somme. Le minuscule flacon que Jon venait de lui remettre valait plus de quatre-vingts dollars !

« Ça fait un choc, n'est-ce pas ? dit-il sur un ton empreint de sympathie. Ted Koester a eu la même réaction que toi, l'autre jour.

— Ted prend des antibiotiques, lui aussi ?

— Oui. La semaine dernière, il s'est coupé au poignet avec un bout de métal sur son lieu de travail. Je peux t'en parler sans enfreindre le secret médical parce qu'en venant chercher ses médicaments à la pharmacie, il a raconté à tout le monde ce qui lui était arrivé. La plaie aurait peut-être guéri d'elle-même s'il l'avait désinfectée aussitôt.

— Pauvre Ted. Attends une seconde, Jon. Je vais chercher mon chéquier. »

Ayant payé ses dettes, Hannah regagna son perchoir tandis que Jon terminait son café-cookies.

« Tu prévois de décorer ton drugstore pour Halloween ? demanda-t-elle.

— Oui, mes employées sont en train de le faire. Je me déguiserai en savant fou comme l'année dernière, et je sortirai d'un placard en tenant une éprouvette contenant de la bave de crapaud. Sinon, les enfants seront déçus.

— C'est vrai, ils adorent voir les commerçants en costume d'Halloween. En ce moment, Lisa évide des citrouilles pour les mettre dans la vitrine.

— En quoi serez-vous habillées ?

— Lisa en chat noir. Elle m'a montré son déguisement.

— J'imagine qu'il lui ira comme un gant. Et toi ?

— Moi, je n'ai rien prévu. Je resterai devant mes fourneaux. Et si j'ai besoin de passer côté boutique pour une raison ou pour une autre, je me cacherai sous le vieux drap que j'ai utilisé l'année dernière pour jouer le « fantôme des cookies d'autrefois ».

— Mais tu viendras à la grande fête donnée au centre communautaire, j'espère.

— Je ne voudrais pas rater ça. En plus, c'est moi qui suis chargée d'accompagner Tracey puisque Andrea doit rester à la maison avec les pieds surélevés.

— Le bébé ?

— Ordre du Dr Knight.

— Tu fourniras les cookies ?

— Bien sûr. Vingt douzaines, comme d'habitude. Mais j'ignore encore lesquels. J'aimerais trouver quelque chose de spécial.

— Pourquoi pas des cookies au maïs ? Ma mère en faisait pour Halloween, quand nous vivions sur la réserve.

— Des cookies au maïs ! » s'exclama Hannah.

C'était la première fois qu'elle entendait parler de ça. Elle savait que le maïs tenait une place importante dans la cuisine amérindienne. Il s'agissait peut-être d'une recette ancestrale. Mais, sauf erreur de sa part, Halloween était une fête d'origine européenne.

« Qu'y a-t-il, Hannah ? Tu ne connais pas les cookies au maïs ?

— Eh bien, j'avoue que non, répondit-elle avant de demander, un peu gênée : Serait-ce... une vieille recette indienne ? »

Jon se mit à rire à gorge déployée. Plusieurs clients se retournèrent, éberlués, ce qui ne fit qu'accroître son hilarité.

« Une vieille recette indienne ? répéta-t-il quand il eut retrouvé son souffle. Dans un sens, tu n'as pas tort. Ma mère est une vieille Indienne.

— Je ne voulais pas dire ça ! répliqua Hannah en riant avec lui. Blague à part, j'aimerais bien en savoir davantage. Est-ce une recette tribale... ethnique... Enfin, tu vois ce que je veux dire. »

Jon haussa les épaules.

« Moi aussi, j'ai du mal avec le politiquement correct. Mais non, pour autant que je sache, ma mère était la seule femme de la réserve à faire des cookies au maïs.

— Quand tu dis *maïs*, il s'agit de farine de maïs ? De maïs en conserve ? »

Hannah allait ajouter « de cornflakes ? » quand les épaules de Jon se remirent à tressauter.

« Rien de tout cela, fit-il en s'essuyant les yeux. Ce n'était pas du vrai maïs, Hannah. Ma mère faisait des cookies à la citrouille et les décorait avec ces petits bonbons qui ressemblent à des grains de maïs et qu'on achète pour Halloween. »

Hannah gravissait d'un pas déterminé les marches menant à son appartement. Ce soir, c'était sûr, Moshe prendrait ses vitamines. Ses clients lui avaient conseillé diverses méthodes prétendument imparables dont deux ou trois lui avaient paru susceptibles de vaincre la résistance de son chat. Avant tout, elle devrait enfiler une chemise épaisse à manches longues. Tout le monde s'accordait sur ce préalable. Et comme deux précautions valaient mieux qu'une, elle mettrait aussi des gants.

Trudi Schuman avait recommandé de ligoter les pattes de la bête avec du ruban adhésif. Hannah n'avait bien sûr pas tenu compte de cet avis. Tout le monde savait que Trudi n'aimait pas les chats. Vern Kleinschmidt avait suggéré de l'endormir avant de lui administrer son traitement. Mais pour que cette méthode fonctionne, il faudrait d'abord que Moshe consente à avaler le somnifère.

C'était Lisa qui avait eu la meilleure idée, celle que Hannah s'apprêtait à mettre en pratique. Elle envelopperait Moshe dans une grande serviette de bain pour l'empêcher de griffer, le poserait face à elle, bien coincé entre ses cuisses. Puis elle lui boucherait le nez et quand il ouvrirait la bouche pour respirer, elle glisserait la pipette entre ses babines.

« C'est moi ! » claironna-t-elle en poussant la porte.

Chose exceptionnelle, aucune boule de fourrure orange

et blanche ne lui sauta dans les bras. Moshe devait se terrer quelque part, rongé par la honte d'avoir blessé sa bienfaitrice quelques heures auparavant.

« Moshe ? Où es-tu, mon garçon ? »

Ayant posé sa sacoche et sa veste sur la chaise près de la porte, Hannah fit le tour du salon. Elle explora en vain toutes les cachettes possibles et imaginables. Elle fut même tentée de basculer le canapé pour regarder en dessous, mais il était trop lourd.

La cuisine, peut-être. Hannah alluma le plafonnier, glissa un œil dans la fente entre le mur et le frigo, se pencha sous la table en formica pour vérifier l'assise des chaises, regarda derrière la poubelle. Rien. Après une ultime vérification au sommet du frigo, là où Moshe avait jadis eu coutume de se percher, Hannah passa dans la buanderie.

Rien dans la buanderie. Rien dans la chambre d'amis. Hannah entra dans sa propre chambre et l'appela. Pas de réponse. Pourtant, elle se souvenait d'avoir fermé toutes les fenêtres en partant.

Elle s'apprêtait à regarder dans la salle de bains quand un miaulement pathétique retentit sous son lit. Hannah crut défaillir. Un Moshe méconnaissable venait de sortir de sa cachette en rampant. Il tremblait si fort qu'il pouvait à peine marcher.

« Viens ici, mon chatounet », roucoula-t-elle en se penchant pour l'attraper délicatement.

Craignant qu'il ne soit blessé, elle le souleva avec précaution et le déposa sur son oreiller en plume d'oie. Quand elle s'assit près de lui, Moshe lui jeta un regard bouleversant. Elle crut même voir des larmes dans ses yeux. Après quoi, il tendit le cou et lui lécha la main.

« Pauvre chou, murmura-t-elle en l'embrassant entre les oreilles. Quelque chose t'a fait peur ? »

Moshe miaula de nouveau et, avide de caresses, lui poussa la main avec la tête. Tout en le câlinant, elle lui tâta le ventre, le dos, les pattes, à la recherche d'une plaie ou d'une fracture. Mais il n'avait rien de cassé.

À force de gratouillis et autres paroles apaisantes, Moshe finit par retrouver son calme. Pour achever de le rassurer, Hannah mit quelques friandises au saumon dans une coupelle qu'elle posa près de lui. Puis elle sortit de la chambre et reprit sa tournée d'inspection.

Les fenêtres étaient bien fermées. Elle avait trouvé la porte verrouillée en arrivant. Rien ne clochait. Par acquit de conscience, elle entra quand même dans la salle de bains. Et c'est là qu'elle découvrit le pot aux roses. Le flacon de vitamines qu'elle avait laissé dans la cuisine en partant le matin flottait au fond des toilettes.

« Nooon », gémit Hannah. Pas étonnant que Moshe soit sorti en tremblant de sa cachette. Il savait pertinemment qu'il avait fait une grosse bêtise.

Devait-elle le punir ? Hannah réfléchit un quart de seconde et décida que non. Moshe avait vécu dans la rue, connu la violence, la peur et la faim. Cet appartement était son seul refuge. Elle ne mettrait pas en péril la relation de confiance qu'elle avait patiemment bâtie, surtout pour une broutille pareille. De plus, tout le monde savait que réprimander un animal de compagnie ne servait qu'à semer la confusion dans son esprit, sauf si on le prenait sur le fait. Non, Moshe était déjà assez puni comme ça.

Hannah repêcha le flacon, le rinça sous le robinet et le rangea dans l'armoire à pharmacie. Ce médicament coûtait si cher qu'elle n'avait pas le courage de le jeter. Mais après un tel choc, comment pourrait-elle retenter l'expérience ? Ce serait trop douloureux, pour elle comme pour lui. Il devait bien exister une autre solution. Une solution qui soit à la fois efficace et pacifique. Ce soir, elle lui donnerait ses croquettes habituelles. Et demain matin, elle repasserait chez le Dr Bob.

Chapitre 22

« C'est une nouvelle recette de cookies ? » demanda Lisa à son associée le lendemain matin.

Elle venait de tirer du café à la fontaine posée derrière le comptoir et revenait avec la tasse vers la table où Hannah l'attendait. Les cookies étaient cuits, la salle prête à accueillir les clients, et les deux femmes s'accordaient une petite pause avant l'ouverture.

« C'est une nouvelle recette, mais pas de cookies. J'ai fait un saut chez le vétérinaire ce matin et Sue m'a donné ça, répondit Hannah en posant la main sur le bout de papier devant elle. Un plat spécial chats seniors.

— Zut, fit Lisa en fronçant les sourcils. J'en conclus que ma méthode imparable ne l'était pas tant que ça.

— En fait, je n'ai pas eu l'occasion de l'essayer. En rentrant à la maison hier soir, j'ai trouvé Moshe sous mon lit et le flacon de vitamines au fond des toilettes.

— Une manière comme une autre de te donner son avis sur les compléments alimentaires.

— C'est ce que je me suis dit. En tout cas, le message est passé et j'ai décidé de ne pas insister. Lui préparer sa nourriture ne devrait pas être si compliqué.

— Laisse-moi jeter un œil, dit Lisa en se penchant sur la recette tapée à la machine. Du foie ? Tu vas faire cuire du foie matin et soir ?

— Je préfère cuire du foie que me battre avec lui chaque jour en rentrant.

— Les autres ingrédients ne sont pas plus ragoûtants, fit Lisa avec une grimace. Tu imagines l'odeur ? Surtout le matin au petit déjeuner.

— Ce ne sera pas pire que des œufs brouillés au bacon, répliqua Hannah.

— Je préfère ne pas y penser. Qu'est-ce que c'est ce truc sur la dernière ligne ? Du carbonate de calcium ?

— On en trouve dans les coquilles d'œuf. Sue me recommande de les broyer finement et d'incorporer la poudre à sa pâtée. Au bout du compte, ça ressemblera à une grosse omelette au foie légèrement croustillante servie avec du riz créole.

— Beurk. J'ai mal au cœur. Entre le foie et les coquilles d'œuf, je ne sais pas ce qui est pire. Tu crois vraiment qu'il acceptera d'avaler ton omelette ?

— Oui, j'ai bon espoir. Surtout si je l'assaisonne correctement. J'y mettrai un peu de sel, du poivre et une demi-gousse d'ail émincée. Comme je le ferais pour moi.

— Mais les animaux ne mangent pas d'aliments assaisonnés.

— Qui a dit cela ? Sûrement quelqu'un qui n'a jamais goûté ce qu'il donnait à son chat ou à son chien. Moi, si j'étais un animal de compagnie, j'aimerais que mes plats soient un peu relevés. J'ajouterais même un peu de ketchup si j'arrivais à dévisser le bouchon. »

Lisa revint de sa pause déjeuner avec un sac plastique estampillé Red Owl.

« Tiens, Hannah. Je t'ai rapporté tes bonbons de maïs. Où veux-tu que je les mette ?

— Dans le fournil, sur le comptoir près de l'évier. »

Laissant Hannah faire la tournée des tables et remplir les tasses des clients, Lisa passa la porte battante et se dirigea vers l'évier où elle se lava les mains. Quand elle revint, ses cheveux étaient protégés par un filet et ses vêtements par l'un des jolis tabliers qu'une couturière de la région avait créés spécialement pour le Cookie Jar.

« Tu devrais faire un saut au centre communautaire, dit-elle en rejoignant son associée. Le club du troisième âge a presque fini de le décorer. C'est vraiment réussi.

— Et La Cave Hantée ?

— Quand j'y étais, ils étaient en train d'installer le mobilier. Et Edna remplissait les sachets de bonbons à distribuer aux enfants. Au fait, elle a eu une idée pour les cupcakes d'Alma.

— Ça m'intéresse », dit Hannah.

Son amie Edna cuisinait depuis presque un demi-siècle et elle était toujours de bon conseil.

« Elle dit que l'ingrédient mystère est un liquide épais.

— Je suis arrivée à la même conclusion, répondit Hannah. Qu'est-ce qu'elle suggère ?

— Elle m'a parlé d'un truc, mais d'après elle, ce n'est pas cela.

— Dis toujours. »

Toute idée, même farfelue, était bonne à prendre.

« Du lait concentré sucré.

— Ce n'est pas bête du tout ! Les cupcakes seraient légèrement plus sucrés, mais ça n'a pas tellement d'importance. En revanche, ils auraient une meilleure consistance. Pourquoi elle n'y croit pas ?

— Parce qu'Alma était trop pingre.

— Tu veux dire que le lait concentré sucré coûte trop cher pour qu'elle en ait mis dans sa recette ?

— Pas exactement. Edna dit qu'elle n'aurait pas voulu faire de gâchis.

— Je comprends, fit Hannah en souriant. Dans la recette, il est question d'une demi-tasse, et une boîte de lait concentré sucré contient davantage. Cela dit, Alma aurait pu choisir de faire deux fois plus de cupcakes.

— Edna a suivi le même raisonnement que toi, mais ça ne marche pas non plus. Même en en faisant deux fois plus, il en serait resté un peu au fond de la boîte. Et Alma n'aurait jamais laissé perdre la moindre goutte.

— Edna a sûrement raison, dit Hannah en allant reprendre du café. Avant que j'oublie, Lisa, le maire Bascomb veut un autre croquant à la mélasse et Mme Jessup une douzaine de fondants au beurre de cacahuète à emporter. Je te laisse, j'ai la recette des cookies au maïs à tester. Appelle-moi en cas de besoin. »

Hannah achevait la décoration des cookies au maïs à peine sortis du four quand on frappa à la porte de la ruelle. Elle glissa ses deux plaques sur les grilles de l'échelle pâtissière et se dépêcha d'aller ouvrir.

« Désolée de vous déranger, Hannah. » Barbara

Donnelly se tenait là, frissonnante sous le vent glacé. « Je viens d'avoir une idée et je voulais vous en parler. »

Hannah leva les yeux vers le ciel chargé de nuages gris. KCOW n'avait pas prévu de neige ce matin, mais sur cette radio, les bulletins météo ne brillaient pas par leur exactitude.

« Entrez vous mettre au chaud, Barbara.

— Vous croyez qu'il va neiger ? demanda sa visiteuse en pénétrant dans le fournil, le nez levé pour mieux humer la délicieuse odeur qui flottait dans l'air.

— Possible. Asseyez-vous, je vais vous chercher une tasse de café et un échantillon de ma dernière création. Vous me servirez de goûteuse.

— Goûteuse, ça me va. C'est ce qu'on appelle un boulot alimentaire, n'est-ce pas ? plaisanta Barbara en admirant les cookies au maïs que Hannah venait de lui apporter. Vous en ferez pour Halloween, je suppose ? Ils sont trop mignons. J'aime beaucoup les petits bonbons collés dessus. »

Hannah attendit que Barbara prenne une bouchée et lui posa la question consacrée :

« Ils sont comment ?

— Excellents. Je vous prédis un grand succès. » Barbara croqua encore un bout. « Je pense qu'il l'avait sur lui, Hannah.

— Qui ? Quoi ? bredouilla Hannah en oubliant le *que*, le *dont* et le *où*.

— Le rapport manquant. C'est le shérif Grant qui l'a pris dans l'armoire de classement. J'y ai longuement réfléchi et c'est la seule possibilité. Il n'y avait que deux clés. La mienne et la sienne.

— Mais comment se fait-il que vous n'ayez pas

remarqué le porte-dossiers vide ? demanda Hannah en sautant sur son bloc sténo.

— Il aurait fallu que j'ouvre l'armoire. Or, je ne le fais que si j'ai quelque chose à chercher.

— Donc, vous ignorez quel jour le shérif a pu l'emporter ?

— Exact. En revanche, je sais peut-être où il est. »

Hannah leva la tête comme si un marionnettiste au-dessus d'elle avait tiré sur une ficelle.

« Où ça ?

— Dans sa mallette. C'est là qu'il rangeait tous ses papiers importants.

— Et... Mike l'aurait trouvé, non ? »

Barbara secoua fermement la tête.

« Sûrement pas. Cette mallette possède un compartiment secret et je doute que le shérif Grant lui ait expliqué comment l'ouvrir.

— Un compartiment secret ?

— Il ne s'agit pas d'une mallette ordinaire mais du modèle James Bond. C'est moi qui la lui ai offerte à Noël, l'année dernière. Je lui prenais toujours un gadget James Bond pour les fêtes. Ça s'achète sur catalogue.

— À quoi ressemble ce truc ? demanda Hannah sans cesser de noter.

— Le compartiment secret ?

— Non, la mallette.

— À n'importe quel attaché-case en cuir marron. D'où son intérêt. Vue de l'extérieur, personne n'imaginerait qu'elle est équipée d'un compartiment secret.

— Si bien que Mike a pu la trouver, fouiller son contenu et passer à côté du plus important.

— C'est très possible. Le système de fermeture est presque invisible, et pour le déverrouiller, il faut connaître le mode d'emploi.

— Et vous le connaissez.

— Évidemment. Il a bien fallu que je montre au shérif Grant comment se servir de son cadeau. En réalité, c'est assez simple. Il suffit de...

— Je préfère ne pas savoir, Barbara, l'interrompit Hannah. Si je mets la main sur cette mallette, je vous l'apporterai et vous l'ouvrirez vous-même. Où dois-je chercher ? »

Barbara prit le temps de réfléchir.

« Soit dans son véhicule de patrouille, soit dans son bureau chez lui.

— Pourquoi pas au poste de police ?

— Non. J'ai appelé Shawna Lee pour en avoir le cœur net. » Barbara leva la main avant que Hannah lui coupe la parole. « Pas de panique. Je n'ai rien dit. Je lui ai juste demandé d'aller voir dans la mallette du shérif Grant s'il n'y avait pas un trousseau de clés, et auquel cas, le remettre à Mike.

— Si cette mallette avait été dans le véhicule de patrouille, dit Hannah en pensant à haute voix, Mike l'aurait trouvée. En revanche, si le shérif l'avait laissée dans son bureau chez lui... Je demanderai à Nettie de jeter un œil.

— Impossible.

— Pourquoi ?

— Parce que cette pièce a été placée sous scellés. Nettie me l'a dit avant de partir.

— Nettie est partie ?

— Oui, hier matin, pour le Wisconsin. La sœur cadette de Jim a très mal réagi en apprenant sa mort. Nettie est allée garder les enfants le temps qu'elle se remette. Elle sera absente une bonne semaine, peut-être deux. »

Après le départ de Barbara, Hannah mit au four le reste des cookies au maïs et, pendant qu'ils cuisaient, essaya de trouver la meilleure manière de s'introduire au domicile de Nettie sans se faire prendre. Dix minutes plus tard, c'était chose faite. Elle sortit les dernières plaques, rassembla la fournée précédente sur un plateau et se dirigea côté boutique pour faire goûter sa nouvelle recette à Lisa et à leurs clients.

La sonnerie du téléphone retentit peu avant qu'elle franchisse la porte de séparation. Hannah posa le plateau sur un comptoir et alla décrocher.

« Le Cookie Jar, Hannah, j'écoute.

— Ah, je suis si contente de t'avoir, ma chérie ! »

Delores ! Hannah faillit pousser un juron. Elle n'était vraiment pas d'humeur. Mais Delores était sa mère, et en tant que telle avait droit à un traitement de faveur.

« Bonjour, maman. Que puis-je faire pour toi ?

— Par cette question tu présupposes que j'ai besoin de quelque chose. Or ce n'est peut-être pas le cas.

— Alors, je te présente mes excuses, lui renvoya Hannah.

— J'aime mieux cela, répondit Delores, radoucie. Cela dit, tu avais raison, je t'appelais pour te demander un service.

— Donc, que puis-je faire pour toi, maman ? »

Hannah éclata de rire et Delores l'imita. Il arrivait parfois que mère et fille se retrouvent sur la même longueur d'onde et apprécient l'humour l'une de l'autre. Mais c'était rare.

« Aurais-tu le temps d'aller prendre Tracey à la sortie de l'école et de l'emmener au Paradis des Citrouilles chercher son costume ? J'ai promis à Andrea de le faire mais j'ai un empêchement.

— Oui, je peux, dit Hannah en notant l'heure sur son carnet pour ne pas l'oublier. Quel costume a-t-elle choisi ?

— Le pirate. Andrea l'a réservé par téléphone. Et pendant que tu y seras, tu n'auras qu'à en louer un pour toi aussi. Il faudra que tu sois déguisée pour accompagner Tracey à la fête d'Halloween.

— Un costume, pourquoi pas ? » répondit Hannah pour lui faire plaisir.

En réalité, elle n'avait pas la moindre intention de louer un costume alors qu'elle possédait déjà un drap très convenable, avec des trous imitant parfaitement des yeux de fantôme.

« Merci, Hannah. C'est très gentil d'avoir accepté de me dépanner. Je ne sais pas comment j'aurais fait pour être à dix-sept heures à Kiddie Corner et repasser chez moi pour me préparer avant dix-huit heures !

— Te préparer ? Pour quoi faire ? » demanda Hannah, intriguée.

Sa mère était inscrite dans divers clubs et associations, mais, pour autant qu'elle le sache, elle était toujours libre le mercredi soir.

« Danser avec Winthrop.

— Winthrop ? répéta Hannah d'une voix mal assurée. Qui est Winthrop ?

— L'homme le plus merveilleux, le plus raffiné qui soit ! Il ressemble à Kenneth Branagh. Et c'est un danseur hors pair.

— Winthrop ?

— Oui, ma chérie. Je n'ai jamais dansé avec Kenneth Branagh.

— Mais avec Winthrop, si ?

— Évidemment. Nous avons valsé mercredi dernier.

— Où cela ?

— Au Red Owl. »

Hannah cessa de respirer pendant quelques secondes.

« Si je comprends bien, dit-elle lorsque ses poumons recommencèrent à fonctionner, tu es allée danser au Red Owl ?

— C'est cela, ma chérie. Winthrop valse comme un dieu. Je ne me suis jamais autant amusée !

— Oui, mais... »

Hannah s'interrompit, mais ne trouvant pas de réponse cohérente, décida d'improviser. « Je sais qu'ils diffusent de la musique d'ambiance mais j'ignorais que les clients lâchaient leur caddie pour valser entre les rayons. J'espère que tu n'as pas heurté les boîtes de soupe posées en pyramide au centre du magasin ! »

Un ange passa. Puis Delores explosa de rire. Elle riait si fort qu'elle ne remarqua pas qu'elle était seule à le faire.

« Je n'ai pas dansé dans le supermarché, Hannah, dit-elle en retrouvant son sérieux. Je te parle du studio que Danielle a ouvert au-dessus. Ce que tu peux être drôle quand tu t'y mets, ma chérie. J'ai hâte de raconter ça à Winthrop. »

Hannah se sentit bête, tout à coup. Comment avait-elle pu oublier que Danielle avait appelé sa salle de danse le Red Owl Studio ? Sa bévue allait sûrement faire le tour de la ville en moins de deux, mais ce n'était pas cela qui la préoccupait, en l'occurrence.

« Tu ne m'as toujours pas dit qui était Winthrop, maman.

— Un élève inscrit au même cours que Carrie et moi. Nous avons décidé de nous perfectionner en danses de salon et la première séance a eu lieu mercredi dernier. La pauvre Carrie s'est retrouvée avec Earl Flensburg. Et moi, on m'a mise avec Winthrop. N'est-ce pas une chance incroyable ?

— Incroyable, oui... » répéta Hannah qui doutait fort que cette chance fût le fruit du hasard.

Si Winthrop était aussi séduisant et bon danseur qu'elle le prétendait, Delores avait dû faire des pieds et des mains pour l'avoir comme cavalier. Hannah aurait bien aimé creuser le sujet, mais sachant que sa mère ne lâcherait rien, elle se contenta de répondre :

« Très bien. Donc, ce soir tu retournes valser avec Winthrop.

— Non, ce soir, c'est tango. Raison pour laquelle j'ai besoin d'un temps de préparation. J'ai acheté un petit ensemble tout à fait adorable, avec un corsage à frous-frous et une jupe fendue. Ces dames seront vertes de jalousie.

— Certes », dit Hannah, estimant qu'une vraie phrase l'aurait entraînée trop loin.

Andrea avait mille fois raison, songea-t-elle en raccrochant. Leur mère se comportait bizarrement. Mais à présent elle savait pourquoi. Delores voyait un homme au moins une fois par semaine et ils dansaient ensemble. Alors qu'elle passait côté boutique, une image d'horreur lui traversa l'esprit : sa mère en tenue affriolante, se pâmant dans les bras d'un bel inconnu, une rose entre les dents.

Cookies au maïs

Préchauffer le four à 190°,
la grille en position médiane.

2 tasses de sucre blanc
1 tasse de beurre (2 plaquettes, ½ livre)
1 œuf
1 boîte de purée de citrouille (450 g)
1 tasse de noix hachées
1 tasse de raisins de Smyrne
1 cuillerée à thé de cannelle
½ cuillerée à thé de cardamome
1 cuillerée à thé de sel
1 cuillerée à thé d'extrait de vanille
2 cuillerées à thé de bicarbonate de soude
2 cuillerées à thé de levure chimique
4 tasses de farine (inutile de tamiser)
1 paquet de bonbons de maïs

Faire fondre le beurre. Verser le sucre. Mélanger. Laisser refroidir la préparation puis ajouter l'œuf et les autres ingrédients sauf la farine, en mélangeant à chaque fois. Incorporer lentement la farine sans cesser de tourner. Laisser reposer cinq minutes.

Prélever des boules de pâte au moyen d'une cuillère et les déposer sur une plaque préalablement enduite de matière grasse, 12 pour une plaque standard. (Si la pâte colle, la passer au frigo quelques minutes.) Écraser les cookies avec une spatule graissée. Cuire à 190° pendant 8 à 10 minutes.

Au sortir du four, laisser les cookies sur la plaque et décorer aussitôt avec des petits bonbons de maïs. Ne pas attendre, sinon les bonbons ne colleront pas.

Transférer les cookies sur l'échelle pâtissière pour qu'ils refroidissent.

Rendement : 6 à 7 douzaines, en fonction de la taille des cookies.

(Si vos bonbons de maïs refusent de coller aux cookies encore chauds, tout n'est pas perdu. Vous les collerez plus tard avec du sucre glace que vous aurez fait fondre dans un peu de lait.)

Les amies de Tracey les ont tellement aimés qu'elles m'ont proposé de venir les décorer l'année prochaine.

Chapitre 23

« Tu plaisantes ! »

Andrea n'était toujours pas revenue de sa surprise lorsque Hannah repassa dans le salon après avoir accroché le costume de Tracey sur un cintre.

« Hélas, non. Et si je me rappelle bien ses paroles, c'est l'homme le plus merveilleux et le plus raffiné qui soit. Elle l'a même comparé à Kenneth Branagh. En plus vieux, j'espère. Quoi qu'il en soit, je crois pouvoir affirmer que notre mère a le béguin.

— Le béguin... Tu veux dire qu'elle est amoureuse ?

— Je n'irais pas jusque-là. Disons qu'elle semble éprouver plus qu'un intérêt poli pour ce monsieur.

— Il ne manquait plus que ça, s'écria Andrea, exaspérée. On dirait qu'elle le fait exprès ! Je suis clouée sur ce canapé comme un crapaud obèse, et elle, pendant ce temps, elle se balade partout en ville au bras de son gigolo !

— C'est quoi un gigolo, maman ? demanda Tracey qui venait d'entrer dans la pièce.

— Mon cœur, je te croyais dans ta chambre... » Andrea

adressa un regard suppliant à sa sœur. « Tante Hannah va t'expliquer.

— C'est un terme italien désignant un homme qui s'entend bien avec tout le monde, surtout avec les femmes.

— Oui, je vois, répondit Tracey d'un air très sérieux pour son âge. Vous parlez de Winthrop, je suppose.

— Tu connais Winthrop ? s'écrièrent en même temps les deux sœurs.

— Je ne l'ai jamais vu, mais quand j'étais chez grand-mère, la dernière fois, il a téléphoné et il a dit quelque chose de drôle parce que grand-mère est devenue toute rouge et qu'elle s'est mise à glousser.

— Delores glousse ? articula Hannah en regardant Andrea puis Tracey. Connaîtrais-tu par hasard le nom de famille de Winthrop ?

— Harrington. Je peux même te l'épeler.

— Oui, s'il te plaît, mon petit cœur », dit Andrea tandis que Hannah cherchait son calepin dans sa sacoche.

Hannah inscrivit le nom puis posa à sa nièce la question qui la taraudait :

« Si tu peux l'épeler c'est que tu l'as vu écrit quelque part, n'est-ce pas ?

— Oui, sur les fleurs.

— Quelles fleurs ? firent en chœur Andrea et Hannah.

— Celles que grand-mère a reçues. Tu es fâchée, maman ? Je n'aurais pas dû lire ce qu'il y avait écrit sur la carte ? »

Voyant que sa sœur faisait de gros efforts pour se maîtriser, Hannah répondit à sa place.

« Non, ça ira pour cette fois. Mais à l'avenir, rappelle-toi que la curiosité est un vilain défaut et que la correspondance privée doit le rester. Quand un homme envoie des fleurs à une femme, personne d'autre qu'elle ne doit lire ce qui est écrit sur la carte.

— Oui, je regrette, soupira Tracey. Mais il fallait que je sache si Winthrop s'intéressait à elle pour son argent.

— D'où sors-tu une idée pareille ? fit Andrea, choquée.

— J'ai vu ça à la télévision, maman.

— Donc, tu penses que Winthrop pourrait être mal intentionné ? demanda Hannah.

— Je ne sais pas. J'ai seulement lu sa carte. Mais je ne dois pas répéter ce qu'il y avait écrit dessus. Ce serait mal.

— Pas nécessairement, répliqua Andrea. Je veux dire, si Winthrop s'intéresse à l'argent de ta grand-mère, il faut que tante Hannah et moi soyons au courant, pour pouvoir la protéger. »

Tracey eut l'air désorientée.

« Donc, la curiosité n'est pas toujours un vilain défaut ?

— Si, enfin non, dit Andrea avant de s'en remettre de nouveau à sa sœur. Tante Hannah va t'expliquer. »

Hannah jura entre ses dents. Elle ne pouvait quand même pas lui dire que la curiosité n'était un vilain défaut que si sa mère et sa tante n'en décidaient pas autrement.

« Tout dépend des circonstances, ma chérie. Mais c'est un peu compliqué et tu es trop jeune pour comprendre.

— Tu m'expliqueras quand je serai plus grande, alors ?

— Oui, promis.

— Bon, d'accord, dit Tracey. Sur la carte, il y avait un mot que je ne connaissais pas.

— Vraiment ? » fit Hannah, surprise.

Tracey savait lire depuis plus d'un an et reconnaissait la plupart des mots.

« Ça commençait par *mi*, la note de musique, et après il y avait quatre lettres : A-M-O-R.

— *Mi amor* ? récapitula Andrea, horrifiée. Le reste aussi était en espagnol ?

— Je ne crois pas. C'était écrit, *Mes bras sont vides sans toi.*

— Ciel ! marmonna Hannah en s'efforçant de rester impassible. Comment ta grand-mère a-t-elle réagi en lisant ça ? »

Tracey haussa les épaules.

« Elle avait un regard bizarre, comme si elle allait se mettre à pleurer.

— Non ! gémit Andrea. Qu'y avait-il d'autre sur cette carte, mon cœur ?

— Juste son nom, Winthrop Harrington. Et après son nom, le chiffre 11.

— Le chiffre 11 ? Qu'est-ce que ça peut bien vouloir dire ? »

Hannah réfléchit un instant et se mit à rire.

« Je crois que j'ai compris. Y avait-il une barre horizontale au-dessus et en dessous de ce 11 ?

— Oui ! Comment as-tu deviné, tante Hannah ?

— C'est un chiffre romain qui signifie *deux*. Ça veut dire que le père de Winthrop Harrington s'appelait lui aussi Winthrop Harrington.

— Mais pourquoi il a écrit ça ? Il voulait que grand-mère le sache ?

— Je l'ignore, ma chérie », dit Hannah en échangeant des regards entendus avec sa sœur.

Étant donné son intérêt pour la noblesse anglaise,

Delores s'était peut-être laissé séduire par un aristocrate décadent, héritier d'un vieux manoir en ruine.

« Quand grand-mère discute au téléphone avec M. Harrington, utilise-t-elle un titre ? demanda Andrea.

— Comme un titre de livre ?

— Non, Tracey, intervint Hannah. Ta mère veut parler d'un titre comme comte, vicomte ou duc.

— Non... répondit Tracey en fronçant les sourcils. Mais grand-mère a dit un gros mot.

— Pardon ?

— Un gros mot. Et elle l'a dit devant moi.

— Lequel ? » fit Hannah, éberluée.

Delores aurait préféré se couper un bras que dire un gros mot en présence de sa petite-fille.

« Un mot qu'on n'a pas le droit de prononcer, sauf à l'église.

— À l'église ? répéta Andrea, totalement perdue.

— Ta mère ne t'en voudra pas si tu le dis juste une fois, fit Hannah en souriant à la petite qui semblait de plus en plus embarrassée par le tour que prenait la conversation. Ne crains rien, Tracey.

— D'accord. Grand-mère a dit *Lord*[1].

— Quelle horreur ! » grinça Hannah. Mais en voyant le regard paniqué de sa nièce, elle se rattrapa bien vite. « Non, ma chérie, je ne dis pas cela pour toi ! *Lord* n'est pas toujours un gros mot. Il désigne parfois un aristocrate britannique.

— Oh, fit Tracey, visiblement soulagée. J'ai compris,

1. Comme *Dieu* en français, le mot *Lord* entre dans un grand nombre de jurons en langue anglaise.

tante Hannah. C'est comme dans mon livre, quand Anna Crinkles rencontre lord Bluenose.

— Eh bien... »

Hannah se tourna vers sa sœur pour lui demander de l'aide.

« Tout à fait, mon cœur », réagit Andrea avant de préciser : « C'est un roman pour enfants qu'elle a sorti de la bibliothèque. À ce propos, Tracey, tu devrais peut-être monter dans ta chambre et le terminer. Papa a dit qu'il t'emmènerait en chercher un autre ce soir. Il paraît qu'ils en ont reçu de très intéressants. »

Quand Tracey fut sortie, les deux sœurs se regardèrent longuement sans rien dire. Ce fut Hannah qui reprit la parole en premier.

« Donc Winthrop est sujet britannique, il possède un titre, danse comme un dieu et ressemble à Kenneth Branagh. Voyons les choses en face, Andrea. Si nous ne trouvons pas le moyen d'expédier cet individu à des milliers de kilomètres de Lake Eden, notre mère est fichue. »

« Non, je n'ai pas encore dîné, Mike », dit Hannah. Elle se tenait devant sa cuisinière, le téléphone dans la main gauche pour pouvoir, avec la droite, jeter des lanières de foie de bœuf dans une casserole d'eau bouillante tout en parlant. « Je suis en train de préparer le repas de Moshe. »

Comme pour confirmer ses dires, Moshe poussa un miaulement explicite et se frotta contre ses chevilles. Hannah le regarda faire puis répondit à la question de Mike.

« Je ne vous le dirai pas. Ça risquerait de vous couper l'appétit. »

Hannah sortit habilement les aiguillettes de foie au moyen d'une écumoire. L'odeur qui s'en dégagea lui arracha un petit cri de dégoût.

Son cri suscita deux sortes de réaction. Moshe se frotta un peu plus fort contre ses chevilles pour l'encourager à poursuivre et Mike lui demanda si elle avait un problème.

« Je n'en aurais pas si j'étais une chatte, lui répondit Hannah. Je serai prête dans vingt minutes. Vous n'aurez qu'à sonner au portail et je descendrai. »

Hannah raccrocha et se pencha sur le foie bouilli. Il était grisâtre et il sentait... le foie bouilli. Heureusement, elle avait dit à Mike de l'attendre dehors.

« C'est bientôt prêt, Moshe. »

Hannah posa une poêle sur le feu, mit une goutte d'huile puis le foie et le riz préalablement cuit à l'eau. Après quoi, elle prit un œuf, le jeta tout entier dans le mixer, fit tourner et quand elle n'entendit plus crisser la coquille, versa l'omelette arrangée sur le riz au foie.

« Parfait », soupira Hannah en touillant le mélange peu ragoûtant au moyen d'une spatule.

Elle aurait bien ajouté du sel, du poivre, voire une pincée d'ail en poudre, mais elle s'était renseignée et, tout compte fait, Lisa avait raison : les chats n'aimaient pas les plats assaisonnés. Alors, elle s'en tint là, remplit la gamelle de Moshe, la déposa à l'endroit habituel et lui dit avec un sourire engageant :

« Bon appétit. »

Moshe renifla si longtemps qu'elle commençait à redouter un nouvel échec. Puis un ronronnement lui vint aux oreilles, et il prit une première bouchée.

« Alors, c'est comment ? » demanda Hannah, telle

une apprentie cuisinière quémandant les éloges de son professeur.

Au lieu de répondre, Moshe poursuivit sa dégustation sans même lever le nez. Le chat qui depuis une semaine refusait de toucher à la nourriture qu'elle lui donnait était redevenu le glouton qu'elle avait toujours connu.

« Ouf, un problème en moins ! » murmura Hannah.

Moshe ne daigna pas répondre. Ayant enfin trouvé un terrain d'entente culinaire avec son chat, elle l'abandonna à ses agapes, rinça les ustensiles dont elle s'était servie, les mit au lave-vaisselle, ouvrit les fenêtres en grand et brancha le purificateur d'air que Delores lui avait offert lors de sa dernière visite. Puis, jetant un coup d'œil à la pendule, elle courut se changer pour ne pas faire attendre Mike.

« Leurs beignets d'oignon sont vraiment succulents. Je n'ai pas souvenir d'en avoir mangé de meilleurs, déclara Mike en pinçant une rondelle de pâte croustillante et dorée entre le pouce et l'index.

— Moi pareil, abonda Hannah avant de chiper le dernier beignet dans le panier posé entre eux. On remet ça ?

— Avec plaisir. J'ai pris ma soirée. Hier, Bill et moi avons travaillé jusqu'à minuit et avant-hier jusqu'à vingt-trois heures. Cette enquête occupe tout notre temps. Un peu de distraction ne me fera pas de mal. »

Hannah attendit que Mike commande une deuxième tournée et aborda le sujet qui lui tenait à cœur.

« Vous avez des suspects ?

— Oui et non.

— Qu'entendez-vous par là ?

— J'entends que nous avons des suspects, mais que,

d'après moi, aucun d'eux n'est coupable. Bill partage mon opinion et je sais qu'il a du flair pour ce genre de chose. »

Elle le connaissait : il tournerait autour du pot jusqu'à ce qu'elle lui pose la question. Et même dans ce cas, rien n'était garanti.

« Qui sont ces fameux suspects ?

— Vous d'abord », répondit Mike dans un sourire.

Hannah prit un air innocent.

« Moi ? Pourquoi aurais-je des suspects ? Vous m'avez bien dit de ne pas me mêler de cette enquête, non ?

— Si. Donc, je reformule ma question. Quels suspects aviez-vous avant de ne plus vous mêler de cette enquête ? »

Hannah soupira. Elle n'obtiendrait rien à moins d'amorcer la pompe. Et pour amorcer la pompe, il fallait lui donner un os à ronger.

« Nettie Grant.

— Pardon ?

— Vous m'avez demandé qui je soupçonnais. Eh bien, j'ai soupçonné Nettie Grant mais pas longtemps.

— Tiens donc ? »

D'après le ton de sa voix, Hannah comprit que Mike avait enclenché le petit magnétophone virtuel greffé dans sa tête. Elle allait devoir peser chacune de ses paroles.

« Dites-m'en davantage, l'encouragea Mike en la regardant au fond des yeux. Vous me devez bien cela.

— Je vous dois quelque chose ?

— Ce repas. Donc, pourquoi soupçonniez-vous Nettie Grant ? »

Hannah soupira et décida de lâcher un peu de lest.

« Parce qu'elle voulait divorcer et que le shérif Grant

était contre. En le tuant, elle retrouvait sa liberté tout en héritant de ses biens.

— Votre raisonnement se tient. Mais comment avez-vous su pour cette histoire de divorce ?

— Nettie m'en a parlé. Elle m'a également dit qu'elle n'était pas une criminelle, et je l'ai crue. »

Mike fronça les sourcils.

« Moi non plus je ne l'imagine pas dans la peau d'une meurtrière, mais étant donné qu'elle n'a pas d'alibi...

— Faux, le coupa Hannah, tout sourire. Elle en a un. Lisa a vérifié.

— Comment ? Quel alibi ?

— Je vous le dirai quand vous m'aurez appris une chose que j'ignore. »

Mike se figea et se mit à la scruter entre ses paupières mi-closes. En voyant son air féroce, Hannah s'imagina face à lui dans une salle d'interrogatoire. Heureusement, ses méthodes d'intimidation ne fonctionnaient pas sur elle. Hannah resta de marbre et affronta son regard une vingtaine de secondes. Après quoi, la tension devint insoutenable.

« Un voisin a vu Nettie dans sa pièce de couture, finit-elle par avouer.

— Le Dr Knight a trouvé le sang de quelqu'un d'autre sur le couvercle de la benne, dit Mike presque en même temps.

— L'assassin a dû se blesser en le hissant à l'intérieur, répondit Hannah.

— Mais tous les voisins ont déclaré qu'ils étaient sortis », protesta Mike avec une seconde de décalage.

Tous les deux se regardèrent puis éclatèrent de rire.

« Vous d'abord, dit-elle.

— Non, vous d'abord », répliqua-t-il.

Hannah soupira. À quoi bon s'obstiner ? Chacun possédait une information que l'autre désirait avoir. Seule solution : le partage.

« Richie Maschler a dit à ses parents qu'il passerait la soirée dehors, mais en fait il est resté à la maison pour regarder un film avec sa copine.

— Vous en êtes absolument sûre ?

— Lisa a parlé à la mère de la fille.

— OK, je raie Nettie de ma liste. Je suis bien content qu'elle soit hors de cause.

— Et moi donc ! J'ai beaucoup d'affection pour elle. Bon, maintenant parlez-moi de ce sang sur la benne.

— Le couvercle est légèrement coupant. Je suppose que le tueur s'est entaillé la main. Si ce sang correspond à celui retrouvé sur les vêtements du shérif Grant, ça prouvera qu'il appartient à l'assassin.

— Vous l'avez envoyé pour analyse ?

— Bien sûr. Mais il faut compter deux semaines pour un test ADN.

— Et si les résultats sont concluants, ils permettront de faire condamner l'assassin ?

— Oui. À condition qu'on l'attrape.

— L'ADN vous y aidera ?

— J'en doute. À moins qu'il ne soit dans la base, bien sûr.

— Mais vous n'y croyez pas.

— Ce serait trop beau. À mon avis, nous avons affaire à un amateur. Ce qui ne signifie pas qu'il s'agit d'un homicide involontaire. Non, je suis sûr que le shérif Grant a été tué par un individu qui le connaissait et lui en voulait assez pour le frapper de toutes ses forces.

— Donc… ce serait quelqu'un du coin ?

— C'est probable. Dans un monde idéal, je ferais passer des tests ADN à tous les habitants de la région et je trouverais le coupable en un rien de temps.

— Dans un monde idéal, personne ne tuerait personne et vous seriez au chômage.

— Très juste, répondit Mike en souriant. Voilà pourquoi je vous aime, Hannah. Vous considérez toujours les choses avec un recul salutaire. »

Hannah inspira profondément mais ne répondit rien. Pourtant, elle brûlait de lui demander dans quel sens il avait employé le verbe *aimer*.

Sans paraître noter son embarras, Mike se pencha vers elle, lui prit la main et la serra doucement entre les deux siennes.

« Vous voulez manger le dessert maintenant ? Sinon, on peut l'emporter chez vous… »

Le cœur de Hannah se mit à jouer des castagnettes dans sa poitrine. Non seulement Mike avait pris sa soirée, mais il voulait la finir chez elle. Serait-il sur le point de lui faire sa déclaration ?

« Hannah ? » insista Mike.

Pour toute réponse, les lèvres de Hannah s'ourlèrent d'un sourire. Elle avait les jambes en coton et ses genoux s'entrechoquaient. Heureusement, elle était assise.

« Prenons la tarte aux pommes », répondit-elle.

Pendant que la serveuse emballait le dessert et que Mike réglait l'addition, Hannah pria pour que le purificateur d'air de sa mère ait fait son œuvre.

Chapitre 24

« Si je comprends bien, vous n'avez aucune piste vraiment sérieuse, dit Mike avant de plonger sa cuillère dans la boule de glace à la vanille dont Hannah avait garni sa part de tarte.

— Non, hélas », répondit Hannah en croisant les doigts de la main gauche dans son dos, la droite lui servant à tenir sa fourchette.

Le fait que Suzy Hanks soit la petite-fille du shérif Grant et que ce dernier se soit violemment disputé sur le parking du lycée avec Luanne, la mère de l'enfant, était ce qu'on pouvait appeler une piste vraiment sérieuse. Mais Hannah n'avait pas l'intention de lui en parler.

« J'étais trop occupée à innocenter Bill pour pouvoir me consacrer au vrai tueur. Et vous, de votre côté ? Quels indices avez-vous trouvés au domicile du shérif et dans son véhicule ?

— Aucun.

— Donc vous ne savez pas si le shérif Grant menait une enquête au moment de sa mort ?

— D'après mes collègues, il travaillait sur quelque chose mais personne n'a su me dire quoi. » Mike plissa les yeux. « Vous n'auriez pas entendu des bruits, par hasard ?

— Rien de tangible. J'ai juste appris qu'avant chaque élection, il s'arrangeait pour résoudre une affaire importante et que ce succès lui assurait le renouvellement de son mandat. Je suppose qu'il a dû procéder de même cette fois-ci.

— Où avez-vous pêché une idée pareille ?

— Je tiens cela d'une amie de ma mère », répondit Hannah, mais sans croiser les doigts. Delores et Barbara Donnelly n'étaient pas amies intimes mais se voyaient régulièrement lors des réunions du comité historique de Lake Eden. « J'en ai conclu que, peut-être, il aurait laissé des notes sur l'affaire en question dans un tiroir de son bureau, ou dans une mallette...

— Il n'y avait rien de particulier dans son bureau, au poste de police. Et à son domicile, nous avons trouvé deux mallettes vides. Il a peut-être laissé des notes quelque part mais j'ignore où.

— Oui, c'est sûr, marmonna-t-elle en pensant tout haut. Pourtant, j'aimerais bien jeter un œil sur ses affaires. Au cas où vous auriez raté un truc. »

Le regard que Mike lui lança était de ceux qui vous changeaient en statue de glace.

« C'est moi le flic, ici. Pas vous. Je sais mener une perquisition et je n'ai rien raté.

— Oups », souffla-t-elle.

Cette fois, elle avait vraiment poussé le bouchon trop loin. Et Mike avait réagi comme un cheval ombrageux sentant le poids de la selle sur son dos. Pour l'apaiser, elle allait devoir user de persuasion.

« Vous voulez finir ma part de tarte ? Il y en a trop pour moi.

— Eh bien... oui, pourquoi pas ? » répondit Mike, déjà un peu moins tendu.

Mais bien sûr, quelques bouchées de tarte ne suffiraient pas à rétablir la paix.

« Si nous regardions un film ? J'ai loué un polar, avec de l'action, des coups de feu, des poursuites de bagnoles... »

Mike lui décocha un autre regard réfrigérant quoiqu'un peu moins glacial.

« Qu'est-ce qui vous fait croire que ce genre de film m'intéresse ?

— Je ne sais pas, fit Hannah avec une moue dubitative. Je croyais que c'était votre truc.

— Mon truc ?

— Oui... vous savez, le justicier macho qui descend des dizaines de gros méchants armés jusqu'aux dents qui ne savent pas tirer ? »

Mike éclata de rire.

« Et quand ils finissent par dégainer, ça fait beaucoup de bruit et d'étincelles mais les balles ne touchent jamais leur cible !

— Je vois que vous connaissez, dit Hannah, à qui la bonne humeur retrouvée de Mike prouvait qu'elle avait touché la sienne. En fait, j'aime regarder ces films pour repérer les incongruités dont ils sont truffés et résoudre l'intrigue policière.

— Moi aussi. Lequel avez-vous loué ? »

Dix minutes plus tard, enfoncés dans le canapé, Mike

et Hannah se goinfraient de pop-corn cuit au micro-ondes en pouffant de rire à chaque erreur de scénario. Mike était assis au milieu, avec Hannah à sa droite, blottie au creux de son épaule, et Moshe à sa gauche, blotti contre sa cuisse. Ce dernier ronronnait si fort qu'il avait fallu monter le son. Quant à Hannah, elle savourait la douceur de l'instant tout en suivant la scène qui se déroulait à l'écran. Le héros venait de pénétrer dans la chambre intacte de sa fille morte et, face à la caméra, faisait le serment d'attraper son assassin.

« C'est vraiment bizarre », murmura Hannah sans s'apercevoir qu'elle pensait à voix haute, ce qui décidément devenait une habitude chez elle. Voyant Mike la regarder fixement, elle ajouta : « Je trouve bizarre qu'un parent garde la chambre de son enfant dans l'état où elle était au moment de sa mort. Il paraît que c'est ce que le shérif Grant a fait avec la chambre de Jamie. »

Mike mit le film sur pause et lui demanda :

« Comment savez-vous cela ?

— Nettie m'en a touché un mot, répondit Hannah en choisissant une formule assez vague pour lui éviter d'avouer qu'elle le savait depuis deux jours seulement. Elle voulait récupérer la pièce pour son propre usage mais son mari lui a interdit de toucher aux affaires de leur fils.

— Oui, c'est vrai, cette chambre était un peu étrange, je le reconnais. Quand j'y suis entré, il y avait le journal du lycée sur la table de chevet, un exemplaire vieux de trois ans. Et tous les vêtements de Jamie étaient encore pendus dans le placard.

— C'est carrément morbide, vous ne trouvez pas ? Je veux dire, faire comme si son enfant était encore vivant...

— Chacun réagit à sa manière face à la perte d'un être

cher. Quand ma femme est morte, j'ai mis un an avant de me résoudre à donner ses vêtements. En revanche, je n'ai jamais pu jeter ce qu'il y avait dans sa coiffeuse. Ses affaires y sont toujours.

— Vous voulez dire que vous avez emporté le meuble tel quel ?

— Tout à fait. C'est une jolie coiffeuse. Elle fait bien dans la chambre d'amis. Comme je ne reçois personne, de toute façon… Je la garde pour me rappeler combien j'étais heureux autrefois. »

Hannah ressentit une pointe de jalousie. Son présent était-il donc à ce point pénible qu'il avait besoin de rester branché sur le passé ? Puis elle se reprocha sa mesquinerie. Mike lui avait ouvert son cœur, et elle, en retour, ne songeait qu'à ses propres intérêts. Au début de leur relation, Mike lui avait clairement signifié qu'il portait encore le deuil de sa femme et n'était pas prêt à refaire sa vie. Et elle avait répondu qu'elle comprenait parfaitement.

« J'admets qu'on puisse garder quelques objets en souvenir, reprit-elle, mais je suis sûre que Nettie a été aussi durement affectée que son mari par le décès de Jamie et ça ne l'a pas empêchée de vouloir récupérer sa chambre. Après tout, la vie continue. On ne peut pas rester éternellement figé dans le passé.

— Vous êtes plus pragmatique que moi. Si je mourais demain, je suppose que vous jetteriez le médaillon que je vous ai offert à Noël et cette photo de nous deux, prise à la foire du comté. Vous tireriez un trait sur moi et…

— Absolument pas, dit-elle en lui touchant la joue. Je ne pourrais jamais vous oublier, Mike. »

Comme Hannah s'y attendait, sa déclaration lui valut

un baiser. Puis un autre. Dérangé dans sa sieste, Moshe commença par protester en miaulant puis sauta au bas du canapé et se mit en quête d'une surface moins mouvante. Hannah éclata de rire. Mike l'imita et referma ses bras autour d'elle. Ils allaient reprendre là où ils s'étaient arrêtés quand une mélodie agaçante s'éleva dans la pièce.

« Zut ! Mon portable, grogna Mike en fouillant dans la poche de sa veste. J'avais demandé qu'on ne m'appelle qu'en cas d'urgence. »

Hannah ravala le mot de cinq lettres qui lui était venu à l'esprit. En service ou pas, Mike restait un flic. Et quand le devoir l'appelait, un flic répondait toujours présent.

« Shawna Lee ? Bonsoir ! » dit Mike.

Les oreilles de Hannah se dressèrent comme une paire d'antennes. Elles étaient totalement déployées quand l'homme qui venait de l'embrasser fougueusement s'écarta d'elle et glissa vers l'autre bout du canapé.

« Vous avez fini ce que vous deviez faire ? »

Hannah jeta un coup d'œil à la pendule posée sur le poste de télévision. Il était neuf heures passées. Shawna Lee faisait-elle des heures supplémentaires ?

« Ne vous inquiétez pas pour ça. C'est moi qui vous ai dit d'appeler. Je serai là d'ici quinze minutes. Attendez-moi dans le hall. »

Quand Mike remit le téléphone dans sa poche, Hannah était rouge pivoine, et ce feu soudain ne devait rien à la passion amoureuse.

« Shawna Lee savait que nous avions rendez-vous, jugea-t-il bon d'expliquer. Donc elle a gentiment attendu avant de m'appeler. Sa voiture est en panne. J'ai promis de la raccompagner chez elle.

— Attendez un peu, répliqua Hannah en essayant de ne pas hurler. Vous lui avez promis de la raccompagner alors que vous aviez prévu de passer la soirée avec moi ?

— Eh bien oui. Je sais que vous avez l'habitude de vous coucher de bonne heure. D'ailleurs, moi aussi je travaille tôt demain matin. Donc, je lui ai dit d'appeler quand elle aurait terminé son classement.

— De toute évidence, nous n'avons pas la même définition du mot rendez-vous, cracha Hannah.

— Où est le problème ? Je la raccompagne chez elle, rien de plus.

— Essayez de réfléchir une seconde, lui renvoya-t-elle, prête à bondir. Voilà cinq minutes, nous étions tous les deux enlacés sur ce canapé. Cela ne signifie rien pour vous ? »

Mike lui prit la main.

« Si, cela signifie énormément, Hannah.

— Et pourtant, vous allez me laisser choir et courir rejoindre Shawna Lee. »

Mike marqua un temps d'arrêt puis se fendit d'un sourire désarmant. L'un de ceux qui la faisaient fondre comme neige au soleil.

« Dois-je entendre par là que vous souhaitez que je reste ?

— Trop tard ! Vous avez fait une promesse, vous devez la tenir ! »

Mike la regarda sans répondre puis soupira.

« Que se serait-il passé si je n'avais rien promis ?

— Vous ne le saurez jamais. »

Hannah l'aurait volontiers assommé avec le premier objet contondant à portée de main, mais bien sûr, elle se contenta de se draper dans ce qu'il lui restait de dignité et de lui tendre sa veste.

« Au moins, avec toi, je passe toujours la première ! » dit Hannah en faisant signe à Moshe de la suivre dans le salon.

Elle déposa sur la table basse l'une des précieuses coupelles en verre ciselé que Delores lui avait offertes pour Noël trois ans auparavant et la remplit avec du yaourt.

« Le yaourt c'est la santé. Vas-y, régale-toi. »

Hannah laissa Moshe devant son dessert, alla remettre le pot au frigo et en profita pour se servir un verre de vin blanc. Elle avait urgemment besoin de se détendre, de dissoudre ses envies de meurtre dans un liquide qui lui apporterait la paix sinon l'oubli. Aussi reprit-elle sa place habituelle dans le canapé, calée contre l'accoudoir avec son coussin préféré sous le bras. Puis elle alluma la télé et, tout en sirotant son Château Piquette, passa de chaîne en chaîne à la recherche d'une émission soporifique.

Hannah venait de trouver un documentaire sur la reproduction des loutres de mer quand elle entendit frapper à la porte. Si c'était Mike qui revenait après avoir raccompagné Shawna Lee, elle l'enverrait balader. Pour qui la prenait-il, à la fin ?

« Qui est-ce ? demanda-t-elle, la main posée sur le verrou.

— C'est moi. Je suis rentré. Ouvrez, Hannah. »

Cette voix ressemblait beaucoup à celle de Norman. Hannah colla son œil au judas puis se rappela que c'était inutile. L'éclairage sur le palier était disposé de telle sorte que les visiteurs se découpaient en ombres chinoises.

« Norman ! » s'écria-t-elle avant d'ouvrir.

En effet, c'était lui, dans toute sa gloire. Aussi différent de Mike que le jour l'était de la nuit. Norman : la loyauté, la gentillesse incarnées. Exactement ce dont elle avait besoin après le fiasco qu'elle venait de subir.

« Bonsoir, Hannah. »

Norman lui sourit si tendrement que son cœur bondit de joie.

« Entrez vite », dit-elle en s'effaçant pour le laisser passer.

Norman fit un pas de côté pour bloquer Moshe, se pencha, le prit dans ses bras et le retourna sur le dos comme un gros bébé. Puis il le porta dans le salon en lui gratouillant le menton.

« Tu m'as manqué, mon gros.

— Et moi, je vous ai manqué ? ne put s'empêcher de demander Hannah.

— Cela va sans dire. Désolé, il est peut-être un peu tard pour vous.

— Il n'est jamais trop tard », répondit Hannah en le débarrassant de sa veste. *Une phrase qui pourrait me servir de devise*, songea-t-elle avant d'ajouter à haute voix : « Je vous offre quelque chose ? J'ai du café, du vin, des sodas...

— J'ai bu trop de café dans l'avion. Un soda sans sucre m'irait bien. »

Hannah se précipita, et quand elle revint munie de la canette demandée, trouva Norman dans le canapé avec Moshe sur les genoux. Son chat montrait clairement ses préférences. Elle posa la boisson devant son visiteur et retourna s'asseoir près de l'accoudoir.

« Je ne vous attendais pas si tôt. Votre convention est déjà terminée ?

— Andrea m'a écrit pour m'informer de la mort du shérif Grant. Quand j'ai su qu'elle était confinée chez elle sur ordre du Dr Knight, j'ai décidé de rentrer au cas où vous auriez besoin de moi.

— Et vous avez très bien fait, dit Hannah en souriant jusqu'aux oreilles. Parce que j'ai besoin de vous.

— Magnifique ! s'écria Norman, positivement ravi. Que puis-je faire ? »

Hannah respira à fond et lui exposa les idées qui tournaient dans sa tête depuis que Mike lui avait parlé des deux mallettes retrouvées vides au domicile du shérif Grant.

« Vous connaissez Nettie Grant, n'est-ce pas ?

— Oui. L'année dernière, elle est venue me consulter pour une dent de sagesse qui la faisait souffrir.

— Eh bien, en ce moment, elle est chez des proches dans le Wisconsin, et je dois absolument m'introduire dans son appartement. J'ai tout lieu de croire que le bureau de son mari recèle certains indices susceptibles d'éclaircir cette sombre affaire. Vous acceptez de m'aider ?

— C'est contraire à la loi, non ?

— Si, mais quand il s'agit de démasquer un assassin, on ne s'arrête pas à ce genre de détail. Donc, je vous le redemande : acceptez-vous de m'aider ? »

Norman respira, bloqua puis relâcha.

« Bien obligé. Sinon, vous le ferez quand même et il n'est pas question que je vous laisse y aller seule. Dites-moi juste quand.

— Le plus tôt sera le mieux. Je vous aurais bien répondu ce soir, mais je crois qu'il est préférable de le faire en plein jour, ce qui nous évitera d'utiliser des torches et de nous faire repérer par les voisins. Demain matin ? »

Norman répondit du bout des lèvres.

« OK.

— Parfait. Vous avez été bien inspiré de revenir plus tôt de cette convention. J'espère que vous n'avez pas raté trop de choses.

— Non. De toute façon, je commençais à m'ennuyer.

— Ah, fit-elle en se demandant si la consœur et ex-fiancée de Norman était à l'origine de cet ennui. Vous avez faim ? Je sais que les repas servis dans les avions sont exécrables.

— Maintenant que vous le dites, oui, j'ai un peu faim. Si nous sortions manger un hamburger ?

— Non, merci. J'ai déjà dîné, mais je veux bien vous préparer un petit quelque chose. Que diriez-vous d'un pain percé ?

— Qu'est-ce que c'est ?

— Un truc simple mais gourmand. J'en faisais pour moi et ma compagne de chambre à la fac quand on avait un petit creux le soir pendant les révisions. En gros, il s'agit d'un œuf frit servi sur une tranche de pain.

— Ça donne envie. Vous avez besoin d'aide ?

— Merci, je devrais m'en sortir. Installez-vous devant la télé en m'attendant. Je ne serai pas longue. »

Hannah souriait en pénétrant dans la cuisine. Quel plaisir de retrouver Norman ! Tout à coup, l'air paraissait plus léger et les obstacles moins infranchissables. C'était sans doute comme ça, la vie de couple. Chacun pouvait se reposer sur l'autre. Ne disait-on pas : problème partagé est à moitié résolu ? Fallait-il en conclure qu'elle devait oublier Mike et épouser Norman ?

Le pain percé fut prêt en cinq minutes chrono. Quand Hannah revint dans le salon avec l'assiette, elle trouva Norman devant le film que Mike et elle avaient regardé ensemble en début de soirée.

« Votre repas est servi.

— Ça m'a l'air délicieux ! dit-il en pressant sur la touche pause.

— Et ça l'est. Je ne passe plus d'examens mais j'en fais encore de temps à autre. J'ignorais que vous aimiez les films policiers.

— Je ne les aime pas, répondit Norman avec un sourire penaud, mais celui-ci est tellement mauvais qu'il en devient drôle.

— Regardons-le, dans ce cas. »

Hannah s'installa à côté de lui et redémarra la cassette sans toutefois préciser qu'elle en avait déjà vu les deux tiers peu de temps auparavant. Les dialogues étaient indigents, la violence gratuite, l'intrigue inexistante, les personnages peu attachants, mais Hannah prit beaucoup de plaisir à le visionner de nouveau. Peut-être était-ce l'impression de déjà-vu qui le rendait si attrayant, ou le fait qu'elle connaissait les répliques par cœur, ou bien parce que Norman éclatait de rire chaque fois qu'un acteur disait un truc idiot ou encore parce qu'il s'était rapproché d'elle, une fois son repas terminé, en la prenant délicatement par l'épaule. Mais la raison principale, c'était que Norman était son meilleur ami.

« Une bonne chose de faite, annonça-t-il quand le mot fin s'afficha sur l'écran.

— Pas trop tôt ! soupira Hannah. C'est le pire navet que j'ai jamais vu.

— Oui, presque aussi ennuyeux que Seattle sans vous. Chaque fois que je voyais quelque chose d'amusant, je me tournais vers vous mais vous n'étiez pas là.

— Pareil pour moi. »

Quand Norman se pencha pour l'embrasser, Hannah fut un peu surprise, non par le baiser en lui-même, mais par sa propre réaction. C'était si agréable de se lover contre lui. Elle se sentait si bien, si calme, si paisible.

Moshe poussa un miaulement plaintif. Norman desserra son étreinte et le regarda. Le gros matou perché sur le dossier du canapé les observait de son œil jaune.

« Il est jaloux ? demanda Norman.

— Je ne pense pas, répondit Hannah en se gardant d'ajouter qu'il craignait sans doute qu'on le déloge pour la deuxième fois de la soirée. Il doit avoir sommeil. Et il a hâte que je vienne le border.

— Moi aussi, j'ai un peu sommeil, dit Norman en consultant sa montre. Ma mère ne sait pas que je suis rentré. Je vais l'appeler pour la prévenir que j'arrive, sinon, telle que je la connais, elle va me prendre pour un voleur et me tirer dessus.

— Votre mère n'est pas encore au lit à cette heure-ci ? s'étonna Hannah.

— Il n'est que vingt et une heures trente, et elle se couche rarement avant vingt-deux heures.

— Mais enfin, Norman, il est vingt-trois heures trente ! s'écria-t-elle en lui montrant la pendule sur la télé. Vous êtes resté à l'heure de Seattle.

— Zut ! J'ai oublié de régler ma montre. Il est trop tard pour appeler ma mère. J'espère qu'elle n'aura pas d'attaque si je fais du bruit en rentrant.

— Pourquoi prendre ce risque ? Vous n'avez qu'à passer la nuit ici et rentrer chez vous demain matin. »

Norman se tourna vers elle, le sourire fendu jusqu'aux oreilles.

« Ici, vous voulez dire… avec vous ?

— Bien sûr. Le lit est fait dans la chambre d'amis.

— Ah, dit Norman, déjà un peu moins joyeux. Je vous remercie mais je préfère regagner mes pénates. Si vos voisins me voyaient sortir de chez vous demain matin, ils pourraient se faire des idées. »

Après le départ de Norman, Hannah ferma la porte à double tour, vérifia les fenêtres et éteignit les lumières. Un rituel qu'elle exécutait chaque soir. En enfilant son pyjama, elle se demanda si Norman serait resté si elle n'avait pas parlé de la chambre d'amis. Certes, il n'avait jamais demandé à passer la nuit chez elle. Mais cela ne voulait pas forcément dire qu'il n'en avait pas envie.

Hannah soupira et se glissa entre les draps. Sa solitude dura trois secondes puis le matelas s'enfonça, un ronronnement s'éleva *crescendo* et Moshe se coucha près d'elle, sur l'oreiller en plume d'oie qu'elle lui avait acheté peu de temps auparavant pour qu'il cesse de lui voler le sien au milieu de la nuit.

« Mon plus fidèle compagnon », dit Hannah en tendant le bras pour le caresser.

Elle passa la main dans son pelage trois fois, pas davantage, sachant qu'au bout de la quatrième, il se réfugierait automatiquement au pied du lit. Puis elle se pelotonna sous les couvertures en songeant à ses deux visiteurs. L'un et l'autre l'avaient embrassée et elle avait aimé cela, même si leurs baisers avaient fait naître en elle des sensations très différentes. Embrasser Norman c'était comme atterrir sans encombre après un vol mouvementé. Embrasser Mike revenait à piloter un bolide sur une route de montagne, avec frissons et palpitations à la clé. Préférait-elle la sécurité au danger ? Le confort à l'aventure ? Hannah soupira et enfouit sa tête dans l'oreiller. Comment choisir quand on voulait tout ?

Pain percé

1 tranche de pain de mie
1 œuf
2 noix de beurre ramolli
1 emporte-pièce ou 1 verre à eau

Beurrer la tranche de pain. La poser dans une poêle à frire côté beurre en dessous. Beurrer l'autre face (avec une spatule, c'est plus facile).

Presser un emporte-pièce ou un verre à eau au centre de la tranche puis déposer le rond de mie à côté dans la poêle.

Faire cuire à feu moyen et quand le pain commence à dorer, casser un œuf dans le trou (en cas de grosse faim, on peut en mettre deux). Saler, poivrer à volonté. Quand le blanc est cuit, retourner l'ensemble avec une spatule à crêpe. Retourner aussi le rond de pain de mie. Laisser sur le feu le temps d'arriver au degré de cuisson souhaité.

Tracey en mange au petit déjeuner. Elle préfère quand le jaune est coulant pour pouvoir y tremper le rond de pain frit.

Chapitre 25

« Si on en mettait une douzaine de côté pour Norman comme cadeau de bienvenue ? proposa Lisa en sortant du four les deux dernières plaques de croquants à l'orange.

— Bonne idée. Je suis vraiment contente qu'il soit de retour.

— Qu'avons-nous de particulier à faire aujourd'hui ?

— Eh bien... »

Hannah respira un grand coup. Elle ne lui avait pas encore parlé du projet qu'elle comptait réaliser dans la matinée avec la complicité de Norman. Peut-être parce qu'elle n'en était pas fière. Ce n'était pas la première fois qu'elle enfreignait la loi pour récolter des preuves dans une affaire de meurtre, mais jusqu'à présent, elle avait toujours agi sans préméditation, sur un coup de tête. Là, c'était différent. Elle avait eu la nuit entière pour cogiter et passer en revue tout ce qui risquait de mal tourner. Sa grand-mère disait souvent qu'il fallait réfléchir avant d'agir, mais si on appliquait ce précepte à la lettre, on passerait tellement de temps à peser le pour et le contre qu'on ne ferait jamais rien.

« De quoi s'agit-il ?

— Pardon ? »

Hannah avait perdu le fil.

« Qu'y a-t-il à faire de particulier aujourd'hui ?

— Ah, oui. » Elle se lança. « J'ai besoin que tu tiennes la boutique ce matin. Juste deux heures, le temps que je passe chez Nettie avec Norman.

— Mais Nettie est absente.

— Je sais. Et à moins qu'elle ait oublié de fermer une fenêtre, nous allons devoir crocheter la serrure.

— Pourquoi faire ça ?

— Pour fouiller le bureau du shérif Grant et trouver des indices.

— Non. Je te demande pourquoi tu veux crocheter la serrure alors que j'ai la clé ?

— Tu as la clé ?! »

La voix de Hannah venait de grimper d'une octave. Sa prof de musique au lycée avait peut-être eu tort de la classer parmi les altos, se dit-elle.

« Oui, Nettie me l'a confiée quand je lui ai proposé d'arroser ses plantes. »

Lisa la surprendrait toujours.

« Tu lui as proposé cela parce que tu savais que j'aurais besoin de pénétrer chez elle en son absence ?

— Oui, avoua fièrement Lisa. Pour t'éviter d'entrer par effraction, justement.

— Je te l'ai souvent dit et je te le dirai toujours. Tu es une perle, Lisa.

— Une perle fine aux reflets de nacre, lui renvoya Lisa

en gloussant devant son regard éberlué. Bonnie Surma est venue commander trois douzaines de cookies pour la prochaine réunion du club Regency Romance, et c'est ainsi qu'elle a décrit leur conférencière. Du coup, je lui ai demandé d'où venait cette expression.

— Qu'a-t-elle répondu ?

— Qu'à l'époque de la Régence c'était un compliment qu'on faisait aux dames de qualité. La perle symbolisant à la fois la beauté, la valeur et la finesse d'esprit.

— Eh bien, je trouve que ça te va parfaitement. Tu es belle, intelligente et infiniment précieuse.

— Merci, dit Lisa en rougissant. Au fait, je vous conseille d'entrer par-derrière. Le jardin est clôturé et, une fois que vous aurez franchi le portillon, personne ne vous verra.

— Bonne idée.

— Et surtout, ne t'approche pas des plantes.

— Ce n'était pas dans mes intentions, bredouilla Hannah. Mais pourquoi dis-tu cela ?

— Tu les ferais crever et les soupçons tomberaient aussitôt sur toi. Bill et Mike savent que tu n'as pas la main verte. »

« Vous avez pensé à prendre votre appareil ! se réjouit Hannah lorsque Norman la rejoignit dans la ruelle derrière la maison de Nettie.

— Photographier les lieux nous aidera à les reconstituer par la suite.

— Excellente initiative. Où êtes-vous garé ? demanda Hannah en ouvrant le portillon du jardin.

— À deux cents mètres d'ici. Et vous ?

— Je suis venue à pied. Je craignais de me faire remarquer.

— Parce que vous circulez dans un break rouge cerise avec le nom de votre boutique peint en grosses lettres sur les flancs et des plaques d'immatriculation marquées COOKIES ?

— Tout à fait. »

Elle appréciait son humour chaque jour un peu plus. « Je suis contente que vous soyez de retour, Norman. J'aurais détesté commettre cette infraction avec quelqu'un d'autre. »

Norman dut prendre sa déclaration pour un compliment car il lui sourit et la serra dans ses bras. Après quoi, ils gravirent ensemble les marches du perron.

« Mes instruments dentaires, dit-il en sortant un étui en cuir de sa veste. Pour crocheter la serrure.

— Je suis sûre qu'ils seraient très efficaces si nous en avions besoin. » Hannah glissa la main dans sa poche et produisit le trousseau que Lisa lui avait remis. « Mais j'ai la clé.

— Oh ! Dans ce cas... » souffla Norman en la regardant ouvrir la porte.

Hannah entra la première, se retourna, vit son air déconfit et comprit qu'il était déçu de ne pouvoir jouer au parfait petit cambrioleur.

« Gardez vos outils à portée de main. Je crains que le bureau du shérif Grant ne soit verrouillé. Et je n'ai pas toutes les clés.

— Très bien. »

Ayant retrouvé son sourire, Norman la suivit dans l'escalier. En arrivant devant le fameux bureau, une ombre passa de nouveau sur son visage. Il venait d'apercevoir la bande jaune collée en travers de la porte.

« C'est une scène de crime.

— Ça m'en a tout l'air.

— Mais je croyais que le shérif Grant était mort sur le parking du lycée.

— En effet.

— Donc, ici, on n'est pas sur la scène de crime.

— À proprement parler, non. Quand Mike a posé les scellés sur cette porte, il n'avait sans doute pas emporté la bande jaune marquée DÉFENSE D'ENTRER PARCE QUE JE L'AI DÉCIDÉ AINSI.

— Pigé, dit Norman avec un clin d'œil complice. Si on nous prend sur le fait, vous direz qu'on est entrés en croyant que cette bande avait été posée là par erreur puisqu'il ne s'agit pas vraiment d'une scène de crime. »

Hannah confirma d'un signe de tête et tourna la poignée.

« C'est ce que je pensais. Elle est verrouillée. Vous pensez y arriver ?

— Je ne vois pas de difficulté majeure, fit Norman en inspectant le contenu de son étui. Crocheter une serrure ne doit pas être plus compliqué que poser des implants. »

Le mécanisme ne résista pas longtemps aux doigts agiles du chirurgien-dentiste. Une minute plus tard, Hannah et Norman passaient sous la bande jaune en faisant attention à ne pas l'arracher.

« On ne se croirait pas dans un bureau, s'étonna Norman. Ça ressemble plus à une chambre.

— Parce que c'était une chambre. Celle de leur fils Jamie. Personne n'y a touché depuis le jour où Jamie est retourné à la fac après les vacances. Le shérif Grant interdisait qu'on bouge ses affaires.

— Il est mort quand ?

— Ça va faire trois ans. C'est bizarre, vous ne trouvez pas ?

— Un peu morbide, oui. D'un autre côté, le shérif avait peut-être besoin de garder ces objets auprès de lui pour pouvoir faire son deuil. »

Hannah lui décocha un regard admiratif. Norman avait trouvé la formule magique. Il aurait pu se lancer dans la politique.

« Bon, je vais commencer par prendre quelques plans d'ensemble, dit Norman. Comme pour un état des lieux. »

Quand il eut photographié la pièce sous tous ses angles, Hannah lui tendit une paire de gants.

« Évitons de laisser nos empreintes digitales. Je propose que vous vous occupiez de la penderie pendant que je vérifie les tiroirs du bureau.

— OK. Que cherchons-nous ?

— Des mallettes. Si vous en trouvez une, prévenez-moi. Même chose si vous tombez sur un objet n'ayant pas sa place dans une chambre d'adolescent ou un bureau de shérif. »

Hannah enfila ses propres gants, ouvrit un premier tiroir et tomba sur un monceau de vieilles factures et de relevés de compte. On aurait dit que le shérif Grant y avait entassé tous les papiers ayant appartenu à Jamie. Dans le tiroir suivant, en bas à gauche, elle trouva un catalogue d'université, des relevés de notes, le programme d'un bal de fin d'année, plusieurs fiches de révision comportant des passages surlignés en jaune et un gros bouquin aux pages cornées, le manuel de révision que tout candidat au bac se doit de posséder. Mais rien qui indique sur quelle affaire le shérif Grant travaillait au moment de sa mort.

« J'ai trouvé une mallette, Hannah, fit Norman depuis l'intérieur de la penderie.

— Une mallette en cuir marron ?

— Oui.

— Mettez-la de côté et continuez les recherches.

— D'accord. Vous avez quelque chose ?

— Rien d'intéressant, à moins que vous ayez besoin de repasser votre bac.

— Merci bien. »

Hannah repoussa la chaise pivotante sous le bureau et ouvrit la commode. En voyant les sous-vêtements, chaussettes et mouchoirs de Jamie posés là comme s'il venait de les ranger, Hannah eut un pincement au cœur.

« Aïe, ouille ! glapit Norman depuis les entrailles de la penderie.

— Qu'y a-t-il ? s'écria-t-elle avant de courir à son secours.

— Je me suis cogné le tibia sur un truc qui dépassait. Donnez-moi de la lumière. »

Hannah lui tendit la torche qu'elle avait prise dans la boîte à gants de son break puis écarta les vêtements suspendus.

« C'est une caisse contenant des pièces de moteur, annonça Norman en tirant le carton sur le sol. Jamie devait avoir un vieux tacot qu'il retapait lui-même.

— Probable. Les étudiants ont rarement les moyens de payer un garagiste. »

Norman se pencha sur la caisse et fronça les sourcils.

« C'est drôle. Je vois un starter de Chevrolet et une courroie d'injection Ford.

— Vous devez être drôlement calé en mécanique auto pour deviner la marque au premier coup d'œil, fit Hannah, impressionnée.

— Je me défends. Mais j'avoue que c'est plus facile quand le nom du constructeur est gravé sur la pièce. »

Hannah éclata de rire.

« Savez-vous si un starter Chevrolet et une courroie d'injection Ford peuvent cohabiter sur un même véhicule ?

— Ça m'étonnerait. En général, les pièces ne sont pas interchangeables. Pour des raisons d'ordre commercial, je suppose. Savez-vous quelle voiture conduisait Jamie ?

— Non, mais je peux me renseigner. Voulez-vous prendre ces pièces en photo, Norman ? On ne sait jamais. Moi j'ai un coup de fil à passer. »

Hannah revint au bout de cinq minutes, troublée par ce que Luanne Hanks venait de lui apprendre.

« Vous avez tout photographié ?

— J'ai rempli une pellicule. Et j'ai continué à chercher. Il y a une deuxième mallette là-bas, dans le coin, près de la corbeille à papier. On vous a donné la marque de la voiture ?

— C'est très étrange mais Jamie ne possédait pas de voiture. Quand il en avait besoin, il empruntait celle de sa mère. Le reste du temps, il pilotait une Harley.

— Pourtant, ce sont bien des pièces de voiture, insista Norman. Aucun doute là-dessus.

— Et les pièces de voiture ne vont pas sur les motos », compléta Hannah en s'asseyant au bord du lit.

Ses talons rencontrèrent un obstacle. « Il y a un truc

sous le sommier. » En moins de temps qu'il n'en faut pour le dire, Hannah et Norman se retrouvèrent à plat ventre sur la moquette. La première tenait la torche pendant que le second soulevait le pan de l'édredon.

« Encore une caisse, dit Norman en extrayant leur trouvaille de sa cachette. D'après le poids, il doit s'agir de la même chose. Mais pourquoi Jamie collectionnait-il les pièces de voiture alors qu'il n'avait pas de voiture ?

— C'est la question à mille dollars », dit-elle avant de replonger sous le lit.

Dix minutes et quelques efforts plus tard, quatre caisses ni plus ni moins étaient regroupées au milieu de la chambre. Norman les photographia sous toutes les coutures pendant qu'une troisième mallette rejoignait ses homologues contre le mur près de la porte. Après quoi, ils repoussèrent les caisses sous le lit, remirent tout en ordre, se répartirent les mallettes et s'en allèrent en refermant derrière eux.

« Quelle est notre prochaine étape ? demanda Norman en ouvrant la portière pour Hannah.

— La maison de Barbara Donnelly. Elle nous attend. Je viens de l'appeler.

— Elle nous dira quelle est la mallette de James Bond et ouvrira le compartiment secret.

— Tout juste », répondit-elle en s'écroulant sur le siège passager.

Heureusement, Norman avait retenu ce qu'elle lui avait expliqué la veille au soir car elle aurait été incapable de recommencer.

« Nous y serons dans dix minutes. » Norman la considéra

d'un œil inquiet. « Vous devriez rabattre le dossier et dormir un peu. Vous m'avez l'air fatiguée.

— Je le suis », reconnut Hannah en fermant les paupières.

Bercée par le balancement de la voiture, elle sentit son esprit se détacher de son corps et s'envoler vers un espace intermédiaire.

« Hannah ? On est arrivés. »

Elle sursauta, ouvrit les yeux et vit qu'ils étaient garés devant la jolie petite maison de Barbara.

« Vous avez fait drôlement vite. J'ai dû m'assoupir à peine une seconde.

— Disons plutôt vingt minutes. J'ai pris le chemin des écoliers pour vous laisser dormir.

— Ah, d'accord... bredouilla-t-elle en espérant qu'elle s'était abstenue de ronfler. Eh bien... merci.

— Vous avez mal dormi la nuit dernière ?

— Apparemment. »

Elle n'allait quand même pas lui avouer qu'après son départ, elle avait passé une heure à compter les moutons en se demandant si elle préférait les baisers de Mike ou bien les siens.

Hannah gravit les marches et ouvrit la porte moustiquaire. Comme on était fin octobre, Barbara l'avait doublée d'une épaisse feuille de plastique rigide censée la protéger des flocons de neige.

« Gazon synthétique ? fit Norman en lui montrant le sol de la véranda.

— Le frère de Barbara travaille pour une société qui en fabrique. Elle l'a gratuitement. Et comme elle manque de place à l'arrière pour créer un vrai jardin, elle met ses pots de fleurs ici pendant l'été. Le résultat est plutôt sympa. C'est comme une pelouse mais sans les insectes. »

Barbara avait dû les voir arriver, car elle ouvrit peu après leur coup de sonnette.

« Entrez. Je viens de faire du café.

— Vous me sauvez la vie, Barbara. J'ai tellement sommeil que je me suis endormie en venant.

— Donc j'ai eu raison de le faire corsé, répondit Barbara en les escortant dans la cuisine. Je vous en prie, asseyez-vous. Café pour vous aussi, Norman ?

— Ce n'est pas de refus. »

Barbara servit trois tasses, posa un sucrier et un petit pot de crème sur la table, s'assit et désigna les trois mallettes.

« Je peux jeter un œil ? Il vaut mieux que j'ignore où vous les avez trouvées, je suppose.

— En effet », répondit Hannah, soulagée.

Barbara faisait toujours partie du bureau du shérif, et, en tant qu'agente assermentée, elle se devait de rapporter les délits dont elle avait connaissance. Comme Hannah était entrée chez Nettie avec une clé, il n'y avait pas eu effraction à proprement parler. En revanche, pénétrer dans le bureau du shérif Grant en crochetant la serrure et en passant outre les scellés posés sur la porte constituait une violation caractérisée.

Norman posa les trois mallettes sur la table.

« Ce n'est pas celle-ci, fit Barbara en les examinant. Ni celle-là. Par contre... »

Hannah retint son souffle.

« C'est bien elle. » Barbara ouvrit la troisième et regarda dedans. « Ça paraît vide, comme ça, hein ? » Quand Norman et Hannah acquiescèrent, Barbara pencha la mallette pour leur montrer le dispositif. « Maintenant, observez la doublure. Vous voyez ces petits motifs carrés dessinés en relief ? Que représentent-ils ?

— Des chiffres et des lettres, dit Norman. Mais à quoi ça sert ?

— D'abord, on pose la mallette sur une surface plate, et ensuite on appuie sur ces petits carrés pour composer un code. Ça commence par zéro, zéro, sept.

— Le matricule de James Bond ! s'écria Hannah.

— Précisément. Après quoi, on entre le mot-clé : Bond. »

Norman et Hannah regardèrent Barbara passer de la théorie à la pratique.

« C'est fait, dit-elle. À présent, il suffit de tourner fortement la poignée vers la droite tout en maintenant la mallette avec la main gauche. On la relève et voilà le travail. »

Hannah étouffa un cri. Le fond de la mallette venait de s'entrouvrir, révélant un compartiment large d'environ un centimètre.

« Incroyable ! s'exclama Norman, fasciné. Mais ce n'est pas assez profond pour cacher un pistolet. »

Barbara éclata de rire.

« C'est la remarque que le shérif Grant m'a faite quand je lui ai montré le mécanisme. J'ai répondu qu'il existait d'autres modèles pour les gens qui voulaient cacher des armes. Mais lui n'en avait pas besoin puisqu'il avait le droit d'en porter dans les lieux publics comme n'importe quel autre policier. Non, ce compartiment lui servait uniquement à déplacer des documents en toute discrétion.

— Y a-t-il quelque chose à l'intérieur ? » s'impatienta Hannah.

Barbara glissa la main dans la fente et en retira une chemise cartonnée.

« Le rapport manquant. Voyons de quoi ça parle. »

Hannah cessa de respirer. Barbara lisait trop lentement à son goût. Si elle s'était écoutée, elle lui aurait arraché le dossier des mains.

« Désolée, Hannah, dit Barbara en refermant la chemise. Ce n'est qu'un rapport d'incident rédigé par Lonnie Murphy avant qu'il parte en vacances.

— Est-ce important ?

— À mon avis, non. De la simple routine.

— Dans ce cas, pourquoi le cacher ? répliqua Norman.

— Je n'en sais rien. À moins que… » Barbara rouvrit la chemise, relut le texte et sourit tristement. « J'ai compris. Lonnie a oublié d'inscrire le numéro d'enregistrement. Et le shérif Grant était très à cheval sur le règlement. Je crains qu'il n'ait emporté ce rapport chez lui dans le but de lui mettre un avertissement.

— Ça cadrerait avec ce que nous savons déjà du personnage, marmonna Hannah en songeant que si le shérif Grant n'avait pas été victime d'une agression mortelle, Lonnie aurait reçu une sanction totalement imméritée.

— Constatez par vous-même », dit Barbara en lui tendant le document.

Hannah le parcourut des yeux. Lonnie y signalait avoir arrêté un véhicule suspect, consulté le fichier des voitures volées sur son ordinateur de bord et appréhendé l'automobiliste.

« Vous voyez ? » fit Barbara quand le rapport passa des mains de Hannah à celles de Norman.

En effet, ce document n'avait apparemment aucun lien avec le meurtre du shérif Grant. Même si les amis de l'automobiliste placé en garde à vue avaient cherché à le venger, ils s'en seraient pris à Lonnie, pas à son supérieur.

« Tout cela m'a l'air bien véniel, dit Norman. Voulez-vous que nous déposions ce rapport au poste de police en partant, Barbara ? Hannah m'a dit que vous étiez en arrêt. »

Barbara secoua la tête et tendit la main pour récupérer son bien.

« Je m'en occuperai à mon retour.

— Mais Shawna Lee le cherche partout, fit Hannah, surprise. Et vous ne retournerez travailler que dans une semaine, m'avez-vous dit ! »

Barbara la regarda en souriant d'un air espiègle.

« Eh bien, qu'elle continue à le chercher. Plus elle sera occupée, moins elle pensera à flirter avec ses collègues. Ce qui évitera peut-être un nouvel homicide. »

Chapitre 26

Pendant que Norman roulait en direction du centre-ville, Hannah, assise à côté de lui, ne cessait de repasser dans sa tête la conversation qu'ils avaient eue avec Barbara. Elle était si concentrée qu'elle entendit à peine ce qu'il lui demandait.

« Désolée. Qu'avez-vous dit ?

— Je voulais savoir si d'après vous le rapport de Lonnie avait un lien avec la mort du shérif Grant ?

— Franchement, je n'en sais rien. Lonnie a arrêté un voleur de voiture et nous avons trouvé des pièces de voitures dans la chambre de Jamie. À part ça, je ne vois pas.

— N'oublions pas que Jamie est décédé dans un accident de voiture...

— Tout à fait ! s'écria Hannah avant de retomber dans la morosité. Mais à quoi ça nous avance ?

— ... et que le shérif Grant a été tué sur un parking.

— On l'a attaqué près de son véhicule de patrouille, ajouta Hannah en soupirant. Vous ne trouvez pas qu'on se focalise un peu trop sur les bagnoles ?

— Si, peut-être. Mais je me dis que plus on rassemblera d'éléments mieux on pourra les combiner.

— Pas faux, répondit Hannah en lui adressant un sourire encourageant. À condition que tous ces éléments appartiennent au même ensemble. Sinon, ça rajoute de la confusion. »

Norman s'arrêta au feu entre Elm et First.

« Mouais, c'est sûr. Mais alors, comment procéder ?

— C'est la question que je me pose. Cette histoire de voiture volée m'intrigue. J'aimerais bien en savoir davantage. Le rapport de Lonnie est trop laconique. On sent qu'il l'a rédigé à toute vitesse en laissant probablement de côté certains détails qu'il estimait superflus. Je vais aller l'interroger. Il faut qu'il m'en dise davantage.

— Et moi, pendant ce temps, que suis-je censé faire ?

— Tirer vos photos. Certaines choses ont pu nous échapper quand nous étions sur place. Pensez-vous avoir le temps d'effectuer quelques recherches sur Internet ?

— Bien sûr. » Norman pénétra dans la ruelle derrière le Cookie Jar et s'arrêta près du break rouge cerise. « Le Dr Bennett me remplace pendant quelques jours encore. Donc je suis libre comme l'air. Que dois-je chercher ?

— Les articles parus dans le *Lake Eden Journal* après l'accident qui a coûté la vie à Jamie. Et dans la presse d'Ann Arbor, aussi.

— Pourquoi Ann Arbor ?

— Jamie fréquentait l'université du Michigan.

— OK. Juste une précision : Jamie ou James ?

— Essayez avec les deux. Tout le monde par ici disait Jamie, mais en réalité il s'appelait James, comme son père. » Hannah réfléchit deux secondes et ajouta : « Et pendant que vous y serez, vous pourriez vous renseigner sur une autre personne ?

— Oui, si vous me donnez son nom. »

Hannah hésita. Ce qu'elle envisageait de faire constituait une immixtion dans la vie privée de sa mère. Et elle n'en était pas très fière. Mais elle préférait jouer au cafard que passer pour une andouille, ce qui lui pendait au nez si elle restait les bras ballants et que le Roméo de Delores se révélait être un escroc à la petite semaine, comme elle en avait l'intuition.

« De qui s'agit-il ? insista Norman.

— De Winthrop Harrington II.

— Plaît-il ?

— C'est son nom. J'ai besoin d'en savoir un maximum sur lui.

— Qui est-ce ?

— Ce sera à vous de me le dire », répliqua-t-elle.

Norman était un ami et elle avait toute confiance en sa discrétion. « J'espère me tromper mais ce monsieur est trop galant pour être honnête. Et à la vitesse où vont les choses, je crains qu'il ne devienne mon beau-père avant que j'aie le temps de dire ouf. »

Le matin d'Halloween, Hannah fut réveillée par des miaulements peu avant que l'alarme se déclenche. Moshe avait des crampes d'estomac et il n'était pas du genre à souffrir en silence. Hannah mit ses chaussons et fila dans la cuisine en marchant au radar. De toute façon, pour faire cuire du foie à une heure pareille, il valait mieux ne pas être totalement consciente.

Hannah alluma le gaz sous la casserole qu'elle avait pris

soin de remplir d'eau la veille au soir et alla se verser une première tasse de café. Puis, quand l'eau se mit à bouillir, elle y jeta le foie préalablement tranché, attendit qu'il vire au gris et le transféra dans la poêle avec les autres ingrédients.

En moins de cinq minutes, l'omelette fut prête à garnir la gamelle de Moshe. Hannah mit la ventilation à fond, se servit une deuxième tasse, se dirigea vers la table et s'assit en tournant le dos à la masse gélatineuse qui faisait les délices de son chat. S'habituerait-elle un jour à l'odeur du foie au petit matin ?

Moshe mit quatre fois moins de temps à vider sa gamelle que sa maîtresse à la remplir. Il devait y avoir une erreur quelque part, mais laquelle ? songeait Hannah en rinçant les objets dont elle s'était servie. En ouvrant le lave-vaisselle, elle faillit éclater de rire. Les ustensiles de la veille occupaient presque toute la place. Il y avait la casserole du riz, le bol et le couvercle du mixer, le couteau pour trancher le foie... Hannah mit la pastille de lessive, lança le programme et resta plantée comme un piquet. C'était dingue. Elle petit-déjeunait très rarement, et jamais chez elle, donc elle ne salissait rien excepté sa tasse. Alors, que faisait-elle à cinq heures du matin devant cette machine remplie de vaisselle graisseuse !

Le téléphone sonna. Hannah se resservit du café et alla répondre. À une heure pareille, ça ne pouvait être qu'une seule personne : Delores. Peut-être l'appelait-elle pour lui rendre son rapport. Hannah avait interrogé la famille et les amis de Lonnie, mais ceux-ci n'ayant su lui dire où il était parti en vacances, elle avait activé ses deux meilleurs agents infiltrés, à savoir Delores et Carrie dont la source principale n'était autre que Radio Cancan.

« Bonjour, maman », lança-t-elle sans préambule.

C'était presque devenu une habitude entre elles. Hannah savait par avance que sa mère allait râler si elle décrochait en disant *maman*. Et Delores jouait le jeu.

« Tu ne devrais pas répondre comme ça, Hannah. Et si ça n'avait pas été moi ?

— Dans ce cas, j'aurais dit, *Désolée, je vous ai pris pour ma mère.* La personne aurait répondu, *Aucune importance*, et aurait tenté de me vendre un aspirateur ou une assurance. »

Delores éclata de rire.

« Quand même... tu ne devrais pas. Imagine ton embarras si c'était quelqu'un d'important et que tu l'appelles maman.

— Tu n'es pas quelqu'un d'important ?

— Bien sûr que si. C'est juste que... Laisse tomber, dit Delores en soupirant. Comment vas-tu, ce matin, ma chérie ?

— Pas terrible. Tu connais l'expression, *se réveiller et sentir le parfum des roses* ?

— Oui, ma chérie. Je l'ai déjà entendue.

— Eh bien, remplace les roses par du foie.

— Du foie ?

— Tout à fait. Le Dr Bob a modifié le régime alimentaire de Moshe. Je viens de lui préparer son petit déjeuner et ça sent très mauvais.

— Eh bien, ouvre donc les fenêtres, ma chérie, et allume le purificateur d'air que je t'ai acheté. Il diffuse un parfum délicat : jardin anglais.

— Merci pour le conseil », dit Hannah en plissant le nez.

Depuis qu'elle utilisait le fameux purificateur, elle n'avait plus envie de visiter l'Angleterre.

« Je m'en servais quand ton père cuisinait du corned-beef au chou pour la Saint-Patrick. Il en faisait chaque année, même s'il était seul à en manger. »

Hannah se mit à rire. C'était vrai. Les trois quarts du plat finissaient à la poubelle. Elle n'avait jamais raffolé du corned-beef au chou. En revanche, la tradition lui plaisait. Comme son père avait coutume de dire : *Le jour de la Saint-Patrick, tout le monde est irlandais.*

« Qu'as-tu trouvé à propos de Lonnie, maman ?

— Pas grand-chose. » Delores souffla si fort qu'elle créa des parasites sur la ligne. « Bridget elle-même ignore où il est passé. Elle m'a dit de voir avec Rick.

— C'est ce que tu as fait ?

— Oui. Mais Rick n'en sait pas plus. Il suppose que Lonnie est avec une fille.

— Il tient ça de Lonnie lui-même ?

— Non, mais comme d'habitude Lonnie lui raconte tout, Rick en a conclu qu'il était en galante compagnie.

— Il y a une certaine logique là-dedans. » Hannah se rencogna au fond de sa chaise et reprit une gorgée de café. « Il pense à une fille en particulier ?

— Oui, une seule, mais c'est impossible.

— Qui donc ?

— Ta sœur. Rick croit que Lonnie est allé à Minneapolis voir Michelle.

— Et c'est le cas ? » s'enquit Hannah en espérant que sa mère répondrait non.

Delores aimait bien Lonnie mais elle n'aurait pas apprécié qu'il rende visite à Michelle à l'université.

« Bien sûr que non. J'ai appelé Michelle hier soir. Elle ne l'a pas vu.

— Tu lui as demandé si elle savait où il était ?

— Ai-je l'air d'une imbécile, Hannah ? Bien sûr que je lui ai demandé. Michelle n'en a pas la moindre idée. Elle a dit qu'ils étaient juste amis et que Lonnie ne l'appelait pas chaque fois qu'il partait en vacances.

— Donc ta question l'a un peu énervée.

— Pire que cela. Et je ne vois pas pourquoi. Je ne l'ai accusée de rien.

— Elle avait peut-être eu une journée difficile à la fac, répondit Hannah pour excuser sa sœur. Ne t'inquiète pas, maman. Je suis sûre que Michelle regrette de t'avoir parlé sèchement.

— Je l'espère. Où va-t-on si on ne respecte plus ses parents ?

— Je parie qu'elle va t'appeler aujourd'hui pour se faire pardonner.

— Non, je n'y crois pas. Elle enverra une carte, c'est tout. C'est ce qu'elle fait toujours. Reconnaître ses torts verbalement n'est pas dans ses habitudes.

— Eh bien, dis-toi que les écrits restent et que les paroles s'envolent », répondit Hannah pour clore le sujet.

Elles passèrent encore deux minutes au téléphone à parler de choses et d'autres puis Hannah raccrocha et se tourna vers Moshe.

« Je trouve que Michelle proteste beaucoup pour quelqu'un qui n'a rien à se reprocher. Je vais l'appeler et on verra si elle a le culot de m'envoyer sur les roses, moi aussi. »

Hannah reprit du café, ouvrit son calepin à la bonne page et, tout en composant le numéro de sa sœur, se promit d'obtenir une réponse plus satisfaisante que celle dont s'était contentée sa mère. Son petit doigt lui disait qu'au moment où Michelle avait reçu l'appel de Delores, Lonnie, dont elle prétendait n'avoir aucune nouvelle, se trouvait non loin de l'appareil téléphonique.

Hannah glissa encore quatre plaques de cookies dans le four et fit le numéro de Michelle pour la troisième fois, sans plus de succès que lors des deux premières. Non seulement sa sœur ne décrochait pas, mais son répondeur n'était pas branché. Elle écouta sonner dans le vide quelques secondes encore puis renonça. Au même instant, la porte de la ruelle s'ouvrit sur Lisa.

« Bonjour, Lisa. J'ai mis à cuire la dernière fournée de cookies au maïs.

— La première me paraît fort appétissante, dit Lisa en accrochant sa parka à la patère avant d'aller se laver les mains dans l'évier. Tu veux que j'envoie la cuisson de nos cookies habituels ou que je prépare la pâte des cupcakes pour le bureau du shérif ? Ils m'en ont commandé au caramel avec un glaçage à l'orange.

— Tu te charges des cupcakes et moi des cookies. » Tout en parlant, Hannah regarda la fiche posée sur le comptoir. « Pourquoi ne pas suivre la recette d'Alma ? En ajoutant de la compote de pommes, cette fois. Qu'en dis-tu ? Nous en avons dans la chambre froide. Tu laisseras un cupcake de côté pour Beatrice. Sans glaçage.

— C'est parti pour la compote de pommes », dit Lisa en s'emparant de la fiche recette que Hannah lui tendait.

Quatre-vingt-dix minutes plus tard, tout était prêt. Hannah et Lisa avaient travaillé d'arrache-pied mais dans la bonne humeur. Le fournil du Cookie Jar n'était pas immense, mais elles se connaissaient bien et chacune savait anticiper les mouvements de l'autre. En rejoignant son associée côté boutique pour profiter de quelques minutes de pause avant l'ouverture, Hannah songea à la chance qu'elle avait de pouvoir compter sur une personne aussi fiable et efficace.

« Dis-moi, est-ce que ton enquête avance ? lui demanda Lisa.

— Pour l'instant, elle stagne. Je suis quasiment certaine que le rapport trouvé dans la mallette du shérif est plus important qu'il n'en a l'air, mais la seule personne susceptible de m'en dire davantage est partie en vacances je ne sais où. Je veux parler de Lonnie, bien sûr.

— As-tu interrogé ta sœur ? Lors de son dernier séjour ici, ils étaient tout le temps fourrés ensemble.

— C'est elle que j'essayais d'appeler tout à l'heure, quand tu es arrivée.

— Insiste. Tu finiras bien par l'avoir. » Lisa regarda sa montre. « Il faut que j'aille enfiler mon costume de chat. Et toi, que porteras-tu finalement ?

— Mon drap. Mais je ne le passerai que si j'ai à faire côté boutique, ce qui n'arrivera pas très souvent. Le reste du temps, je ne mettrai rien. »

Lisa éclata de rire. Hannah la regarda sans comprendre puis répéta dans sa tête les derniers mots qu'elle avait prononcés.

« Ce n'est pas si bête, ajouta-t-elle en souriant. Tu imagines les économies qu'on ferait en matière de tabliers et de lessive ? »

Chapitre 27

« C'est vraiment joli chez vous, les filles, dit Beatrice Koester en entrant dans le Cookie Jar une heure après avoir reçu le coup de fil de Hannah. Bonne idée les serpentins orange et noirs qui s'envolent sous les ventilateurs ! Et les citrouilles dans la vitrine sont vraiment géniales.

— C'est Lisa qui s'est occupée de la déco.

— Elle est drôlement douée. Mais où est votre costume de fantôme ?

— Je l'ai taché avec du chocolat.

— Et les enfants ? »

Beatrice regarda les élèves de maternelle rassemblés autour des tables.

« J'en ai trouvé un autre. » Hannah saisit un couteau en plastique et le planta dans la boîte de cornflakes posée sur le comptoir. « Vous voyez ?

— Qu'est-ce que je dois voir ?

— Je suis un "céréales killer".

— C'est nul, répondit Beatrice en se perchant sur

un tabouret haut. Et en même temps c'est très subtil. Personne ne comprendra, je peux vous l'assurer. Résultat, vous passerez la journée à expliquer qui vous êtes.

— Vous avez raison. Ça fait bien une heure que mes clients essaient de deviner. Je pensais que le maire Bascomb trouverait facilement. Vous savez combien il apprécie les calembours. Eh bien, il n'a toujours pas percuté.

— Ça pourrait constituer un test.

— Quel genre de test ?

— Un test d'affinité. L'autre jour, dans son émission, le Dr Love disait que le sens de l'humour était essentiel dans un couple. Encore faut-il que les deux conjoints aient le même. »

Les sourcils de Hannah grimpèrent jusqu'au milieu de son front. Elle ignorait que Beatrice écoutait les avis de la conseillère conjugale qui sévissait sur KCOW. Aurait-elle des problèmes avec Ted ? s'interrogea-t-elle.

« Par exemple, Ted et moi ne rions pas des mêmes choses, avoua Beatrice comme si elle avait lu dans ses pensées. Lui, il préfère les sitcoms d'aujourd'hui et moi celles d'autrefois, comme *Vivre à trois* ou *Les Craquantes*. »

Ne sachant que répondre, Hannah choisit de la laisser poursuivre.

« Selon le Dr Love, un couple qui rit ensemble reste ensemble. Voilà pourquoi je pense que si vous trouvez un homme capable d'apprécier votre costume de "céréales killer", vous aurez tout intérêt à l'épouser.

— J'y songerai, Beatrice, répondit Hannah en cherchant sous le comptoir le cupcake que Lisa avait mis de côté. Bon, maintenant, si vous voulez bien, passons à la dégustation. J'espère que ce dernier essai sera le bon. »

Beatrice prit une bouchée et sourit de plaisir.

« Délicieux ! Vous avez mis de la compote de pommes, c'est cela ?

— Oui. Mais est-ce l'ingrédient mystère ?

— Non, mais on se rapproche. Les cupcakes d'Alma étaient plus sucrés mais la pâte avait effectivement ce petit goût fruité. Je vous avais dit qu'elle y mettait un fruit, n'est-ce pas ?

— Oui. Vous avez également dit que vous ignoriez lequel.

— Exact. Ce goût était si finement mêlé à celui du caramel qu'il m'est impossible de vous le décrire.

— Il le rehaussait ?

— C'est cela. Il le rendait plus profond, plus riche, fit Beatrice, pensive. Je suis désolée de vous donner tout ce travail, Hannah. Mais je suis sûre que vous allez réussir.

— Ne vous inquiétez pas, je le fais avec plaisir, et vous savez que j'adore résoudre les mystères. »

Lorsque Beatrice s'en alla en emportant son cupcake entamé, Hannah refit le tour des tables avec sa verseuse à café. Quand tous ses clients furent servis, elle repassa derrière le comptoir et s'abîma dans une profonde réflexion. Il fallait donc chercher du côté des compotes. Mais quel fruit exactement ? Pêche, abricot, fraise, framboise ? Ces deux derniers étaient à exclure. Du fait de leur couleur, d'abord, qui aurait modifié celle du caramel, mais aussi à cause de leurs petites graines qui craquaient sous la dent. Quant aux deux premiers, ils auraient laissé des filaments dans la pâte. Alma aurait pu n'utiliser que leur jus, mais, d'après Edna Ferguson, l'ingrédient mystère était à la fois liquide et épais. Une opinion qu'elle-même partageait.

« Me voilà ! » Lisa venait d'apparaître dans son costume de chat. Sa longue queue touffue rabattue sur son épaule gauche et retenue par un gros scotch lui faisait une allure pour le moins insolite. « Je te déconseille de conduire avec une queue. »

Hannah s'esclaffa.

« J'essaierai de m'en souvenir. Que s'est-il passé ?

— Ce truc n'arrêtait pas de s'enrouler autour du levier de vitesse. Ça faisait des nœuds. Et quand je marchais, je me prenais les pieds dedans. Une vraie calamité.

— Je comprends mieux.

— C'est le révérend Knudson qui a eu l'idée du scotch. Si ce n'était pas si moche, je resterais ainsi jusqu'à ce soir.

— Ne touche à rien. Je sais comment régler ton problème. Attends-moi, je file au drugstore.

— Prends ton temps. Je tiens la boutique. Pourrais-tu faire un saut chez Red Owl avant de revenir ? On sera bientôt à cours de sirop d'érable, et le révérend Knudson m'a commandé cinq douzaines de cookies façon pancakes pour le buffet qu'il organise dimanche prochain, après la messe.

— Ça marche », dit Hannah avant de prendre le chemin du drugstore où se trouveraient certainement les deux objets dont elle avait besoin pour assagir la queue de son associée.

Hannah sortit du drugstore central le sourire aux lèvres. Cette année, Jon Walker et son personnel s'étaient surpassés. En arrivant, elle avait failli sursauter en voyant les dizaines de chauves-souris pendues au plafond. Et Jon aurait mérité un Oscar pour son interprétation du chimiste psychopathe.

« Bonjour, Hannah, claironna Florence Evans, assise derrière une caisse à l'entrée du supermarché. Où est ton costume ? »

Florence était la propriétaire du Red Owl, et, en temps normal, elle s'occupait exclusivement de la comptabilité. L'une de ses caissières devait être malade, supposa Hannah.

« Dans ma boutique », répondit-elle, laconique.

Florence détenant le record régional du plus long monologue, mieux valait ne pas la lancer sur un sujet aussi fécond.

« Quoi de neuf, Hannah ?

— Pas grand-chose, fit-elle avant d'enchaîner par une question purement technique. Le sirop d'érable est toujours à la même place ?

— Oui, dans l'allée numéro trois. D'ailleurs, on vient de m'en livrer de plusieurs sortes. Avec de nouveaux parfums absolument merveilleux...

— Merci, Florence, mais je me contenterai du produit classique, l'interrompit Hannah, sentant se profiler une conférence sur les dernières créations de l'industrie agroalimentaire. Lisa m'attend, je me dépêche. »

Hannah fit un quart de tour sur elle-même et fonça vers l'allée numéro trois. Mais quand Florence avait une idée en tête, il fallait qu'elle aille jusqu'au bout. Elle éteignit donc le panneau lumineux au-dessus de sa caisse et courut la rejoindre.

« Je t'assure, Hannah, tu devrais jeter un œil. Ces nouveaux parfums sont vraiment incroyables, dit-elle en la prenant par le bras. Viens, je vais te montrer. »

« Te voilà enfin ! fit Lisa quand Hannah passa la porte du Cookie Jar. Ça fait une heure que tu es partie. Je commençais à m'inquiéter.

— Tu te souviens de cette pub à la télé pour les pièges à cafards ? répondit Hannah en posant ses achats sur le comptoir.

— Oui, les pièges Blatt'Motel, je crois. *Offrez-leur une chambre... ils y resteront.*

— Exactement. Eh bien, c'était Florence qui tenait la caisse du supermarché. »

Lisa marqua un temps d'arrêt puis explosa de rire.

« Et tu as réussi à t'échapper !

— De justesse. Elle m'a tenu la jambe devant le rayon des confitures. Maintenant, je sais tout sur les nouveaux sirops d'érable. Mais tout compte fait, je n'ai pas vraiment perdu mon temps.

— Florence t'a appris quelque chose au sujet du shérif Grant ?

— J'aurais bien aimé. Non, elle m'a donné une idée pour les cupcakes d'Alma. » Hannah sortit une petite bouteille du sac à provisions, cacha l'étiquette avec la main et demanda : « Ça ne te rappelle rien ?

— Si. Cette bouteille ressemble à celles dont Beatrice s'est servie pour ses essais de vinaigrette.

— Et maintenant, dis-moi où Beatrice les a trouvées.

— Dans la cave de sa belle-mère. Et elle les a toutes récupérées contre l'avis de Ted qui l'a traitée de folle.

— Beatrice a bien fait de les rapporter chez elle et de les utiliser pour y mettre ses vinaigrettes. Sinon, je n'aurais jamais découvert le secret d'Alma.

— Tu veux dire que tu as trouvé l'ingrédient mystère ? s'écria Lisa, surexcitée.

— Affirmatif. »

Lisa prit le flacon et lut l'étiquette.

« Du coulis d'abricot ? Mais bien sûr ! C'est un liquide épais, comme vous disiez, Edna et toi. Et Beatrice a parlé d'un goût légèrement acidulé. Ce qui correspond parfaitement.

— Elle a également précisé que les cupcakes de sa belle-mère lui rappelaient un gâteau allemand, sans pouvoir dire lequel. Personnellement, je penche pour le strudel à l'abricot que les Allemands dégustent le jour de leur fête nationale.

— Tu es la meilleure, Hannah. Je crois que je n'aurais jamais réussi à percer ce mystère.

— Tu l'aurais percé si Florence t'avait mis le grappin dessus, répondit Hannah avec un sourire modeste. Mais ne vendons pas la peau de l'ours. Par chance, nous avons du coulis d'abricot en stock. Tu veux essayer ?

— À toi l'honneur. Je ne voudrais pas salir mon costume.

— Au fait, j'allais oublier... » Hannah lui tendit la pochette kraft qu'elle avait rapportée du drugstore. « Ça devrait résoudre ton problème de queue.

— Mais... je ne me suis rien cassé, bredouilla Lisa en extrayant du sachet une écharpe et un rouleau de gaze.

— Je sais. Mais rappelle-toi la queue de Moshe. Elle fait comme un coude à son extrémité, n'est-ce pas ? » Hannah attendit que Lisa acquiesce avant de poursuivre. « C'est courant chez les chats errants, m'a dit le Dr Bob. Ils se brisent la queue en se battant.

— Tu veux que je brise ma queue ?

— Oui. Du moins que tu la replies au bout et que tu l'enroules dans de la gaze. Après quoi, tu la glisseras dans l'écharpe que tu auras passée autour de ton cou. Et comme ça, tu ne te prendras plus les pieds dedans. »

« Ces cupcakes sentent délicieusement bon ! se pâma Lisa en franchissant la porte séparant la boutique du fournil. Tu as pensé au glaçage ?

— Oui, je l'ai fait. Pour que l'expérience soit complète.

— Tant mieux, ils seront encore meilleurs. Je peux goûter ?

— Sers-toi. Ils sont à la bonne température. J'en ai fait deux fournées. »

Lisa marcha droit sur l'échelle pâtissière, s'empara d'un cupcake et l'attaqua par le haut, en ouvrant grand la bouche comme une enfant qui joue à attraper une pomme dans l'eau. Puis, sans doute influencée par son costume, elle se mit à ronronner de plaisir.

« Ce glaçage est à se damner.

— Je sais. J'ai léché la casserole. Tu veux que je te remplace à la caisse le temps que tu te régales ?

— Inutile, dit-elle avant de prendre une deuxième bouchée. À part moi, il n'y a pas un chat dans la boutique. »

Hannah se rappela brusquement quel jour on était. Rien d'étonnant à ce que leurs clients aient disparu. Ils étaient tous rentrés chez eux se préparer pour Halloween. Lisa elle-même avait promis de retrouver son père au centre communautaire où le club du troisième âge s'affairait avant la fête.

« Tu emporteras ça, dit Hannah en mettant six cupcakes dans une boîte en carton. Et maintenant, file.

— Tu me jettes dehors ? dit Lisa avec un sourire complice.

— Je vais me gêner. Inutile d'être deux pour garder les murs. De toute façon, j'avais prévu de rester pour passer quelques coups de fil.

— Eh bien, dans ce cas, si ça ne te dérange pas...

— Ça ne me dérange pas. Va donc retrouver ton père.

— J'y vais », dit Lisa sur un ton joyeux. Elle prit la boîte des mains de Hannah et, avant de partir, lui demanda : « Tu veux que j'emporte les cookies au maïs ?

— Je le ferai tout à l'heure en venant avec Tracey. Si tu les prends maintenant, les enfants voudront les manger et il n'y en aura plus pour la soirée.

— D'accord. À plus tard, Hannah. Tu me reconnaîtras ? Je serai le seul chat avec la queue cassée. Et Herb sera déguisé en "cabane au fond du jardin".

— En "cabane au fond du jardin" ? répéta Hannah, interloquée.

— Oui. Il a tout fait lui-même, de la conception à la réalisation. D'abord, il a pris une grande boîte en carton de forme rectangulaire. Puis il a retiré le fond, il a percé des trous sur les côtés pour passer les bras, et au sommet il a collé un coq en plastique. »

Hannah essaya de se représenter l'édicule ainsi obtenu. « Comment fera-t-il pour voir, si sa tête est à l'intérieur ?

— Il a découpé une lune et des étoiles au niveau des yeux. Tu as déjà dû remarquer ces motifs sur les portes des latrines. En fait, ça sert à la ventilation. Et tu ne sais pas la meilleure ?

— Non, mais je suppose que tu vas m'éclairer, fit-elle avec une certaine appréhension.

— Il a fabriqué un genre de charnière. Du coup, quand nous voudrons danser, je n'aurai qu'à ouvrir la porte et nous serons ensemble à l'intérieur. C'est génial, tu ne trouves pas, Hannah ? J'espère qu'il remportera le premier prix.

— Génial, en effet », murmura Hannah tandis que son associée sortait dans la ruelle.

Hannah contemplait la rue déserte derrière la vitrine en soupirant d'ennui. Il était seize heures et, depuis midi, elle n'avait vu personne à part Freddy Sawyer venu chercher la commande du Dr Knight pour l'hôpital : quatre douzaines de cookies d'Halloween que Freddy était censé distribuer aux infirmières et aux patients dans la soirée, vêtu en Superman.

Un husky passa sur le trottoir. Sa laisse était si longue qu'on n'en voyait pas la fin. Hannah commençait à se demander si quelqu'un ne lui faisait pas une blague quand Eleanor Cox apparut tout au bout, avec dans la main l'une de ces poignées qui peuvent dérouler jusqu'à dix mètres de sangle. Elles se saluèrent et Hannah se remit à compter les oiseaux sur les branches du vénérable conifère de l'autre côté de la rue.

Quinze minutes plus tard, décidant de passer à une activité plus constructive, elle décrocha le téléphone et composa le numéro de Beatrice. Elle voulait l'inviter à goûter ses cupcakes mais n'avait pas encore réussi à la joindre.

Hannah laissa sonner une dizaine de fois, raccrocha et, de guerre lasse, réessaya Michelle. Celle-ci répondit au bout de deux sonneries.

« Michelle ? fit Hannah, soulagée. Je suis vraiment contente de t'avoir.

— Salut, Hannah. Il y a un souci ?

— Oui. Il faut absolument que je parle à Lonnie. »

Il y eut un long silence, et, quand Michelle reprit la parole, ce fut sur un ton agacé.

« Qu'est-ce que tu lui veux ?

— J'ai trouvé un rapport d'incident rédigé par lui dans la mallette du shérif Grant, et d'après moi ce rapport aurait un lien avec le meurtre.

— Le meurtre ? Quel meurtre ? »

Hannah resta interdite. Se pouvait-il que Michelle ne soit pas au courant ?

« Tu sais pour le shérif Grant, oui ou non ?

— Qu'est-il arrivé au shérif Grant ?

— Il a été tué sur le parking du lycée le lundi de la semaine dernière. Quelqu'un lui a porté un coup mortel à la tête et a dissimulé son cadavre dans une benne à ordures. C'est moi qui l'ai trouvé en sortant la poubelle après mon cours de cuisine. »

Michelle déglutit si fort que Hannah l'entendit à l'autre bout de la ligne.

« Mais c'est horrible ! Et tu dis que c'est arrivé le lundi de la semaine dernière ?

— Oui. Mike a suspendu Bill parce qu'il le croyait suspect. Mais depuis, Bill a été mis hors de cause et a réintégré son poste.

— Je n'en reviens pas, fit Michelle, dépitée. J'habite à moins de cent cinquante kilomètres de Lake Eden et personne n'a pris la peine de m'informer ! Y a-t-il encore des choses que j'ignore ?

— Juste une. Andrea n'a plus le droit de sortir. Ordre

du Dr Knight. Elle passe ses journées sur le canapé avec les pieds surélevés. Elle devient folle.

— C'est surréaliste. Delores m'a appelée l'autre soir et elle n'a rien dit ! Elle m'a juste demandé si je savais où était Lonnie et quand j'ai répondu non, elle a raccroché.

— Désolée, Michelle. » Hannah commençait à regretter d'avoir laissé sa petite sœur dans l'ignorance. « Franchement, je pensais que tu étais au courant. La nouvelle a dû passer aux informations. Ce n'est pas tous les jours qu'un shérif meurt assassiné.

— C'est peut-être passé aux informations... Mais, vois-tu, j'ai été très occupée ces derniers temps... à cause de... mes examens.

— Très bien », répondit Hannah, qui n'en croyait pas un mot. Michelle lui cachait quelque chose, ou plutôt quelqu'un. « Bon, Michelle, cessons de tourner autour du pot, va chercher Lonnie et passe-le-moi. J'ai besoin de lui parler.

— Lonnie ? Mais... qu'est-ce qui te fait croire que Lonnie est ici ? Delores m'a déjà posé la question l'autre soir, et je lui ai répondu que...

— Maintenant, c'est moi qui te le demande, l'interrompit Hannah. Laisse-moi lui parler, Michelle. Et arrête d'inventer des histoires à dormir debout. Je ne dirai à personne qu'il était avec toi.

— Il n'est pas exactement avec moi, Hannah. C'est une grande maison, ici, et il y a beaucoup de pièces.

— Bien entendu, fit Hannah avec un petit sourire.

— Ce n'est pas comme si nous partagions la même chambre. Je ne veux pas qu'Andrea ou notre mère l'apprennent. Elles se feraient des idées.

— Et Raj, dans tout ça ? » Raj, alias Roger Allen Jensen,

était le jeune homme avec lequel Michelle était sortie l'été précédent. « Quel genre d'idées se fait-il ?

— Raj, c'est de l'histoire ancienne. Nous avons rompu le jour où je suis revenue de Lake Eden, en juillet dernier. Son attitude méprisante me portait sur les nerfs.

— Je comprends parfaitement », répondit Hannah.

Le dénommé Raj était un garçon de bonne famille qui regardait le monde de très haut. Il avait même qualifié Lake Eden de *petite bourgade pittoresque*.

« Ne quitte pas. Je vais chercher Lonnie. Annonce-lui la chose avec ménagement, s'il te plaît, Hannah. Il est ici depuis dix jours et lui non plus n'est au courant de rien. »

Chapitre 28

« Bonjour, Hannah », dit Lonnie sur un ton vaguement penaud. Avait-il honte d'être parti en vacances sans rien dire à personne ou pour une autre raison ? se demanda-t-elle, légèrement inquiète. « Shelly dit que tu as une nouvelle à m'annoncer. »

Shelly ? Hannah ouvrit de grands yeux. Michelle détestait ce surnom. Il lui faisait penser à une poupée Barbie, lui avait-elle confié un jour.

« Euh… ben oui, bredouilla-t-elle en se demandant d'où Lonnie tenait le privilège d'appeler sa sœur Shelly. Une mauvaise nouvelle.

— Mes parents vont bien ? lui renvoya-t-il aussitôt.

— Oui, rassure-toi. Toute ta famille est en pleine forme. De même que tous les gens que tu connais à Lake Eden. Sauf le shérif Grant. »

À la seconde où ces paroles sortirent de sa bouche, Hannah regretta de n'avoir pas trouvé une meilleure formule.

« Le shérif Grant a un problème ? demanda Lonnie, sans comprendre.

— Il est mort. Assassiné. Ça s'est passé le lundi de la semaine dernière. »

Le silence au bout de la ligne dura si longtemps que Hannah se demanda si Lonnie n'avait pas fait une syncope. Puis elle entendit un soupir suivi d'un raclement de gorge.

« C'est horrible, fit-il d'une voix tremblante. Mike et Bill veulent que je revienne ?

— Je n'en sais rien, mais tu peux les appeler pour leur poser la question. Mike a été nommé shérif par intérim. Tu lui diras que tu étais injoignable et que tu viens juste de l'apprendre.

— Bonne idée, répondit Lonnie, légèrement rasséréné. Ils ont des suspects ?

— Tu m'en demandes trop. Je ne suis pas dans la confidence.

— Ça ne m'étonne pas trop. Vous êtes fâchée ?

— J'avoue que leur attitude ne m'enchante guère, mais bon... Je ne me suis jamais bercée d'illusions.

— Non, je voulais savoir si vous étiez fâchée contre moi.

— Ah ! fit Hannah en s'efforçant de reprendre le dialogue là où il avait bifurqué. Parce que tu passes tes vacances avec Michelle ? »

Lonnie se racla la gorge encore une fois.

« Ben... oui. À cause de ça.

— Non, je ne suis pas fâchée. » Hannah sourit au souvenir de ses propres années d'université, à l'époque où elle déployait ses ailes pour explorer le vaste monde. « J'espère juste que tu ne l'empêches pas d'aller en cours. Il faut absolument qu'elle réussisse ses examens.

— Je ne l'empêche pas d'y aller. Au contraire, je l'accompagne et je m'assois dans le fond. Je prends même des notes au cas où Shelly raterait quelque chose. »

Hannah décida de suspendre l'interrogatoire. Lonnie était un brave garçon et Michelle assez grande pour savoir ce qu'elle faisait.

« Passons à un autre sujet, tu veux ? Tu te souviens de ce rapport d'incident que tu as rédigé avant de partir en vacances. Savais-tu que le shérif Grant l'avait emporté chez lui ?

— Non, mais ça ne me surprend pas. Cette affaire de voiture volée l'intéressait beaucoup. Il m'a dit qu'il comptait s'en occuper personnellement, et après, il a insisté pour que je prenne deux semaines de congé pour compenser les heures supplémentaires que j'avais dû faire dans le cadre de l'enquête.

— Ce genre de cadeau était-il dans ses habitudes ?

— Je ne peux rien affirmer. Mais le shérif Grant n'est pas... n'était pas... » Lonnie s'interrompit, le temps d'avaler sa salive. « D'habitude, le shérif Grant n'était pas si généreux avec ses adjoints. Alors, je me suis dit que j'avais intérêt à accepter avant qu'il change d'avis. J'ai fait mes bagages et je suis parti.

— C'était la meilleure chose à faire. Mais revenons à ce voleur de voiture. Que peux-tu me dire à son sujet ?

— Tout ce que je sais, je l'ai mis dans mon rapport. L'individu a refusé de décliner son identité et n'avait pas de papiers sur lui. J'ai pensé qu'il appellerait un avocat mais il n'a passé aucun coup de fil. Le shérif Grant m'a dit de ne pas m'en inquiéter, qu'il l'interrogerait lui-même.

Je suppose qu'il a fini par savoir qui c'était. En tout cas, quand je suis parti, le type était toujours en cellule. »

Hannah lui posa encore quelques questions mais comprit vite que Lonnie était incapable d'en dire plus. Elle lui demanda de lui repasser sa sœur, prit congé de cette dernière en lui promettant encore une fois de ne pas la trahir, raccrocha et ouvrit son bloc-notes.

Les indices commençaient à s'accumuler, songea-t-elle en tournant les pages. En résumé, elle disposait d'une grande quantité de pièces détachées, lesquelles avaient très probablement été stockées par le shérif Grant et non par son fils Jamie ; d'un voleur de voiture, arrêté par Lonnie mais interrogé par le shérif Grant, lequel s'était empressé de retirer l'affaire à son subordonné pour la reprendre à son compte ; et enfin d'un rapport d'incident rédigé par Lonnie et caché par le shérif Grant dans sa mallette James Bond. Tous ces éléments s'agençaient peu à peu. Étaient-ils constitutifs de l'affaire grâce à laquelle le shérif Grant espérait remporter les prochaines élections ? Et cette affaire avait-elle un rapport avec sa mort ?

Hannah crut que sa tête allait exploser. Heureusement, elle fut sauvée par la sonnerie du téléphone. Elle décrocha automatiquement et comprit ensuite que l'heure de fermeture était passée depuis dix minutes.

« Hannah ? fit Andrea. Je suis contente de t'avoir !

— Pourquoi ? »

Hannah coinça le combiné contre sa joue et se mit à compter la recette de la journée.

« J'ai presque fini de taper les recettes.

— Presque fini ? »

Hannah était si surprise qu'elle faillit poser un billet de

cinq dollars sur la liasse des vingt. « Mais tu viens à peine de commencer ! »

Andrea éclata de rire, ravie par la réaction de sa sœur. « Je suis dessus depuis deux jours. Je t'avais dit que j'étais une bonne dactylo.

— Oui, mais quand même ! À quelle heure veux-tu que je passe chercher Tracey, ce soir ?

— C'est la deuxième raison de mon appel. Pourrais-tu être chez nous à dix-neuf heures trente ? Lucie Dunwright vient de sortir avec Tracey et la petite Karen. Elle les emmène manger des hamburgers, et ensuite elles iront faire la chasse aux bonbons. Je pense qu'elles seront de retour pour dix-neuf heures trente. »

Karen Dunwright était dans la même classe que Tracey et Hannah l'aimait bien.

« OK, je prendrai le relais. Et pendant que nous serons à La Cave Hantée, Lucie te tiendra compagnie.

— C'est vraiment gentil de ta part, Hannah. Je suis bien contente de ne pas rester seule ce soir. J'avais encore besoin d'un service... mais je crains d'abuser.

— Ne dis pas de bêtises. Je te dois bien ça. Tu m'as enlevé une sacrée épine du pied en tapant ces recettes.

— Arrête, ce travail m'a aidée à tromper l'ennui. Rien à voir avec ce que je vais te demander. »

Hannah fronça les sourcils car elle avait noté une pointe d'angoisse dans la voix de sa sœur.

« De quoi s'agit-il ?

— C'est pour Bill. Il était si impatient de retourner au bureau qu'il a oublié de remplacer son feu arrière.

— Non ! gémit Hannah en devinant la suite. Les gars

du poste de contrôle s'en sont aperçus et maintenant ça lui fait deux avertissements.

— Tout à fait. La prochaine fois, il aura droit à une sanction et il ne peut pas se le permettre. Ce serait moche pour un candidat au poste de shérif.

— Je suis bien d'accord, dit Hannah en attendant que sa sœur en vienne au fait.

— Le problème c'est que la sanction risque de tomber dès ce soir.

— Pourquoi ce soir ?

— Parce que pour pouvoir rentrer à la maison, Bill devra repasser par le poste de contrôle. Et il reste ouvert tard.

— Donc, si je comprends bien, tu veux que je rejoigne Bill sur place et que je le ramène dans ma voiture ?

— Non, pas ça, fit Andrea en soupirant à fendre l'âme. Bill dit qu'il lui faut à peine dix minutes pour remplacer son feu arrière. Seulement voilà, il lui manque la pièce et s'il va l'acheter à la casse, il devra passer par le contrôle et sera sanctionné.

— Comme dans *Catch 22*, fit Hannah, amusée.

— Exactement. J'ai adoré ce film. Je l'ai vu l'année dernière sur la chaîne qui diffuse des classiques du cinéma. Alan Arkin était génial dans ce rôle. Et Buck Henry ! Quel acteur ! Cela dit, physiquement, je préfère Anthony Perkins. Je le trouve si...

— En un mot comme en cent, tu veux que j'aille acheter la pièce et que je la rapporte à Bill ? l'interrompit Hannah sans attendre la fin du générique.

— Eh bien oui, si ça ne t'embête pas.

— Pas du tout. À dire vrai, je prévoyais de passer voir

Ted pour lui faire goûter les cupcakes que j'ai réalisés en suivant la recette de sa mère. Je lui achèterai le feu arrière par la même occasion, et avant de rentrer pour préparer le repas de Moshe, je ferai un crochet par le poste de police.

— Tu lui prépares ses repas, maintenant ?

— Eh oui. J'ai enfin trouvé un compromis entre ce qu'il aime manger et ce que le vétérinaire veut qu'il mange.

— Qu'est-ce que tu cuisines ? »

Hannah songea au foie bouilli et aux coquilles d'œuf.

« Ça ne va pas te plaire.

— Bon, d'accord, passons à autre chose. N'oublie pas de mettre ton costume. Tracey a vraiment hâte de le voir. En quoi seras-tu déguisée ?

— C'est une surprise », répondit Hannah en se demandant si elle aurait le temps de laver et de faire sécher son habit de fantôme.

Quinze minutes plus tard, Hannah fermait sa boutique, montait dans sa voiture en emportant un sachet de cupcakes à l'intention de Ted, mais aussi, par précaution, la boîte de cornflakes et le couteau en plastique constituant son déguisement de secours, et se mettait en route pour la casse automobile.

Le ciel commençait à s'assombrir et les enfants à passer de porte en porte pour quémander des bonbons. Hannah sourit en voyant les plus petits trottiner derrière leurs aînés ou leurs parents. Tandis qu'elle traversait la ville en direction de l'autoroute, elle croisa deux Elvis, un King Kong, trois princesses de conte de fées, un Superman, deux squelettes en combinaison fluo, un mini Géant Vert hyper musclé et neuf fantômes. Les fantômes étaient d'une banalité folle, ces temps-ci, se dit-elle en se félicitant d'avoir prévu un déguisement alternatif.

L'esprit d'Halloween n'épargnait pas les véhicules circulant sur la voie rapide. Hannah aperçut des spectres baveux collés à la lunette arrière de deux voitures et un bras coupé dépassant du flanc d'un camion. Un bon nombre d'automobilistes roulaient avec des masques horribles sur le visage et un routier avait accroché une lanterne en forme de citrouille à la calandre de son semi-remorque. C'est tout imprégnée de cette ambiance festive que Hannah atteignit le vaste terrain où Ted avait installé son chantier de récupération. En cherchant une place où garer son break, elle passa devant la caravane servant de bureau et aperçut Beatrice derrière le comptoir. Deux avis valaient mieux qu'un, songea Hannah en souriant.

Quand elle descendit avec le précieux sachet à la main, une rafale de vent manqua lui faire perdre l'équilibre. Elle courut jusqu'à la caravane et entra sans frapper.

« Salut, Hannah ! lança joyeusement Beatrice. Que m'apportez-vous ?

— Des cupcakes. Je crois avoir résolu le mystère.

— Mais c'est génial ! s'écria Beatrice. Ted sera bien content.

— Je vous en prie, servez-vous. » Hannah lui tendit le sachet. « J'espère que cette fois sera la bonne.

— Je l'espère aussi. Si ça continue à ce rythme, je vais finir par prendre des kilos », lança Beatrice pour plaisanter.

Elle plongea la main dans le sachet, choisit un cupcake,

écarta la caissette en papier, prit une petite bouchée puis une plus grosse.

Quand la moitié du gâteau eut disparu, Hannah s'aperçut qu'elle ne respirait plus.

« C'est la recette d'Alma ? demanda-t-elle en reprenant son souffle.

— C'est elle ! Très exactement. Vous avez réussi, Hannah. Bravo. Alors, quel était l'ingrédient mystère ?

— Du coulis d'abricot. Comme celui qu'Alma conservait dans les petites bouteilles que vous avez trouvées vides dans sa cave.

— Quel soulagement ! » fit Beatrice en engouffrant le dernier morceau. Elle s'essuya les doigts sur l'une des serviettes en papier que Hannah avait glissées dans le sachet. « Attendez que Ted les goûte !

— En parlant de Ted, où est-il ? J'ai besoin d'un feu arrière pour la voiture de Bill.

— Il est parti avec la dépanneuse. C'est pour ça que je suis ici. Je le remplace. Il ne devrait pas tarder, mais je peux peut-être vous aider si vous me donnez le modèle, la marque et l'année.

— Tout est inscrit là-dessus », dit Hannah en lui tendant le papier qu'elle avait rempli sous la dictée de sa sœur.

Beatrice ouvrit un gros catalogue.

« Je suis sûre que nous avons cela, dit-elle en le feuilletant. Quand j'aurai trouvé la référence, je l'entrerai dans l'ordinateur et je saurai où la pièce est entreposée. »

Hannah regarda Beatrice taper un chiffre sur le clavier.

« Gagné ! Le feu arrière de Bill est section 17, corbeille 38.

— C'est-à-dire ?

— Exactement… ici, dit Beatrice en promenant son

doigt sur le large plan fixé à la cloison derrière le comptoir. Venez avec moi. Je vous fais visiter. »

Hannah la suivit jusqu'au hangar qui tenait presque le quart de la surface du terrain. Beatrice ouvrit la porte métallique, alluma les néons et se dirigea vers l'allée centrale, bordée de part et d'autre d'étagères allant du sol au plafond. Beatrice s'arrêta devant celle marquée 17.

« La corbeille 38 devrait être à peu près... là.

— Je la vois, dit Hannah en pointant la troisième rangée à partir du bas. Mais il faut un escabeau. »

Beatrice hocha la tête, passa dans l'allée voisine et revint une minute plus tard en poussant devant elle un escabeau sur roulettes, pareil à ceux qu'on trouve dans les magasins d'outillage et qui permettent aux vendeurs d'accéder aux produits rangés dans les hauteurs.

« Regardez. Avec ça, ce sera un jeu d'enfant. »

Hannah allait lui proposer de monter à sa place, mais elle n'en eut pas le temps. Beatrice enfila une paire de gants, grimpa, plongea la main dans la corbeille et redescendit en brandissant un feu arrière quasiment neuf.

« Et voilà le travail !

— Magnifique », dit Hannah en prenant la pièce. Puis, alors que Beatrice remettait l'escabeau là où elle l'avait trouvé, elle ajouta : « Vous ne sauriez pas où sont les allume-cigares, par hasard ? J'en voudrais un pour mon break. Figurez-vous qu'on me l'a vendu sans.

— Ils sont en section 12. Mais j'ignorais que vous fumiez.

— Je ne fume pas. Non, c'est juste pour allumer une bougie.

— C'est une figure poétique, j'imagine, fit Beatrice, intriguée.

— Pas seulement. Avec un allume-cigare, on peut vraiment allumer une bougie. Et quand on est coincé dans une congère, n'importe quelle source de chaleur est bonne à prendre. En plus, je trouve ce trou dans le tableau de bord affreusement moche. Ça fait négligé. »

Beatrice lui fit signe de la suivre vers un rayonnage plus proche de l'entrée.

« Ils sont là, dit-elle en lui désignant une corbeille posée sur la deuxième étagère. Allez-y, prenez n'importe lequel. Les allume-cigares sont tous pareils. Mais enfilez ça d'abord, ajouta-t-elle en lui tendant ses gants. La semaine dernière, Ted a oublié d'en mettre et il s'est entaillé le poignet alors qu'il cherchait quelque chose par ici. Il y avait du sang partout sur sa chemise. Il a fallu que je la jette.

— Je suis au courant, Jon Walker m'en a parlé. Il paraît que Ted et moi prenons les mêmes antibiotiques. Ceux qui coûtent les yeux de la tête. »

Hannah ayant trouvé son allume-cigare, les deux femmes repartirent en direction de la caravane. À mi-chemin, Beatrice attira son attention sur une drôle de structure cubique grande comme un garage.

« Notre nouveau broyeur, claironna-t-elle. N'est-il pas magnifique ?

— En effet, bredouilla Hannah, même si cet adjectif lui semblait inapproprié. Comment ça marche ?

— C'est comme une boîte sans couvercle. Ted soulève une voiture avec sa grue, la laisse tomber à l'intérieur, les parois du broyeur se rapprochent et la voiture ressort pas plus grosse qu'une huche à pain. »

Le vent soufflait toujours plus fort. Les deux femmes retrouvèrent avec plaisir l'espace protégé de la caravane. Beatrice imprimait la facture quand le téléphone sonna.

« Excusez-moi une seconde. Si c'est Ted, je lui dirai que vous avez trouvé la recette.

« Casse automobile de Lake Eden, chantonna Beatrice en décrochant. Oh, bonsoir, mon trésor ! Vous êtes prêtes pour le spectacle, Krista et toi ? »

Hannah sourit. Beatrice parlait à sa petite-fille, Leah.

« Oh, ma chérie ! Dis-moi si je peux t'aider. » Beatrice écouta un instant. « Bien sûr que c'est possible, mon trésor. J'attends ton grand-père. Dès qu'il est là, je te rejoins.

— Il y a un problème ? demanda Hannah quand Beatrice eut raccroché.

— Leah a déchiré l'aile de son costume de chauve-souris. Elle voudrait la recoudre mais elle n'y arrive pas. Et sa mère n'est pas à la maison.

— Donc, elle vous appelle à l'aide.

— Oui, mais je dois attendre le retour de Ted. Je pourrais fermer le chantier et m'en aller tout de suite s'il n'y avait pas cette livraison à venir. Des carcasses de voitures accidentées. Ted doit les démonter, récupérer les pièces encore en bon état et les envoyer à son client de Minneapolis. C'est le genre de bonhomme qu'il vaut mieux ne pas faire attendre !

— Un gros client, je suppose.

— Nous réalisons plus de la moitié de notre chiffre d'affaires avec lui. S'il changeait de fournisseur, ce serait la catastrophe.

— Il doit vous commander énormément de choses.

— À qui le dites-vous ! Tous les lundis matin, il nous

faxe une liste de pièces détachées longue comme le bras. Après quoi, Ted doit les localiser et les lui faire parvenir au plus vite.

— Les localiser ? Comment cela ? demanda Hannah qui ne connaissait rien au métier de Ted.

— J'ignore comment il procède exactement. Je crois qu'il rassemble les pièces dont nous disposons et s'il lui manque ceci ou cela, il téléphone à ses collègues des autres casses. Toujours est-il qu'à la fin de la semaine, il est toujours en mesure de livrer la totalité de la commande. »

Une idée traversa l'esprit de Hannah et s'envola aussitôt. Elle avait une question à poser à Beatrice. Ou bien à Ted. Mais laquelle ? Si elle attendait le retour de Ted, cette idée ressurgirait peut-être, songea-t-elle.

« Écoutez, Beatrice, allez retrouver votre petite-fille. Je vous remplacerai le temps que Ted revienne. Quand il sera là, je lui ferai goûter les cupcakes et comme ça, je saurai tout de suite ce qu'il en pense.

— Vous êtes sérieuse ?

— Absolument. Dites-moi juste ce que je dois faire quand le camion de livraison se présentera.

— Rien. Vous n'aurez rien à faire, répondit Beatrice en posant une écritoire à pince sur le comptoir, près de la caisse enregistreuse. Le chauffeur connaît les lieux. Vous voyez ce terre-plein près du hangar ? C'est là qu'il déchargera les épaves.

— Compris.

— Vous signerez le bon de livraison, vous lui remettrez le premier exemplaire et vous garderez le double pour la comptabilité. Vous le poserez sur cette écritoire à pince.

— Et si des clients se pointent ? Je devrai les servir ?

— Non, ne vous préoccupez pas de cela. À l'heure qu'il est, personne ne viendra. Au pire, vous leur direz de patienter jusqu'au retour de Ted ou bien de repasser demain.

— Entendu. Autre chose ?

— Oui, une seule. Ted sera peut-être fâché de ne pas me trouver ici. Quand vous le verrez, dites-lui pourquoi je suis partie, et tout de suite après, donnez-lui un cupcake. Ça le calmera. Vous voulez que je mette le chauffage ?

— Non, il ne fait pas si froid. Au cas où, j'irai prendre le blouson que j'ai laissé dans mon break. »

Beatrice se dépêcha de rejoindre sa voiture. Quand elle franchit le portail du chantier de récupération, Hannah jeta un œil sur la pendule. Il était dix-huit heures passées et elle avait promis d'aller chercher Tracey et Karen chez sa sœur à dix-neuf heures trente. Si Ted ne revenait pas très vite, elle n'aurait pas le temps de passer chez elle pour nourrir Moshe. Bien sûr, il n'en mourrait pas. Avec l'omelette qu'elle lui avait servie pour son petit déjeuner, il pouvait attendre un peu. Et s'il avait trop faim, il n'aurait qu'à se caler l'estomac avec les croquettes senior qui restaient au fond de sa deuxième gamelle.

Cupcakes au caramel

Préchauffer le four à 175°,
la grille en position médiane.

200 g de caramels mous
1 tasse de lait
½ tasse de beurre ramolli (1 plaquette de 125 g)
1½ tasse de sucre blanc
1½ tasse de farine
1½ cuillerée à thé de levure chimique
½ cuillerée à thé de sel
3 œufs
½ tasse de coulis d'abricot

Prendre un moule à cupcakes et garnir les 12 alvéoles de caissettes en papier (2 caissettes par alvéole). Cette recette étant prévue pour 18 cupcakes, on placera le reste de la pâte dans un moule de 6 pareillement garni ou un moule à gâteau rond (20 cm) préalablement chemisé.

Faire fondre les caramels dans une petite casserole avec le beurre et la moitié du lait. Laisser tiédir.

Mélanger la farine, la levure et le sel. Réserver. Verser le sucre et le beurre ramolli dans le bol du mixer. Faire tourner environ 3 minutes, jusqu'à ce que le mélange soit homogène et mousseux (à la main, il faut 2 minutes de plus et une musculature développée). Casser les œufs dans le bol, l'un après l'autre, en mixant pendant quelques secondes après chaque ajout. Verser le tiers du mélange farine-levure-sel et le tiers du lait restant (ces quantités sont données à titre indicatif, l'essentiel étant de procéder progressivement afin d'obtenir une pâte fluide). Mixer. Verser le coulis d'abricot (en deux temps). Mixer. Ajouter la moitié du caramel fondu encore tiède. Mixer. Puis le deuxième tiers farine/lait. Mixer. Puis le reste du caramel fondu. Mixer. Puis le reste de la farine et du lait. Mixer et laisser reposer au moins 5 minutes.

Tourner la pâte avec une spatule pour s'assurer que le mélange est bien homogène puis la verser dans les alvéoles garnies de caissettes doubles et le moule de 20 cm (si cette option a été choisie).

Cuire à 175° pendant 20 à 25 minutes (30 minutes pour le moule de 20 cm).

Glaçage au caramel

18 cupcakes, ou 12 + 1 gâteau, à température ambiante
1 tasse de crème liquide
1 tasse de sucre
10 g de gélatine en feuilles

Mettre les feuilles de gélatine à tremper dans une tasse d'eau froide. Dans une casserole, chauffer la crème sans la faire bouillir.

Dans une autre casserole, verser le sucre en le répartissant pour qu'il forme une couche bien plane. Faire chauffer à feu moyen jusqu'à obtenir une belle matière brune (en remuant avec une spatule, si besoin, pour éviter que le caramel ne brûle). Verser la crème chaude petit à petit sans cesser de remuer (prendre garde aux projections). Cuire à feu doux une quinzaine de minutes en remuant.

Retirer du feu, incorporer la gélatine ramollie après l'avoir soigneusement égouttée. Laisser tiédir puis mélanger énergiquement et enfin passer au chinois.

Verser délicatement sur les cupcakes et le gâteau rond.

Vos cupcakes seront encore plus savoureux si vous les laissez quelques heures au frigo à couvert, avant glaçage.

Chapitre 29

Hannah était assise près de la caisse enregistreuse et regardait au loin les véhicules qui passaient sur la voie rapide en pianotant nerveusement sur le comptoir. Elle commençait à trouver le temps long. Le soleil avait disparu, il était presque dix-huit heures trente, Ted n'était toujours pas rentré et le camion de livraison se faisait désirer.

La température à l'intérieur de la caravane avait considérablement baissé. Hannah resserra son blouson autour d'elle en frissonnant. Peut-être aurait-elle dû laisser Beatrice brancher le radiateur, finalement. La soirée s'annonçait glaciale et le vent soufflait de plus en plus fort. À cette période de l'année, il dépassait fréquemment les cent kilomètres à l'heure.

Les cloisons de la caravane tremblaient sous les rafales qui balayaient les feuilles mortes et les emportaient sous les carcasses des voitures. Tout à l'heure, quand elle était sortie pour prendre son blouson et installer l'allume-cigare, Hannah avait cru renifler l'odeur de la neige.

Sa grand-mère Ingrid se disait capable de prévoir les chutes de neige rien qu'en humant l'air. Et elle avait transmis ce savoir-faire à l'aînée de ses petites-filles. Hannah se revit enfant, assise à côté d'elle sur la balancelle de la ferme familiale, emmitouflée dans un plaid, le nez au vent. Effectivement, ce jour-là, elle avait cru déceler une odeur. Quand elle avait voulu savoir ce que c'était, sa grand-mère n'avait pas su mettre un nom dessus. En revanche, elle lui avait assuré qu'à l'avenir, chaque fois qu'elle la sentirait, la neige ne tarderait pas à tomber.

Des phares s'allumèrent aux abords de l'autoroute. Un véhicule venait de s'engager sur la bretelle. C'était un poids lourd équipé d'une remorque à plateaux. Hannah remonta la fermeture éclair de son blouson et sortit de la caravane pour aller à sa rencontre.

Le chauffeur la salua d'un signe de la main et, comme Beatrice le lui avait prédit, continua jusqu'à la zone de démontage. Hannah, qui s'était retranchée à l'intérieur de la caravane, le regarda faire. L'aisance avec laquelle il manœuvrait, parcourant le chemin d'accès en marche arrière comme s'il conduisait une banale voiture, lui arracha un sourire d'admiration. Mais quand il passa au déchargement proprement dit, son sourire se figea. Elle n'était pas experte en la matière, mais, à son avis, les quatre véhicules qu'il transportait ne pouvaient être qualifiés d'épaves. Peut-être étaient-ils défectueux et donc impropres à la vente, mais leurs malfaçons ne se voyaient pas à l'œil nu.

Une fois la remorque vidée de son chargement, le chauffeur regagna sa cabine, démarra et parcourut les vingt mètres qui le séparaient de la caravane. Hannah sortit, prit l'écritoire que l'homme lui tendait par la fenêtre, signa et reçut en retour le double du bon de livraison.

« Il va geler, cette nuit, lui dit-il.

— Ça m'en a tout l'air.

— Vous êtes nouvelle ? demanda-t-il en la dévisageant. J'ai causé avec Ted ce matin. Je croyais qu'il serait là.

— Il a dû partir remorquer une voiture accidentée. Je remplace sa femme. Elle avait une urgence familiale.

— Ah bon », marmonna le chauffeur avant de remonter sa vitre.

Il passa une vitesse et redémarra. Hannah resta un instant à regarder ses feux arrière s'éloigner vers l'autoroute puis rentra dans la caravane et alla prendre l'écritoire que Beatrice avait laissée en vue. Elle était sur le point d'y agrafer le double du bon de livraison quand elle vit la feuille déjà coincée sous la pince.

C'était un fax. La liste des pièces détachées commandées par le gros client de Minneapolis, sans doute. Hannah fit courir son doigt du haut en bas de la feuille et compta les lignes. Pour avoir besoin d'un si grand nombre d'articles pour une seule semaine, ce type devait posséder une chaîne de garages.

Hannah déchiffra les caractères imprimés en haut du fax. *Words, Etc*, lut-elle en fronçant les sourcils. *Words, Etc* était la société qui gérait les cybercafés dans les centres commerciaux de la région. Les particuliers s'y rendaient pour faire des photocopies, faxer des documents, consulter Internet ou graver des CD. Mais pourquoi le patron d'une chaîne de garages, qui devait posséder son propre secrétariat, envoyait-il ses courriers via un cybercafé ? Hannah examina plus précisément la liste des pièces détachées et la compara avec le modèle et la marque des véhicules inscrits sur le bon de livraison. Chaque article commandé pouvait être récupéré sur l'une ou l'autre de ces quatre voitures.

Hannah ressentit un léger vertige tandis que les indices collectés depuis une dizaine de jours commençaient à s'ordonner dans sa tête. Ted avait peut-être acheté ces véhicules chez un confrère, mais il n'en demeurait pas moins qu'ils étaient trop neufs pour être honnêtes. Neufs et, qui sait, en état de marche. Les aurait-on volés dans le but d'honorer la commande du client de Minneapolis ? La récente prospérité de l'entreprise tenue par Ted et Beatrice serait-elle due à un trafic de voitures volées ?

Hannah relut les mentions portées sur le bon. Il y était bien indiqué qu'il s'agissait de véhicules hors d'usage. Mais pour vendre une voiture, fût-elle hors d'usage, ne devait-on pas fournir un document spécifique ? Peut-être ce document se trouvait-il dans l'une des boîtes à gants, se dit-elle en sortant dans le froid pour aller vérifier. Mais non, il n'y avait rien. Pourtant, sauf erreur, c'était une formalité strictement obligatoire. Hannah songea un instant à téléphoner au service compétent, mais à cette heure, les administrations étaient fermées.

N'ayant pas le temps d'attendre jusqu'au lundi matin, Hannah sauta sur le téléphone et composa le numéro d'Eleanor Cox. Eleanor avait travaillé au bureau des cartes grises pendant presque vingt ans avant de prendre sa retraite. Elle connaîtrait forcément la réponse.

« Bonsoir, Eleanor, dit Hannah en remerciant la providence de n'être pas tombée sur un répondeur.

— Bonsoir, Hannah. Que puis-je faire pour vous ?

— J'ai une question de procédure à vous poser. Quand

on met son véhicule à la casse, ne doit-on pas fournir un genre d'attestation ?

— Votre break n'est quand même pas en si mauvais état !

— Non, il ne s'agit pas de mon break. C'est juste un truc qui me turlupine. Vous pouvez me renseigner ?

— Bien entendu. Vous croyez que j'ai passé vingt ans à faire des mots croisés ? Oui, il faut remettre une attestation prouvant qu'on est bien le propriétaire du véhicule. Et cette attestation doit être contresignée par la personne qui en prend possession, qu'il s'agisse d'un concessionnaire, d'un particulier, d'une association ou d'une casse automobile.

— Et si une casse automobile revend une voiture à une autre casse automobile ?

— L'obligation s'applique de la même façon, répondit Eleanor sur un ton sentencieux. Sans ce document, un véhicule ne peut pas changer de main. Ce serait illégal.

— Merci, Eleanor. Vous m'avez bien aid...

— C'est drôle, mais en vingt ans, personne ne m'avait jamais posé cette question. Et en moins de deux semaines, ça fait la deuxième fois.

— Qui d'autre ?

— Le shérif Grant. Le jour de sa mort. »

Hannah prit congé d'Eleanor et raccrocha d'un geste automatique. Son cerveau fonctionnait à plein régime, établissant des multitudes de connexions entre les différents indices. Le shérif Grant avait stocké des pièces détachées dans son bureau personnel, caché un rapport d'incident concernant un vol de voiture dans le compartiment secret de sa mallette, interrogé Eleanor sur l'attestation à fournir lors de la vente d'un véhicule. Tout concordait : le shérif Grant avait tenu le même raisonnement qu'elle. Il avait suivi la même piste et celle-ci l'avait conduit droit dans la tombe. Mais qui l'y avait poussé ? Le chauffeur du camion ? Le client de Minneapolis ? Ou bien Ted lui-même ?

Hannah étouffa un cri. Une nouvelle pièce venait de trouver sa place dans le puzzle. Selon Barbara Donnelly, Ted portait sa combinaison de travail le jour où il était allé chercher Leah et Krista au studio de danse. Ted aurait-il enfilé cette combinaison pour cacher ses vêtements tachés par le sang du shérif Grant ? Et cette blessure au poignet ? S'était-il coupé dans son hangar, comme Beatrice le lui avait dit, ou sur le couvercle de la benne à ordures alors qu'il balançait à l'intérieur le corps du shérif Grant ?

Le cœur battant, Hannah reconstitua les événements du sinistre lundi soir, tels qu'ils s'étaient probablement déroulés. Le shérif Grant avait vu Ted arriver sur le parking du lycée au volant de son camion. Normalement, Ted aurait dû laisser son véhicule de travail sur place et repartir avec la voiture de Beatrice. Mais le shérif Grant l'avait aussitôt abordé en le bombardant de questions. Comprenant que le shérif allait lui passer les menottes, Ted s'était débattu et l'avait frappé à la tête avec un objet contondant. Un objet qu'il avait à portée de la main, comme... un démonte-pneu.

Le camion en question était garé non loin de la caravane. Hannah le voyait par la fenêtre. Et si l'arme du crime y était encore ? songea-t-elle. Dans ce cas, il ne lui faudrait pas beaucoup de temps pour la trouver. Même si Ted avait pris soin de la nettoyer, le sang du shérif apparaîtrait à l'analyse, accusant son assassin de manière indiscutable.

Elle irait prendre ce démonte-pneu, le porterait à Bill en même temps que son feu arrière et le tour serait joué.

Une minute plus tard, Hannah revenait avec l'objet. Elle songea un instant à le cacher dans son break, mais pour cela, elle aurait dû ressortir. Or il faisait de plus en plus froid. Mais pourquoi le cacher, après tout ? se dit-elle. Pourquoi ne pas le laisser dans la caravane, attendre le retour de Ted et le lui acheter comme n'importe quelle autre pièce détachée ?

Hannah posa l'arme du crime sur le comptoir, rapprocha le tabouret, s'assit et reprit ses cogitations. Si Ted s'était effectivement coupé au poignet en hissant le corps du shérif Grant dans la benne, il avait peut-être laissé son sang sur le démonte-pneu. Dans ce cas, Mike et Bill n'auraient plus qu'à comparer ces traces avec celles trouvées sur le couvercle.

Ayant à présent deux potentiels éléments incriminants pour le prix d'un, Hannah se remit à étudier le déroulement des faits. Son scénario tenait debout, et pourtant quelque chose manquait. Elle passa en revue les témoignages qu'elle avait recueillis depuis dix jours et se souvint de la tache de rouille sur la robe de Krista. Était-ce vraiment de la rouille, ou bien le sang du shérif Grant ? se demanda-t-elle. La petite fille aurait-elle pu tacher sa robe blanche en prenant place dans le camion où quelques minutes auparavant Ted s'était changé après avoir commis son forfait ? Hannah fut parcourue d'un long frisson. Krista avait laissé sa robe chez les sœurs Hollenbeck. Si jamais Clara et Marguerite rentraient de vacances plus tôt que prévu et nettoyaient la tache avec un solvant, c'en serait fini de ce nouvel indice. Hannah composa leur numéro et tomba sur le répondeur. Elles n'étaient pas rentrées. Elle décida de laisser un message mais il lui fallut d'abord écouter le discours interminable que les sœurs avaient cru bon d'enregistrer. Elle attendait encore le bip annonciateur quand un grondement de moteur lui fit lever les yeux. Au même instant, la dépanneuse de Ted Koester s'arrêta devant la caravane.

Hannah raccrocha, lui fit un petit signe à travers la vitre et se colla un sourire sur le visage. Heureusement qu'il ne lisait pas dans les pensées ! songea-t-elle en respirant profondément. Elle lui expliquerait que Beatrice avait dû s'absenter, que la livraison était arrivée, lui ferait goûter un cupcake, réglerait le démonte-pneu et s'en irait.

« Bonsoir, Hannah. » Ted entra dans la caravane et lui jeta un regard perplexe. « Mais où est Beatrice ?

— Avec votre petite-fille. Comme Leah avait un problème avec son costume d'Halloween, j'ai proposé à Beatrice de la remplacer et de réceptionner la livraison que vous attendiez. J'ai signé le bon et j'ai accroché le double sur l'écritoire à pince, comme Beatrice m'a dit de le faire.

— Merci, fit Ted en baissant les yeux sur le sachet blanc posé près de la caisse enregistreuse. Qu'est-ce que c'est ?

— Des cupcakes. Je pense avoir reconstitué la recette d'Alma. Mais je vous en prie, goûtez ! Vous me direz si c'est bien cela. »

Ted s'exécuta et, au bout de la troisième bouchée, déclara :

« Vous avez réussi. Quel était cet ingrédient qui faisait pester Beatrice l'autre soir ?

— Du coulis d'abricot.

— Ça alors ! s'ébahit Ted. Je n'y aurais jamais pensé. Donc, si je comprends bien, la recette de ma mère pourra figurer dans votre livre de cuisine ?

— Tout à fait.

— Je suis bien content. Quand je pense que ma mère n'a jamais voulu la transmettre ! Beatrice vous en a parlé ? »

Hannah acquiesça pour la forme. En réalité, elle ne pensait qu'à une chose : trouver une excuse valable pour sortir de cette caravane, et de préférence en emportant l'arme du crime avec elle.

« Chaque fois qu'elle venait nous voir, elle prétendait l'avoir oubliée et promettait de nous l'envoyer par la poste dès son retour, poursuivit Ted. On l'attend toujours. Désormais, elle sera accessible à tout un chacun. C'est bien fait pour elle. »

Hannah déglutit. Elle n'avait jamais entendu Ted parler ainsi de sa mère. Il se comportait bizarrement, ce soir, se dit-elle. Raison de plus pour s'en aller au plus vite.

« Ted, il faut que je file. J'ai promis d'emmener Tracey à la fête d'Halloween et je suis déjà en retard. Je vous dois combien pour le démonte-pneu ?

— Rien. Je vous l'échange contre les cupcakes.

— Merci. »

Hannah tendit la main pour attraper l'objet mais Ted la prit de vitesse.

« Attendez, je vous l'emballe », dit-il en sortant un plastique de derrière le comptoir.

Hannah le vit ouvrir le sac, mettre le démonte-pneu à l'intérieur et s'interrompre au milieu de son geste.

« Où l'avez-vous trouvé ?

— Euh... C'est Beatrice qui me l'a donné. J'avais

également besoin d'un feu arrière et d'un allume-cigare, mais ces objets-là sont déjà payés.

— Où l'a-t-elle pris ? »

Hannah haussa les épaules pour feindre l'ignorance.

« Quelque part dans le hangar, je suppose. Je ne l'ai pas vue faire. Je cherchais mon allume-cigare.

— Non, elle ne l'a pas pris dans le hangar. Il était dans mon camion.

— Comment pouvez-vous dire ça ? fit Hannah en écarquillant les yeux. Tous les démonte-pneus se ressemblent, non ?

— Celui-ci est différent. Plus long, plus lourd. Il vient de mon vieux camping-car. En ce temps-là, les outils étaient de meilleure qualité. J'y tiens et Beatrice le sait. Je ne comprends pas qu'elle vous l'ait donné... »

Hannah blêmit. Ted la regardait intensément entre ses paupières mi-closes. Il plongea la main dans le sac, ressortit la barre de fer, la serra au creux de son poing et en tapota l'extrémité sur la paume de sa main gauche. La menace était claire. Ted venait de comprendre qu'elle s'était introduite dans son camion, et il savait également pourquoi. Hannah eut beau se creuser la cervelle, elle ne trouva aucune échappatoire. Il était trop tard.

« C'est vous qui l'avez pris, fit-il d'une voix sourde. Et je ne vois qu'une seule raison... »

Hannah en avait assez entendu. Elle effectua un demi-tour sur place, se précipita vers la porte, l'ouvrit et partit en courant.

Chapitre 30

La nuit se referma autour d'elle, lui offrant une couverture bien venue. Hannah fila droit vers son break en prenant garde de ne pas trébucher sur le sol inégal. L'effet de surprise jouerait en sa faveur. Ted ne la rattraperait pas. Elle se félicitait d'avoir suivi son instinct quand elle vit le sachet de cupcakes dans sa main. Elle avait emporté les gâteaux et laissé ses clés de voiture sur le comptoir.

Son break était garé non loin du terre-plein aux épaves. Hannah bifurqua et s'engagea, le vent dans le dos, sur le chemin de terre qui traversait le chantier de récupération en son milieu. Heureusement, la zone était à peine éclairée. Pliée en deux, Hannah se faufila entre les carcasses de voitures. Arrivée au bout du terrain, elle repéra une antique Cadillac aux vitres éclatées, tira comme une folle sur la portière rouillée qui finit par céder dans un grincement déchirant, se jeta sur la banquette et referma derrière elle.

Osant à peine respirer, Hannah resta un long moment terrée sur le plancher de la Cadillac, tous ses sens en éveil.

Mais à part les hurlements du vent et les battements précipités de son cœur, il n'y avait aucun bruit. Ted ne l'avait peut-être pas vue se réfugier dans cette voiture. Pour la trouver, il allait devoir inspecter les épaves l'une après l'autre. Et pendant ce temps, elle trouverait le moyen de lui fausser compagnie, peut-être même de rejoindre l'autoroute où elle n'aurait plus qu'à arrêter un automobiliste.

Hannah se releva tout doucement et jeta un petit coup d'œil par la lunette arrière. Personne. Devait-elle sortir maintenant ou rester encore un peu ? Mais si elle sortait et qu'elle tombait sur Ted ? Peut-être attendait-il seulement qu'elle se montre. Peut-être surveillait-il le terrain depuis une hauteur. Si seulement elle avait eu un téléphone sur elle ! Tous ses beaux arguments contre les portables lui paraissaient ridicules, à présent ! Le portable était au détective amateur ce que le gilet de sauvetage était au plaisancier : un accessoire de survie.

Ayant longuement pesé les avantages et les inconvénients d'une sortie immédiate, Hannah décida finalement de ne pas bouger et de supporter stoïquement ses crampes. De toute façon, le bruit de l'autoroute et les rafales de vent n'auraient sans doute pas couvert les crissements du gravier sous ses pas. Ted l'aurait repérée dans la seconde.

Mais où pouvait-il bien être ? se demanda-t-elle pour la énième fois. La cherchait-il encore ou avait-il renoncé, découragé par l'ampleur de la tâche ? Peut-être avait-il choisi de fuir pour échapper à la prison. Peut-être qu'en ce moment même, il roulait pied au plancher vers la frontière de l'État, voire du pays.

Hannah toucha la portière et se ravisa aussitôt. La prudence était de mise. Elle compterait jusqu'à mille et, si rien ne se passait d'ici là, elle sortirait de cette voiture et filerait ventre à terre en direction de l'autoroute.

Compter jusqu'à mille dans le noir, le nez sur un tapis de sol crasseux, nécessitait une patience qu'elle craignait de ne pas avoir. Hannah arriva à cent sans trop de mal, puis à deux cents un peu plus difficilement. Trois cents lui demandèrent un gros effort, mais moins que quatre cents. Les cinq cents furent atteints sans qu'elle s'en aperçoive. La suite défila comme si elle était sous hypnose. Si bien qu'en entendant neuf cents résonner dans sa tête, Hannah crut se réveiller d'un long cauchemar. Mais non, elle ne dormait pas. Et le bruit qui venait de retentir à l'extérieur était bien réel. Il se transforma en un grondement, la Cadillac vibra, comme percutée par une masse métallique, décolla du sol et retomba lourdement.

D'instinct, Hannah se mit en boule et resta un long moment sans bouger. Puis elle tenta de remuer les membres. Elle n'était pas blessée, juste étourdie par le choc. On aurait vraiment dit que la Cadillac avait été emboutie par un autre véhicule. Mais à peine eut-elle retrouvé ses esprits qu'un autre phénomène s'imposa à sa conscience. La voiture oscillait comme un pendule. Hannah laissa passer trente secondes et, comme le mouvement continuait, s'agenouilla sur la banquette et jeta un œil par la lunette arrière.

« Nooon ! » gémit-elle, horrifiée.

La Cadillac ne reposait plus sur ses quatre roues.

Aussitôt, son cerveau se bloqua, comme s'il refusait d'analyser les images que ses yeux lui envoyaient. Paralysée de terreur, Hannah regardait le sol s'éloigner de la voiture quand elle comprit que c'était la voiture qui s'éloignait du sol. Ted s'était mis aux commandes de la grue géante servant à déplacer les épaves et la soulevait avec la griffe de maintien.

Hannah regarda en bas et le regretta immédiatement. La Cadillac se balançait de plus en plus fort, le sol reculait de plus en plus vite. Elle ferma les yeux et se remit à gémir. Ce n'était pas la hauteur qui la terrifiait. Grimper sur une échelle ne lui avait jamais posé de problème. À l'université, lors d'un exercice d'incendie, elle était même descendue par l'escalier de secours sans ressentir de vertige. En revanche, jouer à la balançoire vingt mètres au-dessus du sol ne l'enthousiasmait guère. Voilà pourquoi elle n'avait jamais fait de balade en montgolfière et avait refusé de monter sur la grande roue l'été précédent à la foire du comté, malgré l'insistance de sa nièce.

Non, il valait mieux ne pas regarder. Prise de nausées, Hannah retomba sur le tapis crotté. Elle devinait ce que Ted prévoyait de faire et cela ne lui plaisait pas du tout. Deux heures plus tôt, quand Beatrice lui avait présenté le nouveau broyeur, Hannah n'avait pu s'empêcher de s'imaginer tombant avec sa voiture dans la gueule du monstre et ressortant sous la forme d'un bloc de métal concassé pas plus gros qu'une huche à pain. Hannah ne possédait pas de huche à pain mais voyait à peu près le volume que cela représentait. Et ce n'était pas fait pour la rassurer.

Cela dit, rester collée au tapis de la Cadillac en tremblant de tous ses membres ne l'avancerait à rien. Hannah respira un grand coup, se redressa, regarda de nouveau par la lunette arrière et vit qu'elle avait encore pris de la hauteur. Elle atteindrait bientôt le sommet des arbres.

Cela non plus n'était pas fait pour la rassurer. Et pourtant, n'écoutant que son courage, elle baissa les yeux vers le sol.

La voiture de Mike ! Mike était venu à son secours ! Il était garé en bas et discutait avec Ted penché devant sa vitre.

Hannah sortit la tête et hurla. Son cri se fondit dans le sifflement du vent et le vacarme du broyeur. Elle était là, à dix mètres de Mike et il ne l'entendait pas. Sauter était hors de question, même pour une casse-cou dans son genre, mais il y avait peut-être un autre moyen.

Hannah se glissa entre les sièges, empoigna le volant et pressa de toutes ses forces sur le klaxon. Elle eut beau faire, rien ne se passa. Soit la batterie était morte soit Ted l'avait démontée pour la revendre.

Il lui en fallait plus pour se laisser abattre. Hannah se pencha par la fenêtre côté passager. Mike était descendu de voiture et se tenait pile au-dessous d'elle. N'ayant jamais expérimenté avec une telle intensité la notion de si loin si proche, elle se demanda comment attirer son attention avant qu'il prenne congé de Ted et s'en aille.

Deux secondes plus tard, elle retirait son blouson. Elle le jetterait par la fenêtre et, quand Mike lèverait la tête pour savoir d'où venait l'étrange projectile, elle lui ferait de grands signes et il la verrait. Hannah tendit le bras à l'extérieur, marmonna une courte prière au dieu de la gravitation universelle, et lâcha le blouson. Celui-ci s'ouvrit comme un parachute. Il semblait bien parti pour atteindre sa cible mais, au dernier moment, une bourrasque l'emporta.

Qu'avait-elle d'autre sous la main ? s'interrogea-t-elle. Puis elle vit le sachet de cupcakes. Parfait ! Elle en prit un, le cala au creux de sa paume, visa et le regarda s'écraser sur le sol, à trois mètres de Mike. Le lancer suivant fut légèrement plus précis. Le prochain serait le bon, songea-t-elle.

Hannah poussa un cri de victoire. Le troisième cupcake avait heurté le crâne de Mike avant de rebondir et de se perdre dans l'obscurité. Ted dit quelque chose. Mike lui répondit en souriant. Même sans entendre les paroles, elle n'eut aucun mal à deviner leur dialogue. Ted : *Ça souffle drôlement fort ce soir, hein ?* Mike : *C'est sûr. Un instant, j'ai même cru qu'on m'avait jeté un truc sur la tête.*

Hannah fut parcourue d'un frisson mortel. Si Mike s'en allait sans avoir levé les yeux, son sort était scellé... ou plutôt, compressé. Tentant le tout pour le tout, elle lâcha son dernier cupcake, et quand la boule de pâte explosa dans les cheveux de Mike, elle se mit à hurler de toute la force de ses poumons. Mike leva la tête, la vit et se figea. Au même instant, profitant de sa stupeur, Ted se jeta sur lui.

Hannah poussa un cri d'angoisse qu'elle fut la seule à entendre. Son sauveur potentiel allait devenir victime à son tour. Comment pouvait-elle l'aider depuis son perchoir vertigineux autant qu'instable ?

Il fallait trouver un moyen, et vite. Mais autour d'elle, il n'y avait plus d'objet à balancer. En revanche, sur elle, si. Ses bottes. Une botte tombant de cette hauteur pouvait faire mal. Hannah retira la droite, la sortit par la fenêtre et se pencha pour calculer sa trajectoire.

Les deux hommes avaient basculé l'un sur l'autre et se bourraient de coups de poing. Pour l'instant, c'était le dos de Ted qu'elle avait dans sa ligne de mire. Tant mieux, songea-t-elle en larguant sa bombe. Ted la reçut entre les épaules. Le choc fut moins violent qu'elle l'espérait, mais la surprise qu'il lui causa suffit à inverser le cours de la bataille. Profitant de sa brève inattention, Mike reprit le dessus et plaqua son adversaire sur le sol. Du haut de son perchoir, Hannah l'encourageait en vociférant quand elle aperçut une tache de lumière à la périphérie de son champ visuel. Une torche ? Mais oui. Et cette torche avançait rapidement. Bill et Norman venaient d'apparaître et se précipitaient au secours de Mike.

Hannah poussa un grand ouf. Il s'en était fallu de peu. Bill empoigna Ted par les revers de sa veste, le releva et laissa Mike lui passer les menottes. Quand elle vit son agresseur hors d'état de nuire, Hannah se pencha pour ovationner ses deux flics préférés. Un instant plus tard, la Cadillac vibra et se mit à descendre, très lentement, dans un crissement de câbles d'acier. Comme Bill et Mike étaient occupés avec Ted, elle supposa que Norman avait trouvé la commande adéquate.

Dès que les roues touchèrent le sol, Hannah se rua hors du tas de tôle qui aurait pu lui servir de cercueil. Ses genoux s'entrechoquaient, elle n'avait qu'une botte, une matière brune et collante lui tachait les doigts, mais quand elle vit Ted assis à l'arrière du véhicule de patrouille, un large sourire illumina son visage. Le bien avait encore triomphé.

Norman lui rapporta sa botte, son blouson, et lui tendit un mouchoir. Mais elle avait surtout besoin qu'on réponde à ses questions.

« Comment avez-vous su que j'étais ici ? demanda-t-elle à Mike en s'essuyant les mains.

— Vous d'abord », répliqua-t-il en lui saisissant le bras.

Il était blême de rage. « Vous savez que cette voiture était sur le point de passer dans le broyeur ? » Hannah allait lui demander de baisser d'un ton quand elle vit sa main trembler. Mike avait eu très peur pour elle et n'était pas encore remis de ses émotions. Par empathie, elle se mit à claquer des dents.

« Oui, j'avais parfaitement conscience de ce qui m'attendait. Si vous n'étiez pas arrivé, j'aurais fini mes jours dans un cube de ferraille.

— Il s'agit donc d'une tentative de meurtre ? insista Mike qui semblait ne jamais vouloir la lâcher.

— Absolument.

— Ted a voulu vous tuer parce que vous l'aviez démasqué ? »

Hannah réfléchit avant de répondre. Elle avait le choix entre lui dire la vérité et lui permettre de sauver la face.

« Je me doutais qu'il avait quelque chose à voir dans la mort du shérif Grant, mais je n'en étais pas tout à fait sûre. Enfin, jusqu'à ce qu'il s'en prenne à moi.

— Et c'est à ce moment-là que vous avez tout compris ? »

Hannah confirma d'un hochement de tête. Ce n'était pas vraiment faux. Avant que Ted identifie le démonte-pneu, elle espérait encore se tromper.

« À mon tour, lui renvoya-t-elle. Quelle idée vous a poussé à venir jusqu'ici ?

— Lonnie m'a appelé au sujet de son rapport d'incident. Et comme j'avais besoin de renseignements sur les véhicules qu'on trouve dans les casses, j'ai décidé d'aller interroger un spécialiste. Mais je ne pensais pas vous trouver ici et encore moins dans une telle posture. »

Hannah se tourna vers Norman.

« Et vous, pourquoi êtes-vous là ?

— Je suis passé au poste de police pour retirer des formulaires de remboursement dentaire. Je discutais tranquillement avec Bill quand Andrea l'a appelé en disant que vous étiez censée prendre Tracey à dix-neuf heures trente pour l'emmener à la fête et qu'elle commençait à s'inquiéter. »

Hannah lui fit un sourire de gratitude, ravie qu'il n'ait pas mentionné leur enquête. Puis, s'adressant à Bill :

« J'imagine qu'après cela Andrea t'a parlé du feu arrière que j'étais censée récupérer à la casse ?

— Exact. J'ai tenté de joindre Ted par téléphone, et comme je n'y arrivais pas, Norman et moi avons décidé de vérifier sur place.

— Vous avez été bien inspirés, dit Hannah avant de revenir vers Mike : n'est-ce pas, Mike ?

— Tout à fait. J'aurais fini par lui passer les menottes, de toute façon mais leur arrivée m'a facilité les choses. Avez-vous trouvé une pièce à conviction, Hannah ?

— Oui, un démonte-pneu. Il est dans la caravane, sur le comptoir. Je pense que c'est l'arme du crime. L'analyse le confirmera sans doute. Et je vous conseille de joindre Clara et Marguerite Hollenbeck avant qu'elles fassent disparaître la tache brune sur la robe de Krista. Il y a de fortes chances pour que ce soit le sang du shérif Grant.

— Autre chose ? »

Hannah voyait que Mike faisait de gros efforts pour rester aimable. Il détestait être en position de demandeur.

« Oui, juste une. Je crois que Ted dirigeait un réseau

criminel spécialisé dans le vol de voitures et leur revente, mais je n'ai rien trouvé qui confirme cette hypothèse.

— On s'en charge. »

Mike parut se détendre. Elle avait bien fait de ne pas parler du bon de livraison et du fax envoyé par le client de Minneapolis, pensa-t-elle. Il fallait lui laisser quelque chose à trouver, après tout. Comme Mike aimait à le répéter, c'était lui le professionnel, pas elle.

« Il est plus de vingt heures, dit Norman en regardant sa montre. Si Mike et Bill n'ont plus besoin de nous, je propose qu'on aille chercher Tracey.

— J'appelle Andrea pour la prévenir de votre arrivée, dit Bill avant que son coéquipier ouvre la bouche. J'espère que tu n'y vois pas d'inconvénient, Mike. »

Mike acquiesça d'un signe de tête. À présent que le tueur du shérif Grant était hors d'état de nuire, il semblait d'humeur plus magnanime.

« Bien sûr. Allez fêter Halloween avec les enfants. Vous n'aurez qu'à passer au poste de police après.

— On prend votre voiture ou la mienne ? demanda Norman en accompagnant Hannah vers son break.

— Les deux. Il faut que je passe chez moi pour nourrir Moshe. Pendant ce temps, vous emmènerez Tracey et Karen à La Cave Hantée. Je vous rejoindrai avec les cookies au maïs.

— Entendu, dit Norman avant de lui ouvrir la portière. C'est idiot, j'ai oublié d'emporter un costume. »

Hannah s'installa au volant et attrapa son déguisement minimaliste posé sur la banquette arrière.

« Je peux vous prêter le mien. Moi, je viendrai en fantôme. Je trouverai bien un vieux drap troué au fond de mes placards.

— Pourquoi des cornflakes ? » fit Norman en voyant la boîte.

Il hésita un instant, mais quand Hannah lui tendit le couteau en plastique, sa stupeur se changea en hilarité. « C'est une idée géniale ! »

Hannah écarquilla les yeux. Norman aurait-il compris son calembour visuel ? Il serait bien le seul dans ce cas, à Lake Eden du moins. Puis elle se rappela sa conversation avec Beatrice au sujet du Dr Love. La conseillère conjugale sévissant sur KCOW avait dit que dans un couple, les deux partenaires devaient avoir le même humour.

« Vous avez deviné ce que c'était ?

— Bien sûr, répondit Norman en souriant. Et je dois dire que je trouve votre idée absolument brillante. Dans ma vie, j'ai porté toutes sortes de déguisements pour Halloween, mais je n'ai jamais été "céréales killer". »

Chapitre 31

C'était le soir des élections. Dix-neuf heures venaient de sonner quand Hannah sortit de sa chambre vêtue d'une très jolie robe en soie bleue. Une tenue que Claire lui avait conseillée et que sa mère avait insisté pour lui offrir. Dans une boutique du centre commercial, elle avait trouvé des chaussures en solde : une paire d'escarpins bleu pétrole avec des lanières bleu, blanc, rouge. Vu la remise que le vendeur lui avait consentie, ils devaient faire partie des invendus du 4-Juillet. Mais quelle importance, après tout ? Une soirée électorale n'était-elle pas un événement patriotique au même titre que la fête nationale ?

Sur KCOW, un journaliste donnait les dernières estimations avant la clôture du dépouillement. En entrant dans la cuisine, Hannah entendit que Bill avait déjà remporté quatre-vingts pour cent des suffrages. Tout le monde était censé se retrouver à l'auberge de Lake Eden pour faire la fête après la proclamation des résultats. Andrea avait obtenu l'autorisation d'assister au cocktail à la seule condition qu'on lui réserve une place assise et qu'elle garde les pieds en hauteur. Comme une simple chaise n'aurait pas suffi, Delores lui avait déniché une ottomane d'une élégance surannée mais très confortable.

Hannah mit une généreuse cuillerée de yaourt dans une coupelle en verre ciselé qu'elle emporta dans le salon avec un sourire radieux. Grâce aux conseils de Sue et du Dr Bob, le conflit alimentaire qui l'opposait depuis deux semaines à son félin senior avait débouché sur un compromis satisfaisant pour les deux belligérants. Elle posa la coupelle sur la table basse, Moshe se précipita, mais au lieu d'attaquer son dessert, il s'assit et attendit sagement la suite.

« Ça vient », dit Hannah en débouchant le flacon de vitamines.

Le matou la regarda faire en ronronnant. Fini le temps où il filait sous le lit dès qu'il apercevait son médicament. Hannah compta cinq gouttes et, une demi-seconde plus tard, Moshe lapait son yaourt avec délectation.

Rassurée, Hannah allait prendre son nouveau sac, celui que sa sœur et sa mère l'avaient poussée à acheter, quand elle entendit frapper. Andrea l'avait appelée une heure auparavant pour lui dire qu'elle lui envoyait une voiture. Hannah s'était récriée, arguant qu'elle avait la sienne, mais Andrea avait insisté.

Avant d'aller ouvrir au chauffeur, elle passa rapidement dans la cuisine et attrapa la boîte marquée Cookie Jar posée sur le plan de travail. C'était un cadeau pour Bill. Des barreaux aux pommes du verger. Ses préférés. Un choix d'autant plus approprié que Ted Koester avait fini par avouer le meurtre du shérif Grant et qu'il attendait son procès dans la prison du comté.

Quand Hannah ouvrit la porte, son sourire se figea. Ce n'était pas un chauffeur de taxi mais ses deux chevaliers servants.

« Bonsoir, chère Hannah, dit courtoisement Norman avant de passer la parole à Mike.

— Ce soir, nous sommes entièrement à votre service, compléta Mike en s'inclinant. Andrea nous a chargés de vous escorter.

— C'est gentil », répondit Hannah en se demandant quelle mouche avait piqué sa sœur.

Si Andrea avait espéré provoquer un genre de compétition, c'était complètement raté. Ces deux-là avaient l'air de s'entendre comme larrons en foire.

Mike lui prit la boîte à gâteaux, Norman l'aida à passer son manteau. Ils fermèrent la porte à clé et descendirent l'escalier en cortège.

« Regardez ! Il neige ! » s'écria Hannah en arrivant au rez-de-chaussée.

En effet, de petits flocons flottaient paresseusement dans le ciel de nuit. On les voyait tournoyer sous la clarté des réverbères à l'ancienne plantés le long des allées avant d'atterrir sur le macadam comme de minuscules cristaux éphémères.

« Vous voulez que je remonte chercher vos bottes ? proposa Norman. Je crains qu'en fin de soirée, la couche ne soit très épaisse.

— Non, ça ira, merci », dit Hannah.

Elle possédait une paire de bottes fines, mais avec cette robe, des escarpins convenaient mieux.

« Pas besoin de bottes, lança Mike en faisant un signe à Norman. Excusez-nous une seconde, Hannah, il faut qu'on se concerte. »

Intriguée par leur étrange connivence, Hannah les regarda s'éloigner en devisant. Mais la nuit était si belle et cette première chute de neige si magique qu'elle se remit à contempler le ciel.

L'arrestation de Ted Koester avait suscité un certain émoi parmi la population de Lake Eden. Mais l'agitation était vite retombée. N'ayant jamais participé au trafic de voitures volées dont elle ignorait tout, Beatrice était sortie blanchie de l'interrogatoire mené par la police. Ses deux fils la soutenaient et celui qui vivait à Lake Eden avait décidé de quitter son travail pour s'occuper avec elle de la casse automobile. Lorsque Hannah était passée la voir, Beatrice lui avait confié que depuis quelque temps, elle avait remarqué que Ted se comportait bizarrement. Mais jamais elle ne l'aurait imaginé dans la peau d'un meurtrier.

Dans un autre registre, l'enquête sur le dénommé Winthrop Harrington II était au point mort, les recherches de Norman n'ayant rien donné de concret. Hannah aurait bien aimé le rencontrer, histoire de se faire une opinion par elle-même, mais hélas, Winthrop était en déplacement et n'assisterait pas à la fête en l'honneur de Bill.

Barbara Donnelly avait réintégré son poste d'assistante et Shawna Lee Quinn celui qu'elle occupait auparavant au service dactylo. Andrea, l'estimant encore trop proche de son shérif de mari, avait la ferme intention de remédier au problème dès que le petit Billy serait né.

« Votre fauteuil est avancé », claironna Norman derrière elle.

Hannah fit volte-face et vit les deux hommes face à face, leurs mains entrecroisées en forme de siège.

« Vous n'allez pas faire ça ! s'exclama-t-elle, éberluée.

— Et pourquoi pas ? »

Mike s'avança, imité par Norman, bien obligé. « Asseyez-vous, Hannah, et passez les bras autour de nos épaules. Nous allons vous transporter jusqu'à la voiture. »

Hannah eut tout à coup l'impression d'être une demoiselle en détresse dans un roman à l'eau de rose. Mais ce n'était pas pour lui déplaire. Elle prit place et assura son équilibre. À son signal, ils la soulevèrent et partirent en direction du parking tandis que, sur le sol, les flocons s'accumulaient en une couche de neige poudreuse.

« Charmant », fit Hannah dans un murmure.

Ce « charmant » faisait un peu précieux, surtout dans sa bouche, mais après tout, il s'adaptait bien à la scène romantique dont elle était l'actrice principale et traduisait fidèlement le plaisir qu'elle prenait à la jouer.

Barreaux aux pommes du verger

Préchauffer le four à 190°,
la grille en position médiane.

½ tasse de beurre fondu
½ tasse de sucre blanc
1 tasse de sucre brun
½ cuillerée à thé de bicarbonate de soude
½ cuillerée à thé de sel
½ cuillerée à thé de levure chimique
2 cuillerées à thé d'extrait de vanille
1 cuillerée à thé de cannelle
2 œufs battus (à la fourchette)
½ tasse de flocons d'avoine (non cuits)
1 tasse de pommes pelées et émincées (je prends 2 Gala de taille moyenne)
2 tasses de noix de coco râpée
1½ tasse de farine (non tamisée)

Mélanger le beurre et les sucres. Ajouter le bicarbonate de soude, la levure chimique, la vanille, la cannelle et les œufs battus. Mélanger soigneusement. Mettre les pommes émincées et 1½ tasse de noix de coco râpée (en garder ½ pour la garniture). Verser la farine sans cesser de tourner.

Chemiser un moule à gâteau de 22,5 cm sur 32,5 cm. Verser la pâte puis l'aplanir au moyen d'une spatule en caoutchouc. Saupoudrer avec la noix de coco restante.

Cuire à 190° pendant 25 à 30 minutes ou jusqu'à ce que la surface soit bien dorée.

Laisser refroidir puis trancher les barreaux (faire comme pour des brownies).

Bill aime déguster ses barreaux aux pommes avec une tasse de chocolat chaud – il dit que ça fait ressortir le goût du fruit.

Tracey essaie toujours de convaincre sa mère de lui en servir au petit déjeuner, au prétexte que les pommes sont excellentes pour la santé.

Index des recettes

Conversion des volumes

États-Unis	**France**
½ cuillerée à thé	2 millilitres
1 cuillerée à thé	5 millilitres
1 cuillerée à soupe	15 millilitres
¼ tasse	50 millilitres
⅓ tasse	75 millilitres
½ tasse	125 millilitres
¾ tasse	175 millilitres
1 tasse	250 millilitres

(NB : Les quantités prévues dans les différentes recettes sont généreuses !)

MIXTE
Papier issu de sources responsables
FSC® C003309

L'éditeur de cet ouvrage s'engage dans une démarche de certification FSC® qui contribue à la préservation des forêts pour les générations futures.

Pour en savoir plus :
www.editis.com/engagement-rse/

Achevé d'imprimer en janvier 2022
par Normandie Roto Impression s.a.s. à Lonrai
N° d'impression : 2107110

Imprimé en France